La petite fille du deuxième étage

Toute reproduction ou représentation intégrale ou partielle par quelque procédé que ce soit des pages publiées dans le présent ouvrage, faite sans l'autorisation de l'éditeur est illicite et constitue une contrefaçon. Seules sont autorisées, d'une part, les reproductions strictement réservées à l'usage privé du copiste et non destinées à une utilisation collective, et d'autre part, les courtes citations justifiées par le caractère scientifique ou d'information de l'œuvre dans laquelle elles sont incorporées (art. L. 122-4, L. 122-5 et L. 335-2 du Code de la propriété intellectuelle).

© Anne Capelle, 2025
Tous droits réservés.

Correction : Nathalie Breul Makeeff
Illustration de couverture : © Anne Capelle
Gestion de projet et mise en page : Judy Manuzzi | Artis
Édition : BoD · Books on Demand, 31 avenue Saint-Rémy,
57600 Forbach, bod@bod.fr
Impression : Libri Plureos GmbH, Friedensallee 273,
22763 Hamburg (Allemagne)
ISBN : 978-2-3225-5713-4
Dépôt légal : mai 2025

Anne Capelle

La petite fille du deuxième étage

récit

1

TROIS MILLE
SIX CENTS SECONDES

Elle s'affole, court, perd l'équilibre, tombe
Se relève
Derrière elle, la Chose rampe dans la nuit liquide
La rattrape, l'agrippe, s'accroche
L'étouffe
Elle a mal, se débat, veut hurler sa peur
Ne le peut
Autour d'elle, la Chose bruisse, chuinte
L'immonde, gluante, va la tuer
Alors elle frappe, griffe, mord, supplie
Non, non…

Dans un ultime effort, la petite fille rejette la couverture, émerge bouche béante, entortillée dans les draps froissés, baignant dans une sueur aigrelette. De ses mains tremblantes, elle presse les hurlements de son cœur, ça tambourine salement à l'intérieur.

Ça fait *boudoudoum… boudoudoum… boudoudoum…*
Un frisson glacé la parcourt. Tirant le drap sur son corps moite, elle repose sa tête trop lourde sur l'oreiller, glisse ses mains nouées entre les cuisses, ferme les yeux. La bataille qu'elle vient de livrer contre la Chose l'a épuisée. Si seulement elle pouvait dormir encore un petit peu. Mais le sommeil lui échappe. Alors, la colère arrive, la submerge. Pourquoi restent-ils sourds à ses appels ? Pourquoi l'abandonnent-ils à ses cauchemars, la laissant seule avec la Chose ?

Dong, dong… dong, dong… dong, dong…
Au-dessus des rues grises, quelque part dans une ville minière au nord du Nord, une cloche égrène ses six coups. L'aube pluvieuse se traîne derrière les carreaux crasseux. Encore une heure avant de se lever. Soixante minutes. Soixante fois soixante secondes, soixante fois soixante *boudoudoum* avant de se préparer pour cette première journée d'école, prélude à tant d'autres.

Elle attend l'heure blême qui, de ses attouchements indiscrets, défroisse les draps, repousse les cauchemars et chasse les ombres de la nuit. Elle songe à la journée qui s'annonce. Qui, elle espère de tout son cœur, prendra tout son temps pour repousser le soir. Car, une fois la nuit tombée, allongée dans son lit après avoir fait le bilan de ce qu'elle aura fait, le sommeil tardera à venir.

Alors, la journée se refermera inéluctablement sur l'émergence de ses terreurs nocturnes.

Et son cauchemar, entrouvrant les portes du placard qu'elle aura pourtant pris soin de fermer avant de se coucher, se glissera sous le drap, laissant la Chose libre de polluer ses rêves.

Mais, chut! La petite fille se rendort, comptant les *boudoudoum… boudoudoum… boudoudoum…* de son cœur. Les secondes peuvent entamer leur rebours.

Trois mille six cents…

Trois mille cinq cent quatre-vingt-dix-neuf…

Trois mille cinq cent quatre-vingt-dix-huit…

2

PORTRAIT DE FAMILLE

La petite fille aura dix ans l'été prochain. L'âge léger, celui qu'on compte sur les doigts de la main, celui des jours clairs, quand étonnement et insouciance vont de pair. La vie ne l'a pas vraiment gâtée, les fées n'étaient pas au rendez-vous quand le monde lui est tombé dessus. Elle est née peu avant minuit dans le grand lit parental, la bouteille de champagne attendait bien au frais qu'on la sabre pour fêter l'évènement. Mais le conte s'arrête là. C'était par une nuit sans lune, une nuit oublieuse d'être lumineuse, pluvieuse et frileuse, à cheval entre août et septembre, une de celles qui font sortir les édredons des armoires et oublier qu'hier c'était l'été. Ils attendaient un garçon, il leur vint une fille. Le hasard fait bien mal les choses parfois.

Au terme de cette nuit douloureuse, la jeune accouchée posa les yeux sur le nourrisson glaireux qu'on lui tendait. Elle chercha le sexe, trouva la fente, détourna le regard, ferma les yeux, laissa à son époux le soin de donner un nom à l'enfant nouvelle-née. Comme il était entendu que l'héritier mâle devait porter le prénom de son grand-père Louis, malheureusement décédé avant sa naissance, le père, croyant bien faire, fit l'erreur d'appeler l'enfant Louise.

À partir de cet instant, la mère rejeta définitivement l'usurpatrice. Elle reporta tout son amour sur Brigitte, sa fille aînée, une jolie enfant de quatre ans, intelligente, adulée par tous. C'était pourtant une jeune femme éclairée titulaire d'une licence de littérature, mais elle était prisonnière des schémas rigides de l'époque qui dictent les règles et régissent les équilibres familiaux. Une fille, un garçon. Le garçon d'abord, de préférence. Si on veut que la lignée se perpétue, que le nom du père se transmette, il faut bien un garçon pour l'en charger. Une fille n'apporte que soucis et tracas, deux filles, ça les multiplie par deux.

Depuis cette nuit funeste, dépourvue de ce charme dont savent user avec art les enfants sages, la petite fille sans grâce traîna son corps ingrat comme un fléau. Elle grandit dans l'indifférence d'une mère hantée par son désir de garçon avorté, et l'attention frileuse d'un père trop souvent absent. Quelques années plus tard, Louise venait tout juste d'avoir huit ans, un garçon arriva enfin dans l'allégresse générale. On le baptisa Jean, comme son père, mais très vite on l'appela Junior pour éviter les confusions.

Après la naissance de ce frère providentiel, l'enfant du milieu s'enfonça encore plus en solitude, usant d'une dyslexie bienvenue pour couper court à toute tentative d'approche.

Quand Junior commença à courir à quatre pattes, il fallut trouver un logement plus grand. L'opportunité d'un appartement clair et spacieux se présenta rapidement. Cinq chambres, une vaste cuisine et un salon-salle à manger haut de plafond, c'était un cadeau inespéré tombé du ciel. Le loyer exceptionnellement bas s'expliquait par la proximité d'un canal bordé d'une zone portuaire crasseuse, drainant une faune bariolée bruyante, changeante puisque non sédentaire. L'ancien locataire, pressé de partir, sans doute à cause de ce voisinage polluant, attira leur attention sur le lycée de l'autre côté du boulevard bordé de marronniers.

— Avec vos trois petits bouchons, ma chère petite madame, si je peux me permettre...

— Je ne suis pas *votre chère petite madame*, et je ne vous permets pas, répondit madame Bouchon d'un petit air pincé.

— ... ce sera pratique, poursuivit l'homme sans se formaliser. Pas de trajets supplémentaires en voiture, gain de temps, gain d'argent comme on dit, accès rapide, sécurisé, voyez la passerelle qui surplombe le boulevard et l'étier.

— Ça sent mauvais, dit madame Bouchon en retroussant son joli nez.

— Il va être recouvert jusqu'à l'entrée du port fluvial, s'empressa de répondre le locataire sortant en s'adressant au mari, un homme au regard doux de cocker visiblement soumis à son élégante épouse. C'est une question de temps, l'affaire de deux, voire trois mois au maximum.

— Accordez-nous un temps de réflexion, répondit monsieur Bouchon d'un air responsable.

L'appartement présentait deux atouts de taille que le locataire sortant, soucieux de conclure, dégaina de sa manche.

— Toutes les salles de bain de l'immeuble sont équipées d'une baignoire, vous apprécierez le luxe! Mais vous n'avez pas encore tout vu! Suivez-moi, intima l'homme en les précédant dans le couloir.

Celui-ci aboutissait en impasse sur une porte discrète ouvrant sur un espace totalement vide d'une cinquantaine de mètres carrés totalement dépourvu de cloisons. Ce qui devait être un studio, projet abandonné par le promoteur faute de financements, était resté à l'état de chantier. Le précédent locataire se l'était attribué d'office quand, un jour de bricolage, un coup de marteau providentiel fit tomber la cloison. Le chantier abandonné devint une annexe sauvage. Une antique machine à laver, véritable usine à gaz, trônait en son milieu sur une estrade tel un personnage de théâtre figé dans son dernier rôle sur une scène désertée.

— Je vous la laisse, avait dit l'homme, persuadé que ce cadeau somptueux, à dire vrai un casse-tête à sortir et descendre au rez-de-chaussée, achèverait de convaincre cette jeune mère de famille, certes ravissante, mais un peu trop fière à son goût. Vous devez en faire des lessives, vous allez voir.

Ce fut vite vu quand l'hébergement de deux vieux parents glissant doucement dans la dépendance vint les mettre au pied du mur. L'affaire fut donc rapidement conclue. On aménagea trois chambres dans l'annexe autour de l'usine à gaz. Une pour Pépé Célestin, beau-père de madame Bouchon, une pour Mémé Suzanne, belle-mère de monsieur Bouchon. La troisième, pour les hasards de la vie.

Cela fait, la famille Bouchon au grand complet prit possession des lieux, et l'étier resta à ciel ouvert.

3

OÙ LA FAMILLE S'AGRANDIT

Au grand complet ? Pas tout à fait. Un locataire, à quatre pattes celui-là, un rouquin matou obèse, promène son regard d'ambre sur ce tableau idyllique. Un poltron minet paresseux rescapé du caniveau, qui aime à jouer les martyres en traînant son gros derrière de lit en lit au grand désespoir de monsieur Bouchon qui n'aime pas les chats, mais le tolère parce que sa jolie femme l'adore. Le chat. Pas son mari.

— Quand même, Jean, sois un peu gentil avec cette pauvre bête, regarde dans quel état elle est, ils l'ont à moitié tuée ces sauvages, ah, les enfants, c'est cruel quand ça s'y met.

Alors, monsieur Bouchon regarde son adorable épouse flatter de ses jolis doigts manucurés les flancs rondouillards de l'hypocrite animal embourgeoisé et ronge son frein quand l'énorme greffier au postérieur phénoménal le nargue de ses yeux en amande, nonchalamment vautré sur les coussins du salon.

La petite boule de poils sauvée des eaux, à n'en pas douter une adorable chatte en devenir qu'on baptisa du nom joli de Lilli, s'était très rapidement révélée matou après avoir pissé le long du mur du couloir. La bestiole fut pourchassée par l'homme de la maison à coups de balai et d'énormités – monsieur Bouchon perd rarement son calme, mais quand il le perd ses mots dépassent sa pensée –, à la grande joie de Junior :

— Charogne !!! Saloperie de bestiole !!! Putain de putain de putain !!! Je te jure, je vais lui faire la peau, je vais lui faire la peau…

— PutinPutinPutin, chantonne Junior, à quatre pattes par-derrière.

— Jean, enfin, fais attention au bébé ! Surveille ton langage !

— En tout cas, il ne va pas faire long feu chez nous, je te prie de me croire !

Malgré les supplications répétées de son mari, madame Bouchon tint bon, le matou castré, rebaptisé Lilliput, garda le droit de poser son postérieur en cul de bouteille sur les coussins du salon.

Un parent oublié du côté de madame Bouchon, un vague cousin à la carrière d'acteur en perte de vitesse, est en passe de compléter le tableau familial. Après s'être invité tous les dimanches midi à la table familiale pour engouffrer son demi-poulet avec des mines de vieille tante gourmande, l'acteur futur chômeur, affublé d'un nom de canard de bande dessinée, quémanda le gîte en plus du couvert.

— Il n'en est pas question !

— Jean, il est seul au monde, le pauvre.

— Il n'est pas seul au monde, il a son horrible saucisse à pattes qui tortille du croupion comme une rombière en chaleur.

— T'exagères, il est mignon comme tout son chien. Il est minuscule, il ne prend pas de place et on ne l'entend pas.

— Ce n'est pas une raison, et puis sa solitude, il l'a bien cherchée.

— Quand bien même, on ne peut pas tourner le dos à sa famille.

— À *ta* famille. C'est *ton* cousin, pas le mien.

— Et après? Le jour où tu n'auras plus personne sur qui compter, tu seras bien content d'avoir ta part de petites douceurs.

— On les connaît les petites douceurs d'Oscar, rouspète monsieur Bouchon qui n'a pas l'air d'apprécier l'homme. Avec son métier…

— Et alors? Je te signale que son métier justement lui a rapporté beaucoup d'argent. Il pourrait nous aider, il me l'a proposé. Autant en profiter.

Madame Bouchon a toujours le dernier mot et le bon argument. Celui qui ouvre toutes les portes: l'argent. Un levier de taille qui pourrait faire fléchir l'époux aux abois depuis qu'il a repris ses études et que les charges de l'appartement se sont révélées bien supérieures à celles annoncées par le précédent locataire.

— On pourrait l'installer dans l'annexe? Avec son boudin à pattes, il est propre.

— Sa saucisse.

— Sa saucisse, son boudin, son andouille, qu'importe. On pourrait le caser dans la troisième chambre, entre Célestin et ma mère?

— J'avais pensé qu'un jour ce pourrait être la chambre de la grande? Les deux filles se chamaillent.

— On installera Brigitte dans le bureau, on ne l'utilise pas.

— C'est aller un peu vite en besogne, tu ne crois pas ? Donnons-nous encore un peu de temps, tu veux bien ?
— Pense à l'argent, Jean, pense à l'argent…

Oncl'Oscar – il porte bien son nom ce double zéro à tête de canard fleurant l'eau de Cologne bon marché – n'est pas vraiment le bienvenu chez les Bouchon, mais on le tolère. Surtout son compte en banque. Le Canardo des plateaux – son nom de scène – se moque bien des remarques du mari de sa cousine, il en a eu son lot pendant sa carrière d'acteur pornographe, ce qui ne l'a pas empêché de la mener avec succès. Jusqu'au jour où on le surprit en pleine action avec une adolescente à peine pubère qui n'avait pas l'air de lui avoir donné la permission, la fille d'une de ses partenaires de scène. Un passage à tabac en règle le laissa défiguré, à moitié émasculé, donc inutilisable. L'affaire fut vite étouffée, on lui accorda une retraite anticipée royale pour bons et loyaux services, n'était-il pas Canardo LA star du porno ?

Ses kilos en trop, sa gueule cassée et sa mauvaise réputation lui interdisant l'accès à tous les plateaux de cinéma, porno ou pas, l'acteur déchu trouva refuge dans la bonne chair, fraîche de préférence. Sa carrière sulfureuse se noya définitivement dans la graisse, son nom de scène tomba dans l'oubli. Supportant mal la solitude après des années de vie mouvementée, le cousin richissime comptait sur son porte-monnaie bien garni pour franchir les portes de la famille Bouchon.

Qu'on le supporte, il n'en demande pas plus.

Que ça dure, c'est tout ce qu'il espère.

Qu'on lui serve sur un plateau ses petites douceurs, c'est tout ce qu'il attend de la vie.

4

LES CARTONS JAUNES

Au deuxième étage, la porte de l'appartement B claque. Sur le palier, une drôle de silhouette, évoquant plus un petit troll qu'une fée Clochette, s'attarde. C'est une petite fille étrange, en cardigan rouge et jupe plissée à carreaux vert anglais. L'enfant reste ainsi un bon moment, plantée sur le paillasson, les yeux encore à moitié fermés sur des rêves inachevés. Elle a coincé son cartable tout neuf entre ses bottines à lacets. Elle achève de boutonner son cardigan, chasse quelques miettes de pain égarées sur le lainage, secoue sa chevelure rebelle couleur poil de carotte et lève les yeux vers le coin de ciel pluvieux tambourinant sur le vasistas encrassé de la toiture.

Baissant la tête, elle contemple, par-dessus la rambarde de l'escalier, l'enfilade de marches plongeant jusqu'au rez-de-chaussée. À la seule idée des heures qui vont suivre, son estomac se contracte. Elle n'a qu'une envie, faire demi-tour. Pour se réfugier dans le cocon familial, humer les odeurs de chocolat chaud, mordre à pleines dents les tartines grillées, surprendre les gloussements de Maman et les rires légers de Papa qui la pourchasse en jouant les satyres, pincer sournoisement Junior qui zigzague à quatre pattes en poussant des hurlements stridents derrière le chat, farfouiller dans les affaires de sa sœur et l'entendre pousser des cris indignés d'adolescente boutonneuse, épier Pépé qui se gratte l'entrejambe par l'entrebâillement de son pantalon de pyjama et surveiller Mémé qui cherche sa tête et son dentier là où elle les a laissés la veille mais ne sait plus bien où – c'est fou comme les vieux peuvent être attendrissants dans leur indécence.

Penchée au-dessus de la rampe, elle contemple avec appréhension le vide du monde d'en bas. Le temps des vacances est bel et bien fini, octobre est là avec tous ses recommencements. Comme si elle s'était endormie la veille, son cartable lourd de devoirs inachevés jeté dans un coin de la chambre, et s'était réveillée le lendemain, le même cartable à la main. Avec un grand trou entre les deux. Les jours lumineux, les fruits gonflés de soleil, les rires légers, les heures paresseuses appartiennent au passé. Les jours sombres sont devant. Courage! Le moment funeste est arrivé de passer le cap de la première marche, de descendre les étages, de franchir le portail de l'immeuble pour se fondre dans le gris de la ville suspendue à son canal.

Mais avant d'entamer le chemin de croix vers le supplice que sera son quotidien, elle prend le temps d'une mise en route nécessaire à son équilibre mental. Les bonnes vieilles habitudes, rien de tel pour mettre du baume au cœur. Toujours penchée au-dessus de la rambarde, elle farfouille dans la poche gauche de sa veste, en extrait deux marrons, les jette d'un geste sûr au creux de l'élégant colimaçon. La petite musique brisée de la verrière qui éclate deux étages plus bas la met toujours en joie, il est des rituels auxquels il est important de se tenir.

Peu lui importent les malédictions de l'homme à tout faire qui traîne sa misère, la clope au bec, un torchon coincé dans la ceinture de son tablier. On n'a pas idée aussi de couvrir d'une élégante verrière un cagibi crasseux servant de placard à balais.

Quelques pas rapides sur le même palier, puis l'enfant se dresse sur la pointe des pieds, appuie trois longs coups sur le bouton de sonnette de l'appartement A, en vis-à-vis du sien. Faire enrager la voisine est une mise en bouche matinale incontournable. Si les hurlements stridents de sa sœur et de Junior filtrant de l'appartement B ne l'ont pas encore réveillée, à coup sûr le carillon arrachera madame Grosvilain à ses rêves sucrés. Bien fait pour la dame qui cultive ses kilos devant la dernière acquisition du foyer, un énorme poste de télévision qui trône dans le salon. Elle n'a qu'à pas traîner au lit jusqu'à pas d'heure, cette grosse blonde paresseuse qui peut se le permettre, vu ce qu'ils gagnent, elle et son mari.

Marcelle et Gérard Grosvilain sont propriétaires de la boulangerie-pâtisserie *À l'épi d'or* au bas de l'immeuble. Monsieur travaille au fournil, madame tient la caisse. Ils travaillent nuit et jour comme des malades, mais ils gagnent beaucoup d'argent, monsieur Bouchon l'a encore chanté hier matin en remontant avec les croissants du dimanche :

— La boulangère a des écus qui ne lui coûtent guè-è-re, elle en a je les ai vus, j'ai vu la boulangère aux écus, elle en a je les ai vus, j'ai vu la boulangère trou du c…

— Jean, chut, ce sont nos voisins, ils pourraient t'entendre.

— Ils ne sont pas là les voisins, ils sont au magasin.

— Quand même.

— Tu crois qu'ils nous inviteraient de temps en temps chez eux pour regarder leur boîte à images ?

— On pourrait peut-être en acheter une ?

— Tu sais très bien que ce n'est pas avec mon salaire qu'on peut s'en offrir une. Ils l'ont bien trouvé le nom de leur enseigne ces deux-là, tiens, bougonne monsieur Bouchon en disparaissant dans le couloir.

Dans sa jeunesse, Jean rêvait d'être coureur automobile, mais sa future femme n'avait pas été d'accord, soi-disant à cause des accidents. « *C'est moi ou les voitures* », avait-elle déclaré d'un ton catégorique, ruinant définitivement les ambitions de son amoureux. « *Moi, je crois que c'est surtout parce qu'il y a trop de jolies femmes qui tournent autour des champions* », avait murmuré Célestin, le père de Jean, avec un petit sourire entendu.

Alors, monsieur Bouchon avait rangé ses outils et ses rêves de podiums dans sa poche avec un grand mouchoir à carreaux taché de graisse par-dessus. Il avait passé un concours pour rentrer dans l'administration. Et maintenant, il en prépare un autre pour aller encore plus haut et répondre aux besoins de plus en plus exigeants de sa si jolie épouse.

Au lieu de s'occuper de lui et de ses passions, il s'occupe de tout dans la maison, pendant que sa femme s'occupe d'elle-même. Il est devenu père et chef de famille, c'est un double rôle important qui devrait lui conférer une certaine autorité dont il n'abuse pas. Son corps est puissant, musculeux, porteur de quelques cicatrices, la guerre est passée par là, il en est revenu indemne. Il est fier de le montrer aux amies de sa femme quand il fait beau, que les familles partent en pique-nique et qu'on enfile les maillots pour se baigner dans le canal quand les eaux noires deviennent plus accueillantes en été.

Sans attendre les conséquences fâcheuses de son coup de sonnette, la petite fille prend la poudre d'escampette. Elle jette par-dessus la rambarde son cartable qui va s'écraser sur le carrelage du rez-de-chaussée, il aura pris un sacré coup de vieux bien avant l'âge de la retraite celui-là, puis termine sa descente à califourchon sur la rampe. C'est plus rapide, et surtout beaucoup plus drôle puisqu'interdit.

Avant de quitter l'immeuble, elle jette un coup d'œil du côté de la loge. La trotteuse de l'horloge au-dessus de la porte n'en peut plus de galoper, ça y est, elle va être en retard, c'est hallucinant comme le temps passe vite. Et zut! Madame Yvonne, la concierge, est là, au garde-à-vous dans son uniforme de porte-clés, serrant son outil de travail sur son gros ventre, son chien Titus vautré à ses pieds. Le bâtard a tous les droits, dont celui désagréable de renifler les entrejambes de tout ce qui passe à portée de sa truffe.

« Quand on est en retard, on est en retard, susurre en évidence la dame en peignoir et bigoudis. Et de rajouter en la suivant d'un regard désapprobateur : Tu commences bien, gamine, gare au carton jaune! »

L'imbécile! Ce qu'elle ne sait pas, la bornée du trousseau, c'est qu'elle est une habituée des mauvais points, qu'elle ne craint ni le carton jaune, ni même le carton rouge. Que ce soit d'une minute ou de dix, le résultat est le même, le retard une fois installé, il n'y a plus de raisons de s'en faire, c'est d'une logique imparable. Courir serait un aveu de faiblesse, prendre tout son temps, l'air de rien, est le pied de nez qu'elle n'ose lui faire.

La lourde porte se referme dans un chuintement fatigué, le clic métallique de la serrure sonne le glas entre ses omoplates. Un sale petit crachin accompagné d'un vent du nord cinglant la fait reculer sous la porte cochère. Quand elle colle à la peau, qu'elle transperce les os, qu'elle chagrine le cœur, la pluie n'a rien de joli et ne donne pas envie de chanter. Dans l'affolement du départ, elle a oublié de prendre l'imperméable à capuche qui lui donne des allures de Petit chaperon rouge bien sage. Hors de question de repasser devant la sorcière en faction sous sa pendule. Il y a des limites à la honte.

De l'autre côté du boulevard, le lycée tente d'imposer sa lourde masse entre un ciel immensément vide et un canal qui s'effiloche à l'infini. Pris en étau entre ces éléments qui l'écrasent, le bahut fatigué a déposé les armes. Ses quatre murs d'enceinte décrépis, ornés de graffitis tenaces, rustines revanchardes jetées à hauteur d'enfance, l'isolent du monde extérieur. Ceux qui y pénètrent, en général en automne quand les feuilles tombent et pourrissent les trottoirs, sont priés d'abandonner leur liberté et les rêves qui l'accompagnent à la porte d'entrée. Là où ils vont, ils n'ont plus d'autre choix que de se laisser emporter par une mécanique qui fait ses preuves à coups de règles et de bonnets d'âne.

Le concierge, un individu qu'il est sage d'éviter, règne en maître absolu au rez-de-chaussée. La loge est son domaine, un lieu clos où cliquettent les clés et les verrous d'un royaume fait d'interdits et d'obligations, une frontière infranchissable sans autorisation de sortie doublement paraphée et tamponnée par l'administration. En traversant le hall, elle jette un œil inquiet à l'intérieur de la loge. L'homme planqué derrière la vitre, dérangé dans sa somnolence, la fixe avec le même air réprobateur que celui de son clone en vis-à-vis de l'autre côté du boulevard. Son index en crochet cogne contre le carreau, l'invitant à venir le voir.

Pour échapper à l'inquisiteur en blouse grise, l'élève retardataire s'engouffre dans le premier couloir venu. Enfin hors de vue et de portée de voix du cerbère numéro deux, elle s'arrête et, pour calmer son cœur qui cogne, pose son front brûlant sur la baie vitrée de la façade qui longe l'escarpe en contrebas. Au-delà d'un terrain vague cabossé de détritus, le canal étire sa rectitude verticale avec, accrochées à ses berges, de lourdes et longues marinières ne dormant que d'un hublot dans l'attente de larguer leurs amarres.

Le silence du couloir est à l'unisson de la vie immobile à l'escale.

L'enfant ferme les yeux pour imprimer l'image rassurante des péniches indolentes au fond de sa mémoire. Elle effleure du bout des doigts le verre lisse et glacé, tout doucement, elle n'ira pas plus loin que cette caresse, le passage de l'autre côté n'est pas d'actualité. Mais un jour, elle partira, elle s'envolera comme le ballon rouge, et personne ne lui brisera les ailes.

Après un dernier coup d'œil sur le canal qui poursuit sa route en solitaire jusqu'au bout du ciel, elle ramasse son cartable, se repère dans le labyrinthe de couloirs déroulant leurs écheveaux aux murs parcourus d'une ribambelle de porte-manteaux colorés, petits fantômes silencieux suspendus à hauteur d'enfance. Elle est arrivée à destination. Elle se hisse sur la pointe des pieds, jette un œil prudent par la lucarne de la porte vitrée. Une trentaine de petites filles en tabliers à carreaux rouges et blancs, sagement assises en rang d'oignon, s'appliquent en tirant la langue. Plantée sur l'estrade face à elles, bras croisés sur une poitrine inexistante, corps amidonné dans un tablier anthracite boutonné jusqu'en haut du col, jambes gainées de bas épais chevillés dans des chaussures à talons plats, une chouette à lunettes et chignon serré promène un regard sévère sur son troupeau.

Le contact froid de la poignée de porcelaine la fait sursauter, un long frisson d'appréhension la gagne tout entière. Elle lâche prise, tourne le dos à son calvaire et s'enfuit sans demander son reste, les semelles de ses bottines claquant sur le carrelage des couloirs déserts. Mais, on ne s'échappe pas aussi facilement de ce lieu maudit. Le maître absolu de la loge, ce cerbère sans cœur imbu de sa personne, cet abruti gonflé d'importance, l'attend sous l'horloge les poings sur les hanches. Et comme il le fait depuis toujours avec les déserteurs, l'homme en blouse grise, représentant de l'autorité, l'attrape sans ménagement par la peau du cou.

« Ah ! Je vous y prends, petite demoiselle ! Vous commencez bien votre année ! Ça va mal se passer pour vous, ricane le gardien de l'ordre en la ramenant manu militari à mauvais port. »

Les petites filles en tabliers à carreaux lèvent d'un commun accord leurs jolies têtes d'enfants studieuses. L'entrée fracassante de la nouvelle, une espèce de rouquine mal fagotée, les sidère un court instant. Quelques gloussements fusent, vite stoppés d'un claquement de règle sur le bureau. D'une voix autoritaire, la maîtresse les rappelle à l'ordre. Mademoiselle Léontine Belbic ne respire pas la joie de vivre.

— Mademoiselle Bouchon, susurre la chouette à lunettes, vous voulez collectionner les mauvais points ? Ne vous gênez surtout pas, vous êtes sur la bonne voie. Continuez sur votre lancée et vous aurez affaire à moi.

De tout son cœur, l'enfant déteste cette femme sans âge et sans amour qui, elle le comprend dès le premier regard, le lui rendra au centuple.

— M'en fiche...

— Pas d'insolence ici, Mademoiselle, je ne le tolérerai pas. Allez, vite ! À votre place ! Sortez votre cahier et écrivez en haut à gauche sur la première page :

« lundi-premier-octobre-mille-neuf-cent-cinquante-six. »

Brandissant effrontément son premier carton jaune de l'année, la petite fille gagne sa place en traînant des pieds dans le silence réprobateur, au dernier rang, celui des laissés pour compte, tout au fond de la classe. Elle jette son cardigan de laine sur le dossier de sa chaise, enfile son tablier à carreaux rouges et blancs, le boutonne en prenant tout son temps, insère en soupirant haut et fort son rondouillard postérieur entre chaise et bureau, ouvre son cartable. S'appliquant, mais sans hâte, elle aligne à grand bruit son attirail sur le pupitre, sort de sa trousse son stylo plume, ôte le couvercle de porcelaine de l'encrier, le remplit à ras bord d'une encre violette indélébile, la terreur des mères.

L'opération terminée, elle s'essuie les doigts avec application sur le devant de son tablier en plantant son regard d'innocente dans les loupes aux montures rouges de l'hypermétrope, une fantaisie totalement incongrue chez une institutrice. Puis, du bout de sa plume, elle creuse avec application dans le bois de la table, en tirant la langue, sa première petite entaille verticale de l'année.

Le décompte interminable des jours qui la séparent des vacances a commencé son rebours.

5

DANGER IMMINENT

Un mois déjà que le petit troll en cardigan rouge a repris le chemin de l'école. Huit heures carillonnent au clocher de l'église, recouvrant les staccatos de la pluie qui joue du tambour sur les carreaux. Il a fait beau toute la semaine et, évidemment, il pleut en ce dernier dimanche d'octobre. Une envie urgente sort la fillette de son sommeil. L'enfant lève-tôt, pyjama entortillé et cheveux ébouriffés, fonce direction les petits coins. En passant devant la cuisine pour réintégrer sa chambre et retrouver la douce chaleur du lit, elle stoppe net. Des murmures étouffés filtrent par la porte entrouverte. Curieuse, elle glisse un œil par l'entrebâillement, monsieur et madame Bouchon sont en plein conciliabule, assis devant leur bol de café fumant.

— … ils ne se supportent pas ces deux-là, ils sont comme chien et chat, ça devient invivable.

— La faute à qui, Jean ?

— Suzanne devient invivable, Célestin ne la supporte plus.

— Parce que ton père est un petit saint peut-être ?

— Je n'ai jamais dit ça, chérie.
— Je te rappelle que c'est ta mère à toi qui a commencé.
— Alice, chérie, c'est de l'histoire ancienne, raisonnons en adultes.
— Pffft!
— Mon père décline, je te l'accorde, mais avoue aussi que ta mère commence sérieusement à perdre la tête. On peut peut-être envisager de la placer en maison de retraite ? Tu reconnais toi-même qu'elle devient difficile à gérer.
— Jamais de la vie, tu m'entends, Jean ? Elle n'est pas encore complètement sénile. Elle est solide, elle n'a rien à faire dans un mouroir, elle restera avec nous.
— D'accord, d'accord, répond monsieur Bouchon conciliant comme toujours. On en reparlera plus tard ?

Le bruit métallique des cuillères qu'on remue dans le bol accompagne le tic-tac de l'horloge au bout du couloir. Les arômes de café et de lait chaud mêlés à l'odeur suave des tranches de pain grillées prêtes à être beurrées filtrent par la porte entrouverte, attirant la petite fille comme un aimant.

— Mais…
— Mais quoi ?

La conversation n'a pas l'air d'être terminée. Résistant à l'appel de la tartine, la gamine se laisse glisser à croupetons le long du mur du couloir. C'est en écoutant aux portes qu'on se tient le mieux au courant de tout.

— Tu as choisi de reprendre ton boulot de correctrice, je comprends tout à fait, d'ailleurs je ne t'en empêche pas, reconnais-le.
— Encore heureux! Tu as repris tes études, tant mieux, mais ce n'est pas parce que tu n'es jamais là que je devrais me sacrifier.

— Je suis d'accord, mais il y a les enfants.
— Et bien quoi, les enfants ?
— Tu auras besoin de te faire aider.
— NOUS aurons besoin de NOUS faire aider.
— Si tu veux, nous aurons besoin de nous faire aider. On pourrait peut-être envisager de trouver quelqu'un, qu'est-ce que tu en penses ? Avec ton deuxième salaire…
— Ah non ! Pas question ! C'est à moi, je le garde.

Les cuillères reprennent leur remue-ménage énergique. Dans le fond du couloir, le balancier de l'horloge normande tricote lentement son tic-tac. *Dong ! Dong !* La demie de huit heures fait sursauter l'enfant habituée aux écoutes chambrières. Elle frissonne, elle hésite. Réintégrer la douceur de son lit ou pousser la porte de la cuisine et s'installer devant un bol de chocolat fumant ?

— On a qu'à demander à mon cousin, suggère fielleusement madame Bouchon.
— À Oscar ? Jamais de la vie, t'entends, s'étrangle monsieur Bouchon.

La petite fille réprime de justesse un hoquet. Oncl'Oscar ? Surtout pas lui ! Déjà qu'il vient tous les dimanches jouer les incrustes avec ses airs de canard libidineux en quête d'amour et ses mains baladeuses d'obsédé du sexe, il ne faudrait pas qu'il en profite encore plus.

— Notre Louise demande beaucoup d'attention, reprend monsieur Bouchon, c'est une enfant compliquée, tu ne la supportes plus, c'est toi-même qui le dis. Tu dois déléguer.
— Ah, Bouboule…, soupire madame Bouchon.

Et voilà ! Le mot est lâché ! L'enfant accroupie derrière la porte étouffe une plainte. Encore ce surnom immonde qui lui colle à la peau.

— Tu as raison, je n'en peux plus, reprend l'épouse. Bouboule n'en fait qu'à sa tête. Il y a toujours des problèmes avec elle. Tout monde le dit, elle est incontrôlable.

— Voyons, chérie, tu exagères, les gens disent n'importe quoi.

— Et ce qui s'est encore passé la semaine dernière, c'est du n'importe quoi peut-être?

— Ce n'était pas sa faute.

— N'empêche qu'elle lui a cassé deux dents à la petite…, zut, j'ai oublié son nom! Elle lui a bel et bien cassé deux dents, non?

Mireille *la double face*, une petite sainte derrière son pupitre, mais une sacrée vicieuse quand la maîtresse a le dos tourné. Elle lui avait fait un croche-pied pendant la récréation en la traitant de grosse patate et elle était tombée comme une masse dans les graviers, sa jupe impudiquement retroussée sur les fesses. Toutes les filles s'étaient moquées d'elle, sauf une, Nicole, une élève arrivée depuis peu dans sa classe. Louise s'était relevée et avait donné un coup de boule, puis deux, histoire de justifier son sobriquet pourri. Elle s'était tout simplement défendue. Nicole s'était interposée, et depuis elles étaient devenues les meilleures amies du monde.

— Qu'est-ce qui va encore se passer la semaine prochaine, tu peux me le dire? Ta fille…

— Notre fille, ma chérie.

— Qu'importe! C'est un danger public, une catastrophe ambulante. Marcelle m'a dit…

— Qui ça?

— Marcelle, la boulangère, notre voisine! Enfin, Jean, fais un effort! Elle m'a dit qu'il y a des écoles spéciales pour les enfants à problèmes.

— Alice, je t'arrête tout de suite! Notre fille n'ira pas dans un centre spécialisé! Jamais, tu m'entends, jamais! Et d'ailleurs spécialisé en quoi? Je te rappelle qu'elle est bien plus intelligente que tous les autres enfants...

— Sauf sa sœur!

— Si ça peut te faire plaisir. Mais les derniers tests qu'on lui a fait passer le prouvent, elle est loin d'être idiote! Et Marcelle, qu'elle s'occupe de ses oignons, celle-là!

— Va le lui dire toi-même, Jean, elle t'a plutôt à la bonne, non?

— En plus, maintenant, il y a Junior, insiste monsieur Bouchon coupant court aux insinuations fielleuses de son épouse, il court partout, il n'y a pas toujours quelqu'un pour le surveiller, un jour il y aura un accident.

Louise ne peut qu'approuver. Le dernier-né est toujours à traîner dans ses pattes, dès qu'elle le touche, il pleure! Elle est sûre qu'il le fait exprès. Encore heureux qu'il ne parle pas. Il hurle, rote et pète, c'est tout ce qu'il sait dire.

— Chérie, encore une fois, je t'en prie, accepte l'idée. Nous devons nous faire aider.

— Aidés ou pas aidés, un jour elle nous fera une bêtise plus grosse qu'elle.

— Ce n'est encore qu'une enfant, Alice, et c'est notre petite fille. C'est à nous de la protéger.

— Tu sais très bien que ce n'est pas elle que je voulais, pleurniche la mère. Ce n'est pas elle que j'attendais. Je n'en voulais pas de cette petite...

— Alice! Stop!

Louise en a le souffle coupé. Il y a un temps de silence affreux pendant lequel l'enfant digère ce qu'elle vient d'entendre.

— Chérie, s'il te plaît, reprend l'homme à voix basse, fais un effort, aime-la un petit peu, notre fille, rien qu'un tout petit peu.
— Je ne peux pas, je ne peux pas!
— Je t'en supplie, fais-le pour elle, elle en a besoin.
— Je n'y arrive pas, c'est au-dessus de mes forces.
— Fais-le pour moi alors?
— Je ne pourrai jamais. Jamais!

Accroupie derrière la porte, l'enfant reçoit en pleine poitrine le cri que sa mère vient de lui jeter. Le *jamais* s'est planté dans son cœur. Elle ne comprend pas. Même si Maman ne voulait pas d'elle, ça ne l'empêcherait pas de l'aimer, rien qu'un tout petit peu, non? Mais l'effort dans l'amour ça n'existe pas. Louise aime sans effort, elle aime tout court. Elle aime Maman.

Les plaintes de la mère se perdent dans son mouchoir. La petite fille n'aime pas quand sa mère pleure, c'est rare et ça fait mal, presque aussi mal que ces mots durs qu'elle vient de surprendre.

— J'aurais tellement aimé, j'aurais tellement voulu, tu sais bien...
— Là, là, calme-toi, calme-toi. Là, là, ne dis plus rien, c'est de l'histoire ancienne. Arrête de te faire du mal. Et puis, Junior est là maintenant, non?

Les petits reniflements de madame Bouchon s'accordent aux tic-tacs de la pendule. Louise amorce un mouvement pour se lever quand la voix de son père l'en dissuade.

— Chérie, j'ai beaucoup réfléchi, tente l'homme profitant du désarroi de sa femme – lui non plus n'aime pas quand son adorable épouse a du chagrin –, j'ai pensé à cette femme, tu sais, la copine de Maurice, le concierge du lycée.

— Tu veux parler de madame Yvonne ? Notre concierge ? Ah non, pas elle ! C'est une vraie pipelette, pas question qu'elle mette un pied chez moi !!

— Mais non, je ne te parle pas d'Yvonne, je te parle de l'autre, la mère d'Alfred, tu sais, l'homme à tout faire.

— Alfred ? Il n'est pas bien fini celui-là. Mais… je pensais que c'était Yvonne la copine de Maurice ?

— Oui…, enfin, non, pas seulement.

Dans la tête de Louise, tout se bouscule : Yvonne, la cerbère numéro un, serait la copine de monsieur Maurice, le cerbère numéro deux ? Finalement, il y aurait une part de vérité quand on dit que « *qui se ressemble s'assemble* ». Et monsieur Maurice, en plus, aurait une deuxième copine ? La mère de qui déjà ? Ah ! oui, d'Alfred. « *Il n'a pas la lumière à tous les étages celui-là* », comme dit Pépé Célestin, mais elle l'aime bien Alfred. C'est un hercule, un géant blond avec des mains aussi grandes que les battoirs qu'on utilise pour chasser la poussière des tapis. Il a de grands yeux de clown triste, il ne dit jamais rien, mais il sourit tout le temps. C'est un gentil, Alfred.

— Chacun mène sa vie comme il l'entend, poursuit monsieur Bouchon. Non, je te parle de l'autre. C'est une costaude, elle a de la poigne, elle saura y faire. Ça va peut-être nous coûter un peu, mais…

— Mon cousin ! Il nous aidera, Jean. Il ne sait pas quoi faire de son argent, et on est sa seule famille. Ne dis pas non. Alors ? Qu'est-ce que t'en dis ?

— J'en dis que ça ne coûte rien d'essayer, soupire monsieur Bouchon.

Les tic-tacs de la pendule accompagnent le silence. L'enfant derrière la porte pense avec amertume qu'il est facile de se débarrasser d'un problème avec de l'argent. Vendue, ils l'ont vendue ! Mais à qui ? À la mère d'Alfred ? Comment ils ont dit qu'elle s'appelait ? Ah oui, l'Autre, drôle de nom pour une maman. Et d'où elle vient d'abord ? Et quand va-t-elle arriver ? Qu'est-ce que ça veut dire « *elle saura y faire* » ? Et d'abord, c'est quoi ça, une costaude à poigne ?

Louise sent la panique la gagner. Un danger imminent qui a nom l'Autre s'annonce. Peut-être est-il encore temps d'éviter une catastrophe. Se faire aussi sage qu'une image, se faire petite souris, se faire discrète, se faire légère, se faire oublier, elle peut toujours essayer. Mais qu'on ne lui demande pas de devenir une petite fille modèle. Autant demander à une mouche verte de butiner les fleurs, à Lilliput de rentrer ses griffes et à l'Oncl'Oscar de garder ses sales mains dans ses poches.

Dong, dong, dong, le quart d'avant neuf heures la sort de ses pensées moroses. Elle a froid tout à coup, et elle a faim. Elle pousse doucement la porte, entre dans la chaleur odorante de la cuisine, s'assied à sa place, à côté du radiateur :

— B'jour p'pa, b'jour m'man !

— Bonjour, ma chérie, murmure le père, jetant un coup d'œil inquiet en direction de sa femme qui trouve soudain le fond de sa tasse de café rudement intéressant. L'enfant a-t-elle entendu ?

— Mmhh, ça sent rud'ment bon, je peux avoir une tartine ? Avec du beurre ? Et de la confiture aussi ? S'te plaît m'man.

— Tu ne commences pas à te goinfrer, Bouboule, dit la mère.

— Oui, m'man.

— Et puis tu dois avoir des devoirs à faire, ma chérie, intervient le père.

— Quand tu auras terminé, tu rangeras tout et tu files dans ta chambre pour faire tes devoirs !

— Mais, Maman, j'ai…

— Il n'y a pas de mais qui tienne. La discussion est close. Ton père doit se préparer, et moi j'ai du pain sur la planche.

Il est vrai que depuis quelque temps la vie n'est pas simple à la maison. Madame Bouchon a repris son travail de correctrice aux éditions Plume&Plume. La petite fille ne sait pas trop en quoi ça consiste, sauf qu'elle sait qu'avec elle il faut toujours employer le mot juste, c'est la plaie, ne pas faire de faute, ni grammaticale ni orthographique. Monsieur Bouchon est retourné à l'école, loin, très loin, quelle drôle d'idée, comment peut-on faire une chose pareille, enfin c'est son problème. Il ne rentre que les week-ends, et encore, pas tous. S'il veut obtenir le concours qui lui permettra de gagner plus d'argent pour faire plaisir à son épouse et couvrir ses besoins de femme coquette, il doit travailler au calme, loin de l'agitation de la maison.

— PutinPutinPutin…

Junior s'annonce dans le couloir, précédé de Lilliput, coupant court à la discussion. Le marmot commence à tanguer sur ses deux pattes arrière, à la grande joie du matou qui le couvre de tendres écorchures.

— Ah, bravo! Tu peux être fier de toi, grince Maman à l'attention de son mari. Bouboule, tu rangeras tout, et tu laisses ta sœur tranquille, elle a du travail. Tu viens, Jean?

Monsieur Bouchon avale en vitesse son café, attrape son fils à la volée, glisse un sourire navré à sa fille, emboîte le pas à sa femme. Ça sent rudement bon dans le sillon de madame Bouchon.

L'enfant abandonnée trempe sa tartine dans son bol. Ses devoirs? Ça fait belle lurette qu'elle les a terminés. Tremper sa tartine beurrée débordante de confiture, mastiquer avec application, prendre un air de rien, faire semblant que tout va bien, elle est passée maîtresse dans ce qu'elle appelle l'art de ses simulations. Dans le coin de ses grands yeux bleus, deux larmes en suspension tardent à s'échapper. D'un revers de manche, elle les écrase, barbouillant ses joues de confiture. Ignorer la dureté maternelle, elle n'y est pas encore arrivée. Seule avec son chagrin, l'enfant repense à ce dimanche, c'était quand déjà? Elle a oublié. Qu'importe, c'était un autre dimanche, noir aussi celui-là, il était tombé des cordes sans discontinuer sur la ville charbonnière. Pour consoler un ennui poisseux, elle était tombée à bras raccourcis dans la réserve privée de Mémé Suzanne, ses chers chocolats cachés sous son matelas, c'est fou comme les vieux manquent d'imagination.

6

LE PETIT CANARD
DE LA COUVÉE

« *Ce n'est qu'une indigestion,* avait dit le docteur de famille appelé en urgence. *Tu as encore trop mangé de chocolat, hein? C'est à chaque fois la même chose. Je te préviens, petite demoiselle, tu n'es encore qu'en surpoids, attention à ce que le petit bouchon ne devienne pas une grosse bouboule.* » Là, le spécialiste, satisfait de son bon mot, avait émis un petit ricanement déplaisant, en glissant une œillade de connivence à l'entourage familial soucieux du diagnostic. « *Mais si tu continues sur ta lancée, c'est l'obésité qui te guette!* », avait-il ajouté sans ménagement en guise d'avertissement.

Le bon docteur n'avait pas du tout apprécié d'avoir été, une fois de plus, dérangé un dimanche pour cette gamine hystérique qui lui faisait un peu peur, pouvait-il seulement se l'avouer? S'il s'était déplacé, à contrecœur, c'était surtout pour la charmante madame Bouchon. Comment une aussi jolie femme avait-elle pu accoucher d'une telle erreur, il ne pouvait pas comprendre, les mystères de la vie le dépasseraient toujours. Elle avait dû forniquer avec un diable de passage. *Allons, allons*, s'était-il gourmandé en chassant une image dérangeante, je viens pour la fille, pas pour la mère.

« *Ne parlons pas encore d'obésité*, avait répété l'homme de l'art en arrondissant ses lèvres charnues sur le O comme si le mot obésité avait du mal à les franchir dans sa rondeur obscène. *Ça peut s'arranger avec l'âge, il faut être vigilant, si l'enfant est boulimique, apprenez-lui l'abstinence.* » Elle ne savait pas encore ce que voulait dire abstinence. Sauf que le mot, rimant dangereusement avec absence et indifférence, devait être lui aussi synonyme de souffrance.

« *Cela peut encore être de l'ordre du pathologique, pourquoi pas*, avait poursuivi le spécialiste. *Vous m'avez parlé de dyslexie? Hum. Ce peut aussi être un simple dommage collatéral qui disparaîtra après quelques séances avec un bon psy. Ou à l'adolescence. Avez-vous pensé à voir un psy? Avec le temps, tout rentrera dans l'ordre. Il vous faut être, je vous le répète, patients.* »

Depuis ce diagnostic aux noms alambiqués, la fillette perdit son nom. Les mots compliqués étant par nature difficiles à comprendre, les membres de la famille Bouchon retinrent celui d'obésité, même si, fit remarquer Pépé Célestin, le « *pas encore* » laissait la porte ouverte à un avenir meilleur. Mais c'est surtout le malheureux bon mot du praticien, un à-peu-près fort discutable, qui fit des ravages. Le rapprochement Bouchon-Bouboule plut beaucoup.

L'unanimité adopta donc Bouboule et Louise perdit son identité.

Parfois, elle change de nom. L'oncle obscène à la main tripoteuse l'appelle *Bamboula*. Il paraît qu'il a fait l'Afrique et qu'il en a rapporté quelques souvenirs exotiques. Pépé l'appelle

Petite tout court, ou encore *mon ange*, le soir quand il est avachi dans son fauteuil après avoir pris son médicament avec une lampée de gin. Mémé, de sa voix chevrotante et chantante de vieille dame, l'appelle, fort joliment d'ailleurs, ma petite *Rose-Mousse*. Brigitte et ses copines l'appellent *Graciosa*, c'est méchant, mais elle s'en fiche. Elles appartiennent à une autre planète que la sienne ces filles uniquement soucieuses de leur apparence, préoccupées par le dernier tube de l'été ou encore l'acteur en vogue du moment. Tu parles d'une intelligence !

Quand les amies de madame Bouchon s'étonnent, à mots couverts, en regardant cette drôle de petite fille au physique si dérangeant : « Mais comment avez-vous fait pour fabriquer ce petit laideron, vous si jolie… », « Ohhhh, excusez-nous, Alice, heureusement que vous avez votre aînée, si délicieuse, si gracieuse ! » Celle-ci, atteinte dans sa dignité de mère parfaite, répond comme pour s'excuser : « Bouboule, c'est le petit canard de notre couvée. »

Parfois, en l'absence de ses parents, Louise se glisse dans leur chambre. Elle se déshabille et observe sans complaisance son reflet dans la glace accrochée au dos de la porte. Alors, elle contemple ce duplicata qui la nargue du haut de ses petites jambes dodues. Elle voudrait détruire son double et disparaître pour toujours. S'enfoncer dans l'eau du canal pour ne plus voir se refléter dans le regard des autres ce *petit laideron*.

Un jour, tout à fait par hasard, par l'entrebâillement de la porte de la chambre parentale, elle avait surpris sa mère qui se pomponnait assise devant sa coiffeuse. Elle fredonnait du bout des lèvres une chanson sortie tout récemment sur les ondes, Louise n'entendait rien aux paroles, mais le charabia était mélodieux.

Be my life companion, and you'll never grow old [...]
no one wants to be old at thirty-three.

Elle était restée immobile, subjuguée par cette mère si jolie qui s'observait sous toutes les coutures. Par-dessus, par-dessous, de loin, de près, de très près, tellement près qu'elle allait passer de l'autre côté du miroir comme Alice au pays des merveilles, son homonyme. Mais non. Les gestes étaient rapides, précis, le coup de main sûr. Petit à petit, le visage si frais dans son naturel devenait sophistiqué sous les fards. Madame Bouchon mettait son masque.

Tout à coup, sa voix dérapa, les mots moururent. Elle se figea, plissa les yeux, colla son nez contre le nez en vis-à-vis dans la glace, effleura du bout de son index la peau à l'angle extérieur de son œil droit, la pinça, la tira. « Ah !... Satanée vieille peau ! », cracha-t-elle à son reflet défiguré dans le miroir. Sur le visage enlaidi, une ombre était passée, ravageuse, dévastatrice. Aussi soudainement qu'il avait disparu, le visage au miroir remit son masque et reprit sa rengaine.

When there's joy in living you just never grow old![1]

Madame Bouchon termina sa toilette. Mais trop tard. Dans le reflet du miroir, Louise avait eu le temps de surprendre le visage de l'Alice vieillissante. L'inéluctable la bouleversa. *À quoi sert de passer un temps fou dans la salle de bain,* s'était-elle demandé, *si c'est pour se mettre en colère contre l'inévitable ?* À ce

---

1 *Be My Life's Companion*, chanson populaire écrite en 1951 par Bob Hilliard (parolier) et Milton de Lugg (compositeur). « Sois le compagnon de ma vie et tu ne vieilliras jamais [...] personne ne veut être vieux à 33 ans [...] quand il y a de la joie de vivre, on ne vieillit jamais. »

moment précis, elle décida de ne pas grandir, que jamais elle ne vieillirait.

« Elle est jolie, hein, ta maman, ma Bouboule. » Perdue dans ses pensées, l'enfant avait sursauté, elle n'avait pas entendu son père approcher. Il s'agissait moins d'une question que d'une affirmation. Un petit coup de poignard lui avait transpercé le cœur, si seulement un jour son père pouvait dire : « Elle est belle notre Louise, hein, ma chérie ? »

Pour survivre, il lui a bien fallu apprendre à vivre avec ses différences. Cependant, parce que ne pas être comme les autres la rend unique, elle en tire une certaine fierté et trouve un petit réconfort à se dire que ça ne fait rien si personne ne l'aime puisqu'elle-même n'aime personne, ou presque. Mémé, avec ses yeux ronds de petit oiseau et sa langue pointue qui épie et pépie ? Junior, avec ses grands yeux verts lumineux comme ceux de Maman, largement ouverts sur le monde qui l'entoure ? Elle les tolère. Brigitte, le petit génie de la famille ? Passe encore, elles s'évitent. Le cousin de Maman ? Qu'il disparaisse ce vieux cochon qui cherche toujours à la coincer avec ses grosses mains qui lui font mal et son odeur d'eau de Cologne bon marché qui lui amène le cœur au bord des lèvres.

Bien sûr, il y a les parents, un monde à part, qu'on aime, ou non, selon les circonstances. Son père qui se tait et fait profil bas devant son épouse pour ne pas la contrarier. Et sa mère, qui n'aime qu'elle-même.

Maman qui vénère son petit garçon aux yeux lumineux.

Maman qui idolâtre son aînée surdouée.

Maman que tout le monde aime, parce qu'elle est si belle qu'on ne peut que l'aimer.

Maman qui ne l'aime pas.

7

NICOLE

Le petit-déjeuner terminé, Louise rejoint sa chambre, rassasiée mais l'esprit chagrin. Elle a fait le plein de pain chaud et de croissants, les Grosvilain sont peut-être d'affreux prétentieux pleins aux as, mais il faut reconnaître que ce sont les meilleurs boulangers du quartier. De bons voisins aussi. La boulangère fait toujours un prix à monsieur Bouchon. Elle apprécie ce bel homme, poli, élégant, discret, qui s'attarde volontiers devant son comptoir et a toujours un mot gentil pour elle. Tout le contraire de son mari. Quinze années de vie et de travail communs, ça tue l'amour.

Madame Bouchon ferme les yeux sur le petit jeu de Marcelle pourvu que le porte-monnaie s'y retrouve. Louise sait, pour avoir saisi quelques échanges sans complaisance entre ses parents, que sa mère n'apprécie guère Marcelle qu'elle trouve un peu trop *épicière* à son goût. Si elle fréquente la boulangère, c'est uniquement pour la télévision. Quant à cette dernière, elle ne se fait pas d'illusion sur la soi-disant amitié de sa jolie voisine. L'appareil télévisuel tout neuf trônant dans le salon est le fruit de sa réussite. Elle en tire une grande fierté, et de lire l'envie dans les yeux d'Alice Bouchon lui provoque une jouissance quasi orgasmique. Alice sait que Marcelle n'est pas dupe, tout dans le comportement de cette dernière transpire la suffisance. Mais elle passe outre, l'attrait de la nouveauté est trop fort. Les deux femmes sont donc faites pour s'entendre.

Louise n'a pas envie d'allumer, elle veut jouir de la pénombre qui s'attarde, qui précède la lumière balbutiante du matin, au diapason de ses pensées. Elle traîne un tabouret jusque sous la fenêtre. À genoux sur la paille tressée qui lui scie la peau, le nez collé aux carreaux, elle se demande ce que sera l'hiver. De l'autre côté de la croisée, les branches des marronniers s'entrelacent et se tordent, dansent une sarabande affolante, obscènes jusqu'au bout de leurs feuilles martyrisées. D'un revers de manche, elle chasse ces pensées moroses engluées en arabesques dégoulinantes sur la vitre.

Elle saute du tabouret en se frottant les genoux, se traîne jusqu'au lit, la position allongée favorise la réflexion. Mains croisées sous la nuque, elle se repasse la conversation surprise au petit-déjeuner, la rumine. Certains mots lui ont fait mal, elle veut les oublier. Un, pourtant, reste en suspens dans un coin de sa tête. L'Autre. L'Autre, la costaude à poigne, la mère de ce pauvre Alfred, la copine du redoutable Maurice. Quand va-t-elle arriver ?

La maisonnée dort encore, l'appartement est silencieux. À part son père qui s'est retranché dans un coin du salon pour travailler et sa mère qui s'occupe du petit dernier qui vient de se réveiller. Louise les entend qui chantonnent dans la salle de bain. Elle est fatiguée de s'ennuyer, alors, pour passer le temps, elle s'attaque aux devoirs à faire pour mardi, puis à ceux à faire pour mercredi. Elle n'a besoin de personne, elle les fait toute seule, sans effort, parce qu'elle aime ça. Tout simplement. Mais comme sa maîtresse qui ne supporte pas cette enfant arrogante est persuadée qu'elle se fait aider ou, ce qui ne l'étonnerait pas, qu'elle copie sur son amie Nicole la première de la classe, elle s'amuse à jouer à la mauvaise élève. C'est un petit plaisir qu'elle offre à la sale bique, histoire d'entretenir des relations qui apportent un peu de piquant à la routine scolaire. Elle s'amuse à défaire son ouvrage au dernier moment, comme Pénélope, en attendant son époux, défaisait le sien.

De penser à Nicole lui amène un sourire aux lèvres. Elle aime la regarder le jeudi après-midi quand elle joue au foot avec les gamins du quartier sur le terrain vague qui borde le canal. C'est la seule fille qui ose troquer sa jupe plissée d'écolière modèle pour revêtir un pantalon, parfois un short quand le temps le permet. Ses cuisses et ses mollets sont ronds, appétissants, ses genoux écorchés sont la preuve qu'elle n'est jamais la dernière à se battre. Avec ses cheveux blonds coupés courts, on dirait un garçon. Nicole n'a peur de rien. C'est une gagneuse, c'est une star.

Nicole, avec ses yeux rieurs et son petit nez pointu, sa bouche en cœur qu'elle a tellement envie d'embrasser. Ses lèvres doivent avoir le goût des roudoudous à la fraise que la boulangère lui tend contre quelques piécettes en nickel en penchant son opulente poitrine par-dessus le comptoir. Mais elle n'ose pas lui demander. Elle aime cette fille pas comme les autres qui vient la consoler à la récréation quand elle trouve refuge sous le préau pour se cacher des méchancetés et des moqueries des autres filles.

Qui lui tient la main en lui apprenant à rire pour faire passer les chagrins.

Et puis Nicole ne l'appelle jamais Bouboule, et ça, ça vaut tous les bonheurs du monde. Entre ses lèvres, son prénom, Louise, glisse comme du miel. Et quand Nicole dit tout doucement *Loulou*, le monde autour d'elle s'efface et le ciel s'éclaircit. Parce que Nicole est son amie et que les amies ne mentent pas. Parce qu'avec elle, elle devient belle, elle est belle.

8
LE 81

Depuis quelques jours, chez les Bouchon comme partout ailleurs dans les chaumières, on ne parle plus que de ça : les Russes ont envoyé un deuxième satellite dans l'espace ! Ils appellent ça des *spoutniks*. Louise trouve que c'est très gai comme nom, on dirait celui d'un clown qui sauterait de joie au plafond en faisant la nique au monde d'en bas. « *C'est les Américains qui l'ont dans l'baba* », s'était esclaffé Pépé Célestin, « *C'est un grand pas vers la conquête de l'espace* », avait prophétisé monsieur Bouchon. À l'intérieur du Spoutnik numéro deux, les Russes ont installé un chien. Une chienne pour être exact. Elle a pour nom Laïka.

— Ils auraient pu envoyer un homme, s'indigne Louise accoudée à un bras du fauteuil aux grandes oreilles qui trône dans le salon et dans lequel Célestin aime faire la sieste.

— On ne fait pas d'expérience sur les êtres humains, Petite.

— Mais comment elle va faire pour manger et pour faire pipi ?

— Une fille, ça n'a pas besoin de lever la patte pour faire pipi, ils lui ont attaché un petit réservoir au derrière pour tout récupérer, c'est des malins les Russes !
— Beurk !
— C'est la saucisse à pattes d'Oscar qu'ils auraient dû envoyer, conclut Pépé Célestin qui ne supporte pas l'avorton et encore moins son propriétaire.

Deux semaines ont passé depuis que Laïka est partie dans l'espace. La mauvaise nouvelle est tombée ce matin : Laïka ne reviendra pas. C'était prévu, paraît-il. Louise pleure sa tristesse, assise tout en haut des marches de la cage d'escalier sous le vasistas gris du ciel. Pauvre Laïka, toute seule dans l'espace, sans personne pour la rassurer, la consoler. Qui va lui donner à manger ? Qui va vider son réservoir quand il sera plein de pipi ? Ce n'est tout simplement pas humain. Elle est en colère. Quand elle sera grande, elle fera tout pour empêcher qu'on maltraite les petites chiennes qui n'ont jamais fait de mal à personne.

Perdue dans ses pensées, elle a bien failli ne pas entendre madame Yvonne monter les marches jusqu'au deuxième étage. Curieuse, elle se lève sans un bruit, se penche discrètement au-dessus de la rampe, regarde la pipelette remettre son courrier en main propre à Marcelle la voisine de palier. Si madame Yvonne a fait l'effort de monter jusque-là, c'est qu'il y a forcément une raison. Les antennes des concierges sont toujours à traîner, prêtes à capturer l'information et à la distiller comme du venin à qui veut bien l'entendre. À quoi d'autre peuvent-ils bien servir, si ce n'est colporter ? Brusquement, madame Yvonne se penche vers madame Grosvilain, elle va lui déverser son fiel dans le creux de l'oreille. Louise tend l'oreille.

— Vous savez quoi ? Votre voisine, là, la petite madame Bouchon, et ben elle m'a dit comme ça l'autre jour, qu'elle lui aurait bien refilé la p'tit' à la Maloud puisqu'elle voulait une fille. Qu'elle aurait eu qu'à d'mander, et bon débarras ! C'est comm' j'vous l'dis, Madame Marcelle, croix de bois, croix d'fer, si j'mens…

Marcelle ferme la porte avec précipitation au nez de la harpie interloquée, coupant la chique à sa logorrhée vénéneuse. La femme en charentaises redescend enveloppée dans une indignation de courte durée vers d'autres ragots à glaner et à répandre, suivie de la petite en question, blanche comme la cire des bougies qu'on conserve dans les tiroirs de la cuisine au cas où. Prêter ainsi des propos de grand n'importe quoi à sa mère ! Sale rapporteuse qui invente que des mensonges, qu'elle y aille en enfer elle-même, cette sale menteuse ! Chargée d'une rage assassine, Louise emboîte le pas à la bavarde, prête à l'envoyer cul par-dessus tête rejoindre seaux et balais en ligne droite au rez-de-chaussée. Sans escale.

Il s'en est fallu de peu. Une porte claquant au premier étage, des pas sur les marches, un « Bonjour, madame Yvonne » lancé à la cantonade, et la gamine suspend son geste. Salvatrice digression pour les deux antagonistes.

À pas de loup, Louise descend jusqu'à la loge afin de terminer sa bonne action d'éradication de la race colporteuse. Ce faisant, elle passe devant la porte qui mène au sous-sol et sur laquelle une main analphabète a épinglé un écriteau : *Locaux techniques - Défence d'entrée*. En réponse à madame Bouchon, qui a maintes reprises a réclamé réparation, le *Défence d'entrée* est resté bien en évidence à hauteur des yeux, histoire de montrer aux défenseurs des Belles Lettres qu'il existe deux mondes peuplés de deux sortes d'habitants : ceux qui font et ceux qui pensent. Appliquant à la lettre le vieil adage que se plaît à répéter Pépé Célestin, « *Il est interdit d'interdire* », Louise pousse la porte et plonge dans les profondeurs verticales. L'aventure est là, à portée de main, dans les caves du sous-sol de l'immeuble.

Elle s'enfonce hardiment dans les entrailles souterraines sentant l'urine et la poubelle mal fermée et se casse le nez sur des portes en bois à claire-voie grossièrement numérotées à grands coups de peinture blanche. Toutes verrouillées avec de gros cadenas et un grand silence derrière, la possession n'a de valeur que si elle reste discrète.

La problématique de madame Yvonne est passée au second plan. Elle escalade les étages avec la ferme intention de trouver l'emplacement de la cave familiale, ainsi que le moyen de l'ouvrir, et qui peut l'aider mieux que Pépé Célestin, son seul et unique confident ?

— Le numéro de quoi ? Quelle porte ? Y'a des caves ? Où ça y'a des caves ? Une clé pour ouvrir quoi… ? crachote l'ancêtre mécontent d'être dérangé dans sa sieste digestive.

Quand Pépé commence comme ça, autant le laisser continuer son cinéma, ça fait partie de ses petits plaisirs, pourquoi l'en priver. En général, sans réaction de son auditoire, il se met en route tout seul, il suffit d'attendre.

— Le numéro de la porte de la cave ? Celle de la famille Bouchon… ? Voyons voir ! Ahhh, oui, oui…

Prendre son mal en patience, laisser l'ancêtre faire semblant, ça l'amuse, de toute manière, il crachera le morceau. Sa petite-fille le connaît comme si elle l'avait fait.

— C'est le seul nombre, dans la quantité littéralement innnnnfiniiiiiiie… *Houla, Pépé va décoller !* C'est le seul nombre des nombres premiers dont la racine carrée est aussi la somme de ses chiffres. Et voilà!

Célestin se tait, fait une pause, qui s'éternise. Depuis quelque temps, Louise l'a bien remarqué, son grand-père a des absences. Elle lui secoue doucement le bras.

— Pépé? Pépé?

— Un peu de patience, ma chérie, murmure Célestin. Un jour, tu apprendras à l'école ce que c'est qu'une racine carrée, tu verras, c'est passionnant.

— Et alors? s'impatiente Louise pour qui seul le numéro de la porte de la cave importe.

— Quatre et cinq, sept et deux, trois fois trois, six et un, si tu ajoutes un à huit, ça fait quoi à ton avis?

— Ça fait neuf, je sais compter quand même, s'énerve Louise, mais c'est quoi le numéro de la porte, et la clé, elle est où la clé? Allez, Pépé, dis-le-moi.

— Tu m'laisses finir? Si tu m'laisses finir, je te dis où est la clé.

— D'accord!

Louise adopte une attitude d'élève exemplaire, attentive, réceptive, elle sait faire quand le sujet l'intéresse. Alors, le vieux grigou, qui aurait pu être instituteur dans une vie antérieure, mais n'aura été qu'un pauvre mineur exploité par ses patrons toute sa vie et qui en a gardé de graves séquelles au niveau des poumons, lève son index droit, ferme les yeux et articule:

— Qua-tre-vingt-un! La perfection, Petite, tu entends? Qua-tre-vingt-un! La totale perfection qu'aucun autre nombre ne peut atteindre.

— Si tu le dis, Pépé, mais la clé, elle est où la clé?

— Sais pas, dit Célestin en étirant ses paupières de batracien filou sur ses yeux jaunes.

Évidemment, le Pépé crache le morceau, il n'a jamais su résister à sa Petite.

C'est une minuscule clé plate de cadenas. Rien à voir avec la lourde clé romantique des contes pour enfants sages qu'elle imaginait, mais toutes les clés ouvrent toutes les serrures, sinon à quoi serviraient les serrures. Louise, ravie, s'en empare prestement et court la cacher tout au fond du dernier tiroir de son bureau, là où elle range son cahier à spirale rouge dans lequel elle confie ses écrits secrets. La petite clé plate remplirait son office en temps et heure.

Et comme tout vient à point pour qui sait attendre, le jour arrive enfin où temps et heure sont au diapason, le premier jeudi du mois de décembre. Une petite bise glaciale venue du nord empêche toute velléité de sortie, l'après-midi se traîne en longueur. Célestin, Suzanne, Oscar et le chien Kiki font la sieste, Brigitte travaille dans sa chambre, Maman est chez Marcelle avec Junior, Papa n'est pas là de toute la semaine, la voie est libre. C'est le moment de partir en exploration dans les bas-fonds de l'immeuble. Le passe-muraille de Pépé Célestin bien serré au fond de sa poche, Louise dégringole les étages, passe rapidement devant la loge vide de la concierge et s'enfonce le cœur battant vers l'inconnu. L'aventure commence.

Après quelques erreurs d'aiguillages dans les entrailles de Barbe bleue glougloutant de chasses d'eau et cascadant de détritus jetés dans les vide-ordures, elle tombe sur la bonne porte. La caverne d'Ali Baba est sur le point de livrer ses secrets, mais le vieux cadenas résiste. Hors de question de faire marche arrière si près du but. Pas besoin de clé, un simple coup de pied dans la porte suffit pour le faire sauter.

Et là, devant ses yeux écarquillés, un bric-à-brac merveilleux s'offre à elle. Quelques meubles, deux trottinettes, deux vélos d'enfant sans roues et un cyclomoteur sans moteur occupent la moitié de l'espace. Appuyées contre un mur, d'antiques paires de skis en bois, lanières de cuir et bâtons entremêlés, flirtent avec des rouleaux de papier peint, des manches à balai, des tringles à rideaux. Des piles de livres et de journaux poussiéreux encombrent un établi graisseux. Des sacs débordant de vêtements ont été jetés sous l'établi au milieu de quelques outils devenus inutiles faute de mains expertes pour les occuper. Des jouets malmenés, cassés, dépareillés, jonchent le sol en béton.

Stupéfaction ! Au milieu de tout ce capharnaüm, Adada, son cher cheval à bascule en bois à qui elle a fait subir les pires outrages, gît sur le flanc. Pauvre Adada, abandonné comme un vieux débris. L'enfant se précipite, l'enlace les larmes aux yeux, s'excuse de l'avoir tant malmené. Elle le cajole, le console, lui promet de s'occuper de lui. Pour se prouver qu'elle n'a pas oublié ses jeunes années d'équitation, elle l'enfourche, ferme les yeux, agrippe ses moignons d'oreilles et part au grand galop.

Délaissant l'estropié, Louise continue son exploration. Contre le mur, tout au fond de la cave, sous une vieille toile cirée qu'elle soulève avec précaution, ô merveille des merveilles, elle découvre un étroit lit métallique, une antiquité rouillée mais toujours vaillante. Son sommier disparaît sous une pile d'épais draps brodés et coussins aux couleurs passées. Un gros édredon grenat perdant ses plumes surplombe le tout, et à côté, posé sur la tranche, un matelas de laine complète le trousseau. Tout excitée, la gamine saute de joie sur le tout, perd l'équilibre, se rattrape de justesse à l'étagère fixée sur le mur au-dessus du lit, laquelle étagère n'attendait que ça pour enfin se libérer de sa trop lourde charge.

Patatras! Quelques boîtes à chaussures dégringolent sur sa tête avant d'éparpiller leur contenu sur le sol. Un peu sonnée, l'enfant réagit vite, elle a encore fait une bêtise, elle va se faire gronder si elle ne remet pas tout en ordre. À quatre pattes, elle ramasse les vieux papiers jaunis, va chercher à plat ventre ceux qui ont glissé sous le lit, rassemble le tout. Mais avant de tout fourrer dans les boîtes, la curiosité – sans elle, Louise ne serait pas Louise – l'emporte. Elle feuillette, pioche çà et là quelques mots, quelques bribes de phrases, en saisit vite la portée. L'histoire de la famille Bouchon est à portée de sa main. Il est difficile de se séparer des traces du passé. Après avoir tout remis en place, Louise referme la porte du 81 à regret, mais avec la ferme intention d'y redescendre. Quand les temps et heures seront de nouveau au diapason.

Les jeux solitaires ayant leurs limites et la jouissance gagnant à être partagée, elle se promet d'inviter son amoureux, son petit voisin de palier Victor Maloud, à partager sa découverte. Un peu de ménage, quelques arrangements succincts, et ils s'aménageront un petit nid douillet. Le 81 sera leur endroit secret, leur refuge pour les jours sans.

9

LES MALOUD
PÈRE ET FILS

Victor est fils unique. Il est né un 24 décembre. N'est-ce pas le plus beau des cadeaux que puisse espérer un jeune couple débordant d'amour? Le roman à l'eau de rose fut de courte durée. Depuis que Louise est arrivée dans la vie de Victor, elle n'a pas vu l'ombre d'une maman chez les Maloud. Ni l'ombre d'une autre femme, d'ailleurs. Elle n'en a jamais entendu parler, monsieur Maloud est un taiseux perdu dans son silence, et son bavard de fils ne parle que de bagarres et de plongée en apnée, sa marotte. De sa mère, jamais. À croire qu'il a été trouvé sous le sapin, déposé là par un père Noël pressé de s'en débarrasser. Il y a toujours dans les familles des photos accrochées aux murs, quelques portraits posés sur une commode ou sur le coin d'un bureau. Pas chez les Maloud.

Chez Victor, il n'y a plus de maman. Renseignements pris auprès de Mémé Suzanne qui est toujours au fait des derniers potins de l'immeuble – on se demande bien comment vu qu'elle ne quitte jamais sa chambre –, les Maloud ont posé leurs valises dans l'appartement C au deuxième étage du vieil immeuble un peu avant l'arrivée de la famille Bouchon. Monsieur Maloud est cuisinier de métier, il travaille au lycée, il s'occupe de l'approvisionnement en alimentation et en produits d'entretien pour l'ensemble de l'établissement. Une fois par semaine, le jeudi après-midi, il part faire la tournée des grossistes. À son retour, il y a toujours un cageot de fruits et de légumes tombés du camion, un morceau de fromage, des produits laitiers passés de date, parfois quelques œufs, plus rarement, mais ça arrive, un ou deux morceaux de viande. De quoi mettre du beurre dans les épinards.

Mais chut, surtout on ne dit rien, monsieur Maloud fait ce qu'il peut. Son métier est rude, ses horaires décalés, il est debout de l'aube jusqu'au cœur de l'après-midi, parfois même jusqu'au soir. Alors, n'allons pas lui reprocher d'aller s'accouder au comptoir du café des mariniers, une fois sa journée terminée, pour y trouver du réconfort et chercher un peu de compagnie. Il y va peut-être un peu trop souvent, laissant son garçon tout seul. Il n'y a plus de femme qui l'attend à son retour pour lui remonter les bretelles. Victor ne s'en plaint pas, au contraire, il aime sa solitude qu'il se plaît à partager avec cette drôle de petite voisine, une petite rouquine délurée débarquée dans sa vie depuis peu.

— Il a bien du mérite ce pauvre homme, a dit un jour monsieur Bouchon à son épouse qui se demandait s'il était prudent de laisser leur intermédiaire de fille fréquenter un garçon plus âgé qu'elle.

— Il a la peau un peu sombre ce monsieur Maloud, non, tu ne trouves pas ? Je me demande bien de quelle couleur sont ses os.

— Mais enfin, Alice, tu dis n'importe quoi.
— Oh, si on ne peut plus plaisanter.
— Il ne faut pas rire de ces choses-là, voyons, chérie! On va penser qu'on est raciste!
— *On* peut penser ce qu'il veut. En tout cas, il boit et il ne doit pas rigoler souvent, il est d'un triste ce monsieur Maloud.
— C'est un déraciné, ma chérie, il a des excuses. Tu imagines un peu, quitter le pays où tu es née en laissant tout derrière toi? Non, tu ne peux pas, évidemment, soupire l'homme sans illusion.
— Il porte quand même un drôle de nom. Maloud…, c'est français ça?
— Tu es incorrigible, chérie! Il est algérien, donc il est français. Et puis c'est un homme charmant.
— En tout cas, il n'est pas causant, difficile de savoir ce qu'il pense…
— Il s'occupe tout seul de son fils et Victor est l'ami de notre fille. C'est un gentil garçon.
— … et puis il ne sent pas très bon, murmure la femme sourde aux propos de son mari.

Le sens olfactif de madame Bouchon, qui promène son joli petit nez froncé du haut de ses talons vertigineux, est un indicateur important de la vie sociale. Selon elle, ce qui sent bon est forcément beau, convenable, donc utile. Son futur patron, monsieur Plume, par exemple, qui s'asperge d'eau de toilette onéreuse, est un homme tout ce qu'il y a de beau et de convenable. Et d'utile. Ce qui ne sent pas bon, comme l'étier qui pue en bas de l'immeuble ou monsieur Maloud qui empeste le graillon, est laid, incongru, donc inutile.

— Pas étonnant que sa femme l'ait quitté, assène Alice Bouchon d'un ton catégorique.

Louise n'a pas besoin d'en entendre plus. Quand elle ne trouve pas de réponses aux questions qu'elle se pose, c'est vers Pépé Célestin qu'elle se tourne.

— Pourquoi on l'a déraciné le papa de Victor, Pépé ? C'est pas un arbre pourtant.

— Ça veut dire qu'on l'a obligé à quitter son pays.

— Pourquoi ?

— Parce qu'il n'était pas d'accord avec tout le monde.

— C'est quoi son pays ?

— L'Algérie.

— Ça lui a fait mal ?

— Ça lui a fait mal au cœur, surtout.

— Pourquoi il a eu mal au cœur ?

— Il a traversé la Méditerranée en bateau et il a eu le mal de mer, c'est tout. Tu sais où c'est la Méditerranée ?

— Ben oui, Pépé, quand même ! Mais, c'est où l'Algérie ?

— C'est un pays qui se trouve au nord d'un continent qu'on appelle l'Afrique

— C'est quoi un continent ?

— T'en poses des questions, toi, t'apprendras tout ça à l'école, ça sert à ça l'école, à apprendre.

— Raconte-moi l'Afrique, Pépé.

— Tu me fatigues, Petite. L'Afrique, c'est un endroit de la planète où il fait très chaud, où les gens ont la peau toute noire, les yeux tout blancs et les cheveux tout crépus.

La peau de Victor est couleur pain d'épice et ses cheveux sont plutôt raides, et la peau de son amie Nicole a la couleur du lait et ses cheveux sont blonds comme les blés. Pourtant, avant de venir vivre dans le Nord, les parents de son amie habitaient dans un pays quelque part en Afrique. Louise a des doutes, son grand-père doit se tromper, ce n'est pas dans ses habitudes, mais elle ne relève pas, elle ne veut pas le blesser.

— Ça veut dire quoi *crépu*, Pépé ? Et pourquoi sa femme l'a quitté, le père de Victor, hein, Pépé ?

— Ça veut dire qu'ils sont encore plus frisés que les tiens et ça veut dire qu'il y a des choses qui ne regardent pas les petites filles de ton âge. Maintenant, tu me laisses tranquille, je suis fatigué.

Ça se termine souvent comme ça avec les adultes, quand ils sont fatigués dans une discussion, tout doit s'arrêter. Mauvaise excuse. Ils ne veulent tout simplement pas prendre le risque de s'aventurer sur des chemins glissants pour se perdre ensuite dans des explications compliquées. Ils ont oublié que le silence est pire que toutes les vérités, ou que tous les mensonges. Pourtant, ils ont été eux aussi des enfants.

C'est vrai que monsieur Maloud est un taiseux, mais c'est un gentil taiseux. Après avoir fait sa journée, il rapporte toujours dans son sac de quoi grignoter pour le goûter. C'est vrai aussi qu'il ramène avec lui une odeur désagréable de cuisine et d'eau de vaisselle, mais il s'en débarrasse vite en allant se laver à peine rentré du travail. Par contre, il est faux de dire que sa peau est noire et que ses cheveux sont crépus. Des cheveux, il n'en a plus, et il n'est pas complètement noir, il est bronzé toute l'année, c'est tout. Quant à ses os, alors là, on ne la lui fait pas, tous les squelettes du monde entier sont blancs, même ceux des animaux. Que Maman ne le sache pas, ça la chagrine un peu.

Louise se doute bien qu'il y a une maman quelque part, elle n'est pas née de la dernière pluie. Mais elle n'a jamais posé la question à Victor. Même s'ils se sont promis de tout se dire pour savoir tout l'un de l'autre, il est des douleurs qu'il ne faut pas réveiller, et Louise sait de quoi elle parle. Cependant, elle est contente pour Victor : si madame Maloud a quitté son mari, c'est qu'elle n'est pas morte.

Un midi où toute la famille était réunie autour de la table pour le repas dominical, Oscar, friand de racontars, ragots et autres médisances de comptoir, apporta quelques éléments de réponses à madame Bouchon qui se pose toujours des questions sur ce qui se passe chez les autres, mais certainement pas chez elle.

— C'est comme je te le dis, cousine. Il paraîtrait que la Carmen serait partie du jour au lendemain, qu'elle a abandonné son bébé à son mari, le pauvre homme.

Quand le cousin joue les empathiques, il est pitoyable, comment peut-il tromper son monde, mystère. Il n'y a que l'enfant intermédiaire pour s'en apercevoir. L'obèse libidineux sait y faire pour détourner les autres de sa vraie nature.

— On dit qu'elle serait tombée en dépression, qu'elle aurait cherché à mettre fin à ses jours et qu'elle n'y est pas arrivée.

— On dit même qu'elle a suivi des hommes, chuchote à son tour Mémé Suzanne en enfournant une petite cuillère de gâteau dans sa bouche en cul de poule.

On se demande comment elle a fait pour le savoir, elle qui ne sort jamais. Mais rester toujours prostrée dans l'encoignure de sa fenêtre à épier les moindres faits et gestes de tout le quartier, ça active l'imagination et nourrit les fantasmes.

— Belle-maman, vous n'allez pas vous y mettre vous aussi ? fulmine monsieur Bouchon.

— Paraîtrait même qu'elle aurait bien voulu…

— Vous, Oscar, vous vous taisez ! Pas de ça chez moi, les ragots, c'est au bistrot que ça se passe !

Bien fait pour lui, quand on ne sait pas de quoi on parle, on se tait, se réjouit Louise qui est partie se pelotonner dans le grand fauteuil en cuir du salon que Pépé Célestin a déserté depuis peu. Le vieillard circule maintenant en fauteuil roulant, ce qui met en joie Junior et Lilliput qui le suivent à la trace dans tous ses déplacements.

Alice Bouchon, en femme curieuse insatisfaite, avait mené discrètement sa petite enquête auprès d'Yvonne, en poste aux premières loges depuis bien avant l'arrivée de la famille Bouchon.

— Y'a pas qu'du faux dans c'qui s'raconte, M'ame Bouchon. J'm'en souviens comme si c'était hier. Voyons, c'était quand déjà, le temps passe si vite… Ah! oui, on venait de r'peindre la loge avec mon défunt mari.

Quelques coups de balai rapides pour se rapprocher au plus près de son auditrice tout ouïe, puis :

— C'qu'y a d'vrai, c'est qu'elle voulait une fille la Carmen, une petite de rien du tout, rien que pour elle. J'vous l'dis bien pass'que c'est vous et qu'on s'comprend, hein, hein, M'ame Bouchon? Pas étonnant qu'elle ait tout plaqué, la Carmagnole, ces gens du Sud, y sont pas comme nous.

Madame Bouchon, pour couper court aux confidences et avoir le dernier mot, cloua le bec de la pipelette en tablier en lançant ce qu'elle voulut être une plaisanterie :

— Elle n'avait qu'à l'emballer dans un paquet cadeau et le déposer dans la hotte du père Noël si elle n'en voulait pas. J'en connais une qui aurait volontiers fait un échange.

Mal lui en prit. Les mots malheureux s'imprimèrent dans le cerveau de la bignole à l'affût du moindre racontar à déformer pour mieux le colporter. Ce qu'elle fit un peu plus tard, on l'a vu, à la distribution du courrier, en tournant l'histoire à sa façon, sans en mesurer les conséquences.

Un jour, Victor avait confié à son amie l'unique photo de sa mère qu'il possédait. Celle-ci, avant de la lui rendre, la montra à Pépé Célestin. On y voyait une jolie jeune femme, presque une enfant, sa longue chevelure ramenée en chignon noué bas sur la nuque. Sur le cliché en noir et blanc, elle semble heureuse, souriant à l'objectif dans sa robe légère.

« *Belle peau, yeux ardents, cheveux noirs, ça c'est une fille du soleil,* commenta Pépé Célestin en portant le portrait à son nez. *Elle sent la vigne et les oliviers, je parie qu'elle est ardente au lit, tout le contraire des filles de chez nous qui sont pathétiques et diaphanes. Y'en a qui aiment.* »

Ce qu'il ne savait pas, Célestin, c'est que Carmen courbait l'échine sous les remarques racistes et les jeux de mots douteux qui font mal, bravant le froid et les jours gris pour aller faire des ménages chez celles-là mêmes qui la poignardaient dans le dos. Ce n'était pas les mots méchants des bourgeoises qu'elle craignait le plus, Carmen. Elle n'avait peur que de deux choses. Des branches des marronniers qui, au plein cœur de la nuit, grattaient à sa fenêtre sous les pluies incessantes de ce pays où les terrils font office de montagnes. Et de son petit garçon mal fini qui n'arrêtait pas de pleurer. Peut-être en avait-elle tout simplement assez de son mari à la main leste traînant une odeur permanente d'huile chaude sur ses vêtements et sur son corps, polluant tout ce qu'il touchait, jusqu'à elle-même.

« *Le soleil devait lui manquer à la Carmen,* conclut l'aïeul. *C'est peut-être bien pour ça qu'elle a fait sa valise. Elle est retournée dans son pays, de l'autre côté des frontières, quelque part vers le sud. Elle avait des excuses.* »

10

LES HANDICAPÉS DE LA VIE

Victor est plus âgé que Louise, de deux ans tout au plus. C'est un costaud qui fait plus vieux que son âge. Malgré la légère claudication du garçon – Victor est né avec une jambe plus courte que l'autre –, Louise peut compter sur lui pour la protéger. Car si la gamine a la langue acerbe et le verbe pointu, elle est bien incapable de se défendre. Elle a la mollesse des guimauves dans le gros bocal de verre à l'encolure étroite que la boulangère prend soin de ranger à hauteur de nez d'enfants. Après avoir réglé son dû, on peut y plonger la main pour en attraper le plus possible et tenter de sortir ce *plus possible* justement. Ce qui est de l'ordre de l'impossible.

Quelques points communs, comme de partager le même palier et revendiquer haut et fort leur statut de cancre, et leurs différences, les ont rapprochés et ont scellé leur amitié. Tout comme sa petite voisine, mais dans la classe des garçons, Victor se colle au radiateur, sous la fenêtre au dernier rang, dès le début de l'année. Rêver en attendant que ça se passe, c'est tout ce qui l'intéresse. Le garçon s'est enfermé dans un mutisme salvateur pour ne pas répondre à la méchanceté imbécile de ceux qui se moquent de lui, le traitant de *moricaud* en l'appelant *le boiteux*. Il s'en fiche. Il regarde le ciel à la recherche d'un coin de ciel bleu, et quand il l'a trouvé, il ferme les yeux, son esprit s'évade, s'envole, se perd tout là-haut où plus rien ni personne ne peut l'atteindre. Alors, il sent, plus qu'il imagine, l'odeur suave des olives et des raisins gorgés de soleil que sa mère dépose délicatement dans son panier, puis elle se retourne, lui sourit…

« Monsieur Maloud ! Vous pouvez répéter ce que je viens de dire ? Non, bien sûr. Vous savez ce qu'il vous reste à faire ? »

L'atterrissage au coin près du tableau noir à genoux sur la règle est une punition douloureuse, mais Victor est un dur. Les ricanements mis en sourdine au creux des paumes ne l'affectent pas. À hauteur de ses yeux, il y a une tache en forme de nuage où il peut poursuivre ses rêves du bout des doigts. Personne ne peut les lui voler.

Victor s'en fiche. Les coups de règle, les cartons jaunes, les cartons rouges, les humiliations n'y feront rien. Ce qu'il veut plus tard, Victor, quand il sera un homme, c'est être plongeur. Pas avec une éponge et un torchon comme madame Yvette, la femme de ménage qui se tape toute la vaisselle midi et soir à la cantine du lycée, ni avec des bouteilles comme les hommes en noir qui draguent les eaux sombres du canal à la recherche de bicyclettes rouillées, de carcasses de voitures et de corps de noyés. Non. Victor sera plongeur en eau profonde et en apnée. Pas besoin de savoir toutes ses tables de multiplication pour ça, il suffit d'apprendre à retenir sa respiration le plus longtemps possible. Ce n'est pas sa jambe de *mal fini* qui l'en empêchera. Dans cet objectif, il s'entraîne dès qu'il le peut dans les eaux noires du canal juste avant les écluses, et si le temps ne s'y prête pas, dans sa baignoire. Louise est son coach. Elle compte les secondes pendant que le futur champion de plongée en apnée s'immerge en se pinçant le nez. Ils appellent ça le jeu du sous-marin.

On était aux portes de Noël quand Louise invita Victor à pénétrer dans ce qu'elle appelle désormais son sanctuaire. À eux deux, ils retroussèrent leurs manches – tout en laissant le fourbi tel qu'il est pour brouiller les pistes en cas d'intrusion intempestive, on n'est jamais trop prudent – et finirent par découvrir l'endroit idéal où cacher leur nid. Communiquant avec la cave familiale par une porte dérobée, en dessous des premières marches bétonnées d'un escalier extérieur menant à la surface, un petit endroit discret était resté miraculeusement inoccupé. Un espace en diagonale, quasi invisible, suffisamment grand, où le lit métallique trouva tout naturellement sa place. Le matelas de laine, le gros édredon de plumes couleur grenat et les coussins douillets adossés à la tuyauterie de la chaudière fixée le long du mur apportèrent un confort supplémentaire.

Dans cette alcôve douillette, sentant un peu le moisi, Louise et Victor se retrouvent dès qu'ils en ont l'occasion. En général, le dimanche après-midi quand monsieur Maloud part taper la belote avec ses copains dans un café quelque part du côté des docks.

C'est le moment que Louise choisit pour enfiler son capuchon de chaperon rouge, mieux vaut être prudente, dans les sous-sols, il fait toujours un peu frais. Sa mère est chez la voisine avec Junior, son père travaille son concours, tandis que le reste de la famille est occupé à faire la sieste. Sur la pointe des pieds, elle sort sur le palier, colle l'oreille à la porte de l'appartement A. Les babillements de Junior accompagnant les bruits de fond de la télévision, la voie est libre. Quelques petits coups légers gratouillés sur la porte de l'appartement C, et voilà nos deux lascars qui dégringolent les marches, rampent prudemment devant la loge de madame Yvonne, s'engouffrent dans le sous-sol, direction le 81.

Enfouis sous le gros édredon de plumes, serrés l'un contre l'autre, ils se racontent leurs histoires. Invariablement, Victor rapporte son dernier exploit de plongée en apnée, tandis que Louise lui confie ses secrets. Le dernier en date, l'horrible mensonge de la concierge qu'elle a enfoui au plus profond d'elle-même, a mis Victor dans tous ses états. Depuis, il ne décolère pas, il jure qu'il lui fera la peau à cette vieille sorcière.

La plupart du temps, ils jouent aux cartes, lisent, ou ne font tout simplement rien d'autre que savourer le bonheur d'être deux. Il arrive que la petite aide parfois le garçon à terminer un devoir, résoudre un problème, apprendre un par-cœur, mais Victor se lasse vite. Alors, suivant le temps dont ils disposent, ils s'amusent à pimenter leurs jeux. Ils se déguisent avec de vieux vêtements dénichés dans les sacs, ils s'inventent une histoire et partent en exploration vers des destinations lointaines. Après avoir joué à la dînette jambes croisées sur le lit, ils terminent leur voyage en tirant à tour de rôle sur de vieux cigares, trouvés dans une boîte à chaussures, jusqu'à la nausée, ça les fait tousser, qu'importe, ils sont heureux. Puis ils se pelotonnent l'un contre l'autre sous l'édredon, s'amusent à faire semblant d'être un papa et une maman, tentent de s'embrasser comme les fiancés doivent le faire, mais attention, sans la langue, Louise n'aime pas ça, c'est mouillé et c'est désagréable. Parfois, Victor lui demande de lui montrer ce qu'elle cache sous sa petite culotte, et si il peut toucher, ce qu'il fait avec beaucoup de curiosité et de délicatesse après qu'elle ait exigé qu'il fasse de même, il n'y a pas de raison, donnant-donnant. Les bons explorateurs ne peuvent jouir de ce qu'ils trouvent que s'ils osent aller très loin et partager leurs découvertes. C'est comme ça qu'on avance dans la vie.

Un troisième compagnon complète ce tableau idyllique. Peu de temps après leur installation, alors que Louise furetait désœuvrée et solitaire dans le local obscur des poubelles à la recherche d'un hypothétique trésor à ramener dans son antre, un couinement presque inaudible l'avait attirée derrière un conteneur plein à ras bord de détritus. Prisonnier d'un piège déposé là dans le but d'éradiquer son espèce, un raton affolé la fixait de son œil de cyclope, l'autre ayant disparu laissant place à une cicatrice effroyable. Accroupie, elle avait observé un moment l'animal pris au piège. Quelques gouttes de sang perlaient sous son ventre palpitant. À y regarder de plus près, elle s'aperçut qu'il avait entrepris de se ronger une patte pour se libérer. *Quel homme serait capable d'un tel exploit?* se demanda-t-elle admirative. Elle avait succombé devant l'acharnement de la courageuse petite bête, l'avait délivrée et mise en sécurité au 81.

Douillettement installée dans un carton à chaussures habillé d'un vieux torchon, pansée, cajolée, nourrie des reliefs de la poubelle bouchonnière, la bestiole se remit rapidement de sa blessure. Une fois assurée de sa pitance, à l'aise sur ses trois pattes, elle se mit à suivre sa protectrice dans ses explorations souterraines. Elle finit par établir définitivement ses quartiers dans la cave de la famille Bouchon et régna en maître absolu dans les sous-sols, faisant la nique à ses congénères moins chanceux et aux matous affamés. Baptisée Bobo à cause de son œil unique en bouton de bottine, elle s'installa dans une seconde vie, une belle vie inespérée de pacha.

Pour lui faire découvrir le monde, les sous-sols manquant d'horizons, Louise empoche parfois la bestiole trop heureuse d'être ainsi transportée, marcher sur trois pattes peut être à la longue assez fatigant. Dès que l'occasion se présente, elle la laisse gambader discrètement dans sa chambre tout en faisant très attention à nettoyer ses crottes. Elle l'emporte parfois même au lycée en prenant soin de bien fermer les poches de son tablier après les avoir bourrées de victuailles. C'est ainsi que Bobo devint le spectateur privilégié, et par trois fois l'acteur, des mésaventures de sa petite maîtresse.

Victor et Louise, Louise et Victor, les deux handicapés de la vie, amputés de l'amour maternel, ne pouvaient que se rejoindre pour mêler leur mal-être. Parce que les portes de leurs appartements se rejoignent. Parce que la cloison de leur chambre joue à touche-touche. Parce qu'elle est lui, parce qu'il est elle. Parce qu'ils se sont promis de tout se dire et de s'aimer jusqu'au bout de la vie. Bercés par le chuintement léger des eaux usées dans les tuyauteries, ils oublient le temps. Ce qu'ils se racontent ne regarde personne. Ce qu'ils se sont promis ne regarde qu'eux.

Bobo les rappelle à la réalité en vadrouillant à la recherche de quelques miettes tombées de leur goûter. Ses chatouillis les font rire, ils émergent comme deux galopins pris en faute, remettent un semblant d'ordre, remontent à la surface. Ils ont fait le plein de bonheur pour la semaine.

11

LA GUERRE EST DÉCLARÉE

Monsieur Bouchon est parti tôt, bien avant que la maisonnée se réveille comme tous les lundis matin. Il a bouclé sa valise, enfilé son lourd paletot de laine, baisé le front lisse de son épouse, puis il a filé prendre le train direction son école parisienne. Il ne rentrera que vendredi soir. Madame Bouchon est partie en courant à son nouveau travail. Comme le furet de la comptine, elle court, elle court, elle court après les mots. Avant de disparaître, elle a confié Junior à son beau-père.

— Célestin, je suis pressée, la nouvelle bonne va arriver. Elle devrait être là vers les neuf heures, neuf heures et demie. Je peux compter sur vous ? Il ne va pas tarder à s'endormir. Et toi, Bouboule, n'oublie pas l'heure.

— Oui, absolument, pas de problème, ma bru, a répondu Célestin qui pique du nez avec son petit-fils après lui avoir chanté sa version à lui du furet, qui n'est pas piquée des vers.

De stupéfaction, Louise en a lâché son cartable. Tous aux abris ! La nouvelle bonne arrive ! L'Autre, la mère de ce pauvre

Alfred. L'Autre, la deuxième copine de monsieur Maurice. *Entre nous, on se demande bien ce que les femmes peuvent lui trouver à ce gnome répugnant, enfin, à chacune ses goûts*, se dit la gamine en récupérant son cartable et en amorçant à pas lourds la descente vers son enfer quotidien.

Évidemment, personne ne lui a demandé son avis, personne n'a pensé à la prévenir, comme si elle ne comptait que pour du beurre dans cette famille. En s'agrippant de toutes ses forces à la rampe d'escalier, elle rumine de sombres pensées. Il paraît que l'Autre va soulager sa mère, tant mieux pour elle, mais elle se demande si sa mère ne devrait pas être la seule à lui accorder toute son attention. Qu'a-t-elle besoin d'aller travailler, puisque son père est là pour ça ? Et l'Autre n'est-elle pas elle aussi une maman ? Celle de ce pauvre Alfred qui n'a pas la lumière à tous les étages ? Qu'elle abandonnerait sans remords pour s'occuper d'une gamine qu'elle ne connaît ni d'Eve ni d'Adam ? Où ira-t-il et que fera-t-il s'il n'a plus de maman pour l'aider ? Est-ce que quelqu'un s'est seulement posé la question ? L'enfant a de sérieuses inquiétudes quant aux intentions de cette nouvelle venue que la fibre maternelle ne semble pas étouffer.

Arrivée au rez-de-chaussée, Louise s'arrête. Elle a pris sa décision. Elle veut voir à quoi ressemble celle qui, à coup sûr, va lui pourrir l'existence. Elle veut la voir avant que l'Autre ne la voie. Elle veut se faire une opinion en fonction de ce qu'elle sera. Alors, pas question de rater son arrivée, c'est une raison amplement suffisante pour sécher l'école.

Dissimulée derrière la porte en haut des marches qui descendent à la cave, elle attend patiemment que la colporteuse de mensonges rentre dans sa loge. Il ne lui faut que quelques secondes pour escalader les deux étages jusqu'à l'appartement

B et se casser le nez sur la porte close. *Zut*, dans son affolement, elle a oublié de prendre sa clé. Qu'à cela ne tienne, elle attendra dehors. Elle pose son cartable à côté de la porte, s'assied sur la première marche, il n'y a plus qu'à prendre son mal en patience, une belle performance quand on sait que l'enfance ne s'embarrasse pas du décompte du temps. Louise a toujours su comment tuer le temps. Aujourd'hui, elle va l'assassiner.

En attendant l'entrée en scène de la costaude à poigne, elle effectue quelques glissades sur la rampe d'escalier. Au bout d'un certain temps, fatiguée des glissades, elle pioche au fond de sa poche quelques marrons rescapés, les lance sur la verrière, puis à court de munitions, finit par se rasseoir. Quand soudain, le déclic de la porte d'entrée la sort de sa torpeur. Des pas lourds se font entendre. Pour mieux voir celle qui monte les deux étages, la gamine glisse la tête entre deux barreaux de la rampe, les oreilles coincent un peu, mais ça passe, se penche du mieux qu'elle peut au-dessus du vide.

Une silhouette imposante entre dans son champ de vision, commence son ascension avec une effroyable lenteur. Un corps épais, habitué aux travaux ménagers, aborde un virage, disparaît un court instant de sa vue, ne laissant de visible qu'une main rugueuse aux ongles écaillés de rouge glissant sur la rampe. La lourde femme fait une pause pour récupérer un peu de souffle. La fillette se tortille et, pour mieux y voir, allonge le cou, passe une épaule entre les barreaux, la deuxième suit, erreur fatale, elle est coincée! Impossible de reculer. L'Autre reprend son ascension, se hissant à grand renfort de soupirs. L'enfant prise au piège sent son odeur puissante de travailleuse de force arriver jusqu'à elle. Soudain, elle la devine qui se plante jambes écartées, juste derrière son dos.

« C'est à qui ce gros popotin que je vois là ? Ne serait-ce pas à Bouboule par hasard ? Et le gros popotin de Bouboule ne devrait-il pas être sagement posé sur une chaise, devant un pupitre ? Dans une salle de classe par exemple ? »

Louise sent le rouge de la honte lui monter au front. Comment sait-elle, et surtout, comment ose-t-elle l'appeler de ce surnom détesté ? Deux sensations abominables, faites d'humiliation et de ridicule confondus, la submergent. Que faire ? Accepter l'aide de cette inconnue qui se permet de l'interpeller avec familiarité par ce sobriquet abhorré ? De cette femme qui lui donnera, soi-disant, l'attention que sa mère ne lui donnera plus, si elle lui en a jamais donné ? Car Maman l'a bel et bien trahie en l'abandonnant à une autre maman, qui elle-même abandonne son enfant. À quoi ça sert alors une maman qui fait comme si elle n'en était pas une ?

Son cœur et son cerveau à l'unisson lui lancent un signal, surprenant d'évidence : en haut ne servant plus à rien, c'est en bas que tout, dorénavant, va arriver, l'inconvénient d'exister est plus fort que le vouloir-vivre. Elle n'a plus qu'un objectif : quitter la douceur palière, glisser vers le vide, se précipiter vers le bout de sa vie. Le gouffre accueillant de la verrière dévastée deux étages en dessous sera son ultime voyage. S'éclater comme un gros marron parmi les petits marrons, quelle destinée ! Dans un spasme convulsif, l'enfant rageuse pressée d'en finir arrache ses hanches puis ses fesses d'entre les barreaux. Elle sent deux mains vigoureuses la saisir rudement par les pieds. Elle rue, crache, crie sa rage, sa douleur, sa haine. Les deux battoirs aux ongles peints, pas si vigoureux que ça finalement, finissent par lâcher prise, et Louise tombe la tête la première dans une culbute vertigineuse.

Un hurlement strident envahit la cage d'escalier, arrachant Gérard Grosvilain à son sommeil réparateur. Le boulanger a enfourné les dernières miches au petit matin, sa moitié tient la caisse, il aimerait bien que ça cesse ces cris d'enfants chez les Bouchon, il ne supporte plus, d'ailleurs c'est pour ça qu'il n'en veut pas d'enfants.

« Mon Dieu, mon Dieu, mon Dieu, hulule la femme en dévalant les marches à une vitesse surprenante pour son poids, sa vaste poitrine ballottant sous la bavette de son tablier, mon Dieu mon Dieu mon Dieu… »

L'hercule de service en bleu de travail, qui s'était redressé en entendant tout ce raffut au-dessus de sa tête, a juste le temps de lâcher son balai, d'étendre ses bras de géant, plus par réflexe que par devoir, avant de se retrouver plaqué au sol, le souffle coupé, sans avoir bien saisi ce qui lui tombait du ciel.

Et voilà, je suis morte, constate avec philosophie l'enfant, *même pas mal !* Quelques secondes suffisent pour effacer les vacheries de la vie, elle ne sera jamais plus cette pauvre Bouboule, pour personne. Tant mieux ! Finalement, c'est facile de mourir.

Par contre, le pauvre Alfred, l'épaule droite luxée, le nez sanguinolent et la pommette éclatée, beuglant à l'unisson de sa génitrice comme deux cochons qu'on égorge, gît parmi les débris de verre, la petite fille miraculeusement indemne dans les bras. Celle-ci, soudain ressuscitée, hurle à la cantonade pour couvrir les cris hystériques des viragos en tablier et peignoir, alertées par tout ce charivari matinal : « C'est pas moi, c'est l'Autre, elle m'a poussée ! »

12

LA VENGEANCE EST UN PLAT...

Après l'épisode fâcheux de l'escalier, la vie a repris doucement son cours. Louise a frôlé la mort, elle s'en est sortie de justesse, sans graves séquelles, hormis quelques écorchures et quelques bleus. « *Grâce à Dieu* », a dit monsieur Bouchon qui pourtant n'y croit pas, sauf quand l'occasion se présente, mais surtout grâce à ce brave Alfred qui ne pourra pas tenir un balai pendant un bon bout de temps. Du coup, il y a du laisser-aller dans l'entretien des locaux, les poubelles s'accumulent, l'odeur devient insupportable, les escaliers et les couloirs sont crasseux, les résidents râlent, bref, rien ne va plus.

Madame Yvonne dit qu'elle n'est pas payée pour faire le ménage, que son boulot à elle c'est garder les clés et porter le courrier, que c'est aux résidents de prendre les choses en main, que c'est à eux à s'en occuper. Lesquels résidents rétorquent qu'ils n'ont pas le temps, qu'ils travaillent, eux, ce qui met la concierge dans tous ses états, comme si elle ne travaillait pas, elle. Bref, le dialogue de sourds s'éternisant, d'un commun accord, on a prié ce pauvre Alfred de reprendre son boulot s'il veut continuer à être payé, qu'il n'a qu'à se débrouiller, une épaule luxée et quelques ecchymoses, ce n'est quand même pas la mer à boire.

Il est tout juste quatre heures de l'après-midi et déjà la nuit tombe. Sur les trottoirs humides, quelques zombies rasent les murs dans une harmonie de gris et de noir totalement déprimante. Emmitouflée dans son capuchon de chaperon rouge, Louise se presse sur le chemin du retour. Aujourd'hui, tout est allé de travers. Elle a escaladé le podium avec un carton rouge pour insolence, les chouchoutes de la classe l'ont traitée d'épouvantail en se moquant de ses bleus qui jouent à l'arc-en-ciel, et pour couronner le tout, Nicole, absente pour elle ne sait quelle raison, n'était pas là pour la défendre.

Elle n'a qu'une idée en tête, avaler un grand bol de chocolat chaud pour chasser le froid qui la glace jusqu'aux os, en l'accompagnant de quelques tartines beurrées avec plein de confiture dessus. Le goûter est un des meilleurs moments de la journée, mais depuis l'entrée fracassante de l'Autre dans l'intimité de la famille Bouchon, le rituel a changé. Avant, sitôt rentrée, Louise abandonnait cartable, manteau, chaussures, en les éparpillant dans le couloir, avant de s'engouffrer dans la cuisine. Puis elle en ressortait, rassasiée, en laissant tout en plan pour filer dans sa chambre. Plaintes, gémissements, supplications, punitions, rien n'y faisait. Maintenant, les règles ont changé, tout doit être rangé, ordonné, et si ce n'est pas le cas, ça barde. Les mauvaises habitudes, c'était hier, l'Autre veille au grain.

Depuis sa chute honteuse dans l'escalier, la miraculée ne décolère pas. Le trajet du retour dans le crachin n'ayant pas arrangé son humeur, à peine arrivée dans l'appartement, elle claque les portes à la volée, abandonne ses chaussures crottées sur le vieux parquet qui vient d'être astiqué, jette en vrac manteau et cartable dans le couloir et file à la cuisine. Provocation finale, elle laisse tout en plan et file à toute vitesse s'enfermer dans les toilettes, sa cachette habituelle.

Et attendre l'inévitable.

Qui ne tarde pas à arriver.

— Bouboule, viens ici!

Ça y est. Comme dit Pépé Célestin : « *C'est parti mon kiki!* »

— Bouboule, j'ai dit viens ici tout d'suite!!!

Faire la morte. Ne pas bouger.

— Bouboule! Saperlipopette de saperlipopette, gare à tes fesses si j'me déplace!

Elle peut toujours courir, elle ne sortira pas. Que l'Autre dise *amen* aux ordres de ses patrons le petit doigt sur la couture de son tablier, c'est dans l'ordre des choses. Mais obéir au doigt et à l'œil à une domestique, il y a des limites. Une domestique, ça ne donne pas d'ordres, ça les exécute. Une insoumise, ce que Louise a décidé d'être, ça conteste, c'est la règle. Alors, quoi de plus normal que de désobéir aux injonctions d'un dictateur en jupon portant, aberration totale, le nom de Madeleine. Car l'Autre a un nom, et pas n'importe lequel : Ma-de-lei-ne. Quatre syllabes d'une trompeuse douceur, quatre syllabes sucrées, mielleuses, tout ce que l'Autre n'est pas.

Madame Bouchon lui donne du « Madeleine » distant, mais prudent. Monsieur Bouchon, qui pourtant n'a peur de rien, lui a d'abord donné du « Madame » long comme ça, jusqu'au jour où sa femme lui a fait remarquer que le respect, ça ne se faisait que dans un sens. Pépé l'appelle Madelon, avec des œillades égrillardes, l'arrière-train et l'opulente poitrine de la dame le mettant dans tous ses états.

Il paraît que Madeleine est ce qu'on appelle une *bonne*. Renseignements pris auprès de Pépé, une bonne, ça sert à tout faire, c'est payé au lance-pierre, c'est une emmerdeuse qui parfois mange et dort sous le même toit que vous, sept jours sur sept, qui n'a pas à s'en plaindre parce que c'est à côté de son outil de travail et que c'est gratuit, ce qui n'est pas donné à tout le monde. Monsieur Bouchon pensait lui attribuer la troisième chambre de l'annexe, la plus petite, coincée entre celle de Célestin et celle de Suzanne, ce qui aurait été pratique pour s'occuper des deux vieux parents, sauf que c'est le cousin de madame Bouchon qui s'y est installé. Son porte-monnaie a eu raison des réticences de monsieur Bouchon.

— Bouboule !!!

Et voilà, c'est reparti !

— Bouboule !!! Tu vas l'avoir ta raclée, j'te préviens. Elle va me rendre folle cette gamine !

Ne pas répondre, garder le silence, telle est la règle d'or que s'est imposée Louise.

— Boubouhhhhhhhhhhhhhhhleuh !!!

— Et puis d'abord, t'as pas le droit de m'appeler Bouboule !! J'ai un nom moi aussi, je te signale !

— Ah oui ? Ben, j'm'en vais t'en donner un autre de nom, moi !

Madeleine arrive à fond de train, ce qui est un exploit vu sa corpulence.

— Qu'est-ce que tu fais toujours planquée dans les cabinets, tu t'touches, c'est ça ? Si t'ouvres pas tout'suite, j'm'en vais l'dire à ta mère, tu vas voir.

La menace est sérieuse, l'Autre fait toujours ce qu'elle dit qu'elle va faire. Louise se suçote la lèvre inférieure, ronge son frein, s'extirpe à regret d'entre le mur et la cuvette en faïence, ouvre la porte, quitte son refuge tête baissée, prête à esquiver l'inévitable coup de torchon. Les poings sur les hanches, les yeux réduits à deux fines fentes dans les plis de la figure, Madeleine contemple du haut de sa redoutable personne l'enfant sortie de son refuge malodorant.

— Alors, petite menteuse, par où on commence ? La fessée ou tu obéis et tu ranges ?

— Je ne suis pas une menteuse !

— Oh que si tu es une menteuse !

Madeleine n'a toujours pas digéré le cri du cœur, innocemment accusateur, que Louise a lancé à la cantonade dans la cage d'escalier.

— Et une grosse même. Bouboule..., tu portes bien ton nom, tiens.

— Arrête de m'appeler Bouboule ! J'en ai marre à la fin ! Je m'appelle Louise ! Tout le monde l'oublie dans cette maison !

— Bouboule-Tartine, ça t'irait bien, tiens, continue Madeleine inconsciente du mal qu'elle fait.

Le « Bouboule-Tartine » jeté comme une insulte fait déborder le vase. Elle en a marre de l'Autre, de sa brutalité, de ses brimades, de son impudence. Des envies de meurtres la submergent, elle lui fera la peau un jour à ce chameau, elle se le promet.

En traînant les pieds sur le parquet du couloir, elle commence à fredonner tout bas, entre ses dents, *Madeleine la grognasse, Madeleine la feignasse...*

— Qu'est-ce que tu dis encore derrière mon dos ? demande l'hargneuse.

Madeleine, madelon, madelaide, maledon, dondaine, dondon..., continue Louise, absorbée par la comptine qu'elle est en train d'écrire dans sa tête.

— Articule, j'comprends pas !

… *Maledon-Dondon, Madelaide-Dondaine, tu pues du bedon…* Oui, oui, c'est parfait, ça. Louise, la décortiqueuse de mots, est ravie de sa trouvaille. Elle tourne la tête vers Madeleine qui la suit de près histoire de bien vérifier qu'elle se rend là où elle doit aller – la cuisine –, lui coule un regard assassin et articule en regardant la grosse femme droit dans les yeux.

— Madeleine la baleine, tu pues de la bedaine.

Vlan ! La claque magistrale que lui retourne l'Autre sur les fesses, l'envoie valdinguer les mains en avant sur le parquet du couloir.

— J'y crois pas, la sale gosse ! Tu continues et la prochaine fois c'est la raclée, t'as compris ou j'dois l'répéter encore une fois ?

Qu'elle y aille, si elle ose ! Sauf qu'elle ne sent pas bon, la main de Madeleine, toujours plongée dans la vaisselle, le linge sale, les vécés, les couches de Junior et celles des ancêtres. Louise fait profil bas, elle n'est pas de taille et elle le sait. Elle se relève sans un mot, file tête basse à la cuisine ranger son fourbi. Madeleine n'aime pas Louise qui le lui rend bien. Mais la fillette ne se plaint jamais, car elle sait qu'aux yeux des autres, les adultes ont toujours raison. Pour monsieur et madame Bouchon, ce que Madeleine dit est parole d'évangile, donc Louise a toujours tort quoi qu'elle puisse dire ou tente de dire puisqu'elle raconte n'importe quoi et invente des histoires. Sauf que la dernière fois, quand elle a dit qu'il y avait un noyé vivant dans le canal, c'était vrai de vrai, même qu'il a fini par mourir à force d'attendre.

Pendant qu'elle s'active mollement à nettoyer les traces de son goûter, Lilliput vient s'enrouler autour de ses chevilles en circonvolutions félines et agaçantes. Soudain, en rangeant beurre et confiture dans le réfrigérateur, Louise a une illumination.

Hier soir, les Bouchon ont reçu quelques collègues et amis pour le souper, dont les incontournables Plume, monsieur et madame. Maman avait mis les petits plats dans les grands en mitonnant un menu spécial de la mer, soupe de poissons, coquillages et crustacés, thon en papillotes, crevettes et pamplemousse en sorbet, Tariquet glacé.

— Madeleine, vous serez gentille, avant de partir, vous accommoderez les restes de thon, ça fera l'affaire pour ce soir. Avec une petite purée, les enfants adoreront, avait-elle jeté avant de partir au boulot le lendemain matin.

L'Autre gentille ? Ça se saurait. Il faut reconnaître qu'elle remplit bien son contrat en secondant sa patronne dans les tâches ménagères. La cuisine brille comme un sou neuf, les casseroles rutilantes sont alignées en ordre croissant au-dessus de la cuisinière, les torchons suspendus sans faux plis à leur crochet respectif, un pour la vaisselle, un pour les mains, la nappe toujours tirée à l'équerre sur la table et la vaisselle impeccablement rangée.

Sauf les jolis verres en cristal gravé de Mémé, ceux que Papa préfère. Il aime les faire chanter le dimanche en les tenant délicatement par le pied, glissant amoureusement un index sur leur bord délicat. Madeleine les a soigneusement rangés par taille, à bouchon sur un linge immaculé posé sur le réfrigérateur pour qu'ils terminent de sécher.

La gamine dépose sournoisement la gamelle du chat pleine de croquettes dans le petit placard sous l'évier, Lilliput, ravi de l'aubaine, se précipite. Elle ferme sans bruit la porte du placard derrière lui, va chercher dans un tiroir la pelote de ficelle de cuisine, une paire de ciseaux, et se met à l'œuvre. Le piège mis en place, elle quitte la cuisine sans complètement fermer la porte.

Avant de partir, l'Autre jette un œil dans la chambre de Louise. Celle-ci est sagement en train de faire ses devoirs, semble-t-il, penchée sur son petit bureau, mordillant un crayon, l'air inspiré et faussement naïf.

— Bouboule-Tartine, susurre Madeleine.

Ne pas répondre, l'intelligence consiste à ignorer les provocations de l'adversaire.

— J'ai une course à faire, je pars plus tôt, n'en profite pas pour faire des bêtises, hein? Monsieur et Madame vont rentrer dans pas longtemps. Tu rappelleras à ta mère qu'y a les restes d'hier dans l'frigo. Dis-lui bien que j'les ai raccommodés comme elle me l'a d'mandé, y'a plus qu'à les réchauffer. J'peux compter sur toi, hein?

Mais qu'est-ce qu'elle parle mal cette Madeleine, tous ces hein, *toutes ces liaisons mal à propos, illettrée, retourne à l'école et arrête de dire* Monsieur et Madame *à tout bout de champ, on n'est pas chez les* Prout Ma Chère *ici, donneuse de leçons,* ronchonne Louise dans son for intérieur, tout en affichant un sourire angélique.

Puis l'Autre passe son nez par la porte entrebâillée de la cuisine pour vérifier si la gamine a bien fini son petit ménage, lance un « Combien de fois je t'ai dit de fermer la porte de la cuisine, Bouboule, tu sais que le chat n'a pas le droit d'y rentrer! », la referme avec sa brusquerie habituelle, ne voit ni la ficelle qui se tend ni la porte sous l'évier qui s'entrouvre.

Lilliput sort avec prudence, s'approche du bas de la porte qu'il renifle avec inquiétude, miaule un peu pour signaler sa présence, commence à trouver le temps un peu long, et finit par s'intéresser de près au réfrigérateur en haut duquel une odeur suave émoustille son odorat. Alors, avec toute l'élégance et la précision propres à sa race, il s'élance, atterrit de justesse sur le torchon..., et là, stupéfaction ! Entre les verres délicats posés en équilibre sur le tissu, quelques petites boulettes de thon s'offrent à lui.

— Surprise, ma chérie, c'est nous ! chantonne monsieur Bouchon les bras chargés de victuailles

— Papa !!!!!

Une vague de bonheur submerge Louise qui oublie tout, l'école, la maîtresse, le carton rouge, l'Autre qui la tape et l'Oncl'Oscar qui la chatouille. Papa est rentré ! Monsieur Bouchon a bénéficié d'un congé exceptionnel pour honorer quelques prises de rendez-vous. Avec un soupir de femme d'affaires qui a terminé sa journée, madame Bouchon, qui a daigné accompagner son mari dans ses démarches, jette sac et manteau dans l'entrée, se débarrasse de ses chaussures à talons de deux coups de gros orteils bien ajustés.

— Jean, j'ai soif, tu m'apportes un verre d'eau dans le salon s'il te plaît, roucoule la femme épuisée qui sent toujours aussi bon même après huit heures de travail.

Le père ébouriffe la tignasse de sa fille, ouvre la porte de la cuisine.

Lilliput, surpris dans son festin, conscient d'être là où il ne doit pas être, dérape sur le torchon, le torchon glisse entraînant avec lui les verres à pied en cristal préférés de Papa qui dégringolent et se brisent en mille morceaux. Madame Bouchon pousse de grands cris, son mari court après le chat, le chat qui ne veut pas lâcher son butin aborde sur les chapeaux de roue le virage entre cuisine et couloir, le mari coince le chat dans l'angle du mur, le chat lacère au passage la jambe de pantalon de l'homme qui hurle « Ouilleouilleouille ! Saloperie de matou, tu vas voir c'que tu vas voir ! », attrape le chat par la queue, le chat crache, griffe le mari qui continue de jurer encore plus fort et jette le chat du haut des marches du palier dans la cage d'escalier. Le chat et son miaulement déchirant se perdent dans les profondeurs des deux étages, éclatent en mille morceaux la verrière que ce pauvre éclopé d'Alfred vient juste de réparer en râlant contre ces sales gosses qui ne respectent pas le travail des autres.

La femme court après l'homme, affolée, hurlant d'une voix hystérique :

— Jean ! Ce n'est pas la faute de ce pauvre chat ! Sadique ! Tortionnaire ! Et puis arrête de jurer devant la petite. Et d'abord, Bouboule, comment cela se fait-il qu'il soit enfermé dans la cuisine celui-là ?

Louise s'approche prudemment de sa mère, baisse la tête, évalue la situation, lui coule un regard liquide, pleurniche :

— C'est pas moi, j'ai rien fait d'abord…

— *« Ce n'est pas moi, je n'ai rien fait »*, quand parleras-tu correctement, enfin, Bouboule !

Maman et son langage châtié même dans les pires moments, voilà qui énerve l'enfant au plus haut point. Elle n'aime pas quand sa mère joue les institutrices, elle en a déjà bien assez d'une à l'école.

— Oui, ben, c'est de sa faute, à l'Autre !

— Ce n'est pas beau de rapporter, ma chérie, dit Papa.

— Et d'abord, l'Autre elle me laisse toujours toute seule quand vous z'êtes pas là !

— Qu'est-ce que je viens de te dire, Bouboule ! « Quand vous *n'êtes pas…* »

— L'autre, comme tu dis, s'appelle Madeleine, s'interpose le père.

— Ben, moi aussi j'ai un nom, s'insurge Louise.

— Bouboule, tu ne réponds pas à ton père! Allez, zou! File dans ta chambre, je ne veux plus t'entendre, s'exaspère madame Bouchon. On en reparlera plus tard.

Avant de s'éclipser, Louise fait un détour par la cuisine où son père commence à ramasser les débris. Elle entortille avec discrétion la ficelle du bout des doigts, la fourre au fond de sa poche, va s'enfermer dans sa chambre. Elle sort son petit cahier rouge à spirale de sous son matelas, tourne les premières pages couvertes de pattes de mouche, suçote un temps le bout de son crayon, écrit :

Comptine n° 1 - Chat-chat-chat des thons - Auteur : Petit Patathon.

Elle lève le regard au plafond, suit des yeux les arabesques paresseuses d'une mouche égarée, écrit :

Chat vit thon, thon tenta chat
Chat mit patte à thon, torchon glissa
Chat thon rata et lâcha thon
Thon tomba, chat sauta, verres cassa
Papa chat choppa et chat vira
La morale de mon histoire ?
Quand chat tâte à thon, thon tombe

Puis elle ferme le petit cahier, le pose sur son ventre, attend une nouvelle inspiration. Qui ne tarde pas à venir. Le crayon court de nouveau sur une nouvelle page, les mots se précipitent, impatients, se chevauchent, s'articulent, la comptine n° 2 prend forme : *Madelon, Madeleine, femme de peu, femme de peine…*

Louise s'allonge sur son lit, apaisée, l'âme légère. Satisfaite. Ce n'est peut-être pas beau de rapporter, mais demain, Madeleine en prendra pour son grade. Ça en valait la peine, vraiment. Évidemment, côté verres ça craint. Quant à la perte d'une partie du patrimoine familial, on s'en remettra, de toute manière ce n'est pas aux enfants que ça manquera, eux, ils n'ont droit qu'aux verres à moutarde.

13

LES CAUCHEMARS

Le soir est tombé. Dans les chambres, les radiateurs cliquettent, les lumières s'éteignent, dans les sous-sols, la chaudière ronfle, les rats entament leurs sarabandes. La nuit reprend ses droits. Les branches nues des marronniers, recroquevillées comme des mains de vieillardes, projettent des ombres étranges sur les murs de la chambre. Louise les suit dans leurs reptations nocturnes, on dirait de grosses araignées paresseuses. Tout en surveillant leurs mouvements spasmodiques, elle savoure sa victoire. Si la vengeance est un plat qui se mange froid, la victoire en est un qui tient chaud à l'intérieur.

Soudain, une bourrasque plus violente que les autres pousse les arabesques monstrueuses vers la porte du placard de la chambre. L'enfant, terrorisée, se recroqueville sous les draps. La douce chaleur de la vengeance a disparu, ne reste que la peur qui lui glace le cœur. Si elle ne fait rien, le sommeil va s'échapper et laisser la place aux ombres de la nuit. Silencieusement, pour ne pas réveiller les cauchemars dans le placard, elle compte les secondes. C'est mieux que de compter les moutons. Une seconde, ça prend moins de place qu'un mouton.

Un, deux, trois, quatre, cinq… le métronome se met en marche… *dix, onze, douze, treize…* À peine a-t-elle commencé que, soudain, un visage hideusement boursouflé s'imprime sous ses paupières. Celui du noyé pas encore mort du canal.

C'était il n'y a pas si longtemps que ça, un jeudi de la mi-novembre, en rentrant de chez Cyril le boucher, un copain célibataire du boulanger. Leurs deux magasins se touchent, ça crée des liens, d'ailleurs l'enseigne de l'étal annonce la couleur : *Au Côte à Côte.* Un jeu de mot équivoque qui fait dire à Célestin du fond de son fauteuil à roulettes.

— Si ça n'est pas un ménage à trois, ça, je veux bien être pendu.

— Papa, allons, chacun s'occupe de ses fesses comme il l'entend, sermonne monsieur Bouchon qui n'en pense pas moins.

— Jean! Ce ne sont pas nos affaires, gronde madame Bouchon, mesure tes paroles, pense aux enfants et surveille les propos de ton père, c'est un vieux cochon.

— Le vieux cochon vous dit de vous occuper des vôtres, ma bru. Les enfants, plus vite ils apprennent la vie, mieux ils seront préparés à l'affronter.

Louise était, chose rare, en avance. Elle s'était arrêtée sur le pont qui enjambe le canal pour jeter quelques marrons dans l'eau en regardant les péniches immobiles. Peut-être que les mariniers eux aussi, dans leur promiscuité, partagent leurs femmes? Elle trouve l'idée plutôt gaie. Les couples comme celui de Papa et Maman, sous leur image exemplaire, donnent l'air de s'être installés dans une lassitude triste à pleurer. Elle s'était penchée au-dessus du parapet, chose que son père lui interdit de faire bien sûr :

— C'est dangereux, ma chérie, tu sais que la tête est beaucoup plus lourde qu'on ne le pense ? Tu sais combien ça pèse une tête ? Au bas mot, cinq kilos, si ce n'est plus. Son poids t'entraînerait par-dessus la rambarde et tu risquerais de te noyer. L'eau est tellement noire qu'on ne te retrouverait jamais.

— Papaaaaaaa, je n'ai pas peur, je sais nager, je suis une championne !

Car si Louise fait des efforts pour rester la dernière en tout ou presque, il y a trois domaines où elle excelle à l'école et dans lesquels elle se fait un point d'honneur d'être la première. En orthographe, avec une mère correctrice, interdiction totale de faire des fautes, en art graphique, ce qui lui vaut des remarques injustifiées de la maîtresse qui doute de ses talents et l'accuse de « *reproduire* », comme elle dit, et en natation. Elle bat tous les records à la piscine. Boudinée dans son maillot qui lui rentre dans les fesses, elle est la première à sauter du plongeoir. Une fois dans le bassin, elle oublie son corps. Quand l'eau l'enveloppe d'un fourreau protecteur, sa vulnérabilité disparaît. Elle est inattaquable. Elle est la meilleure, et les autres n'ont qu'à bien se tenir.

Penchée au-dessus du parapet, elle pouvait voir tout en bas son reflet qui parfois lui fait signe, qui lui dit : « *Viens, viens, rejoins-moi, tu vas adorer, tu verras, tout au fond il y a plein de choses intéressantes à découvrir* ».

Tout à coup, elle l'avait vu, le noyé pas encore mort. Il s'agitait et se débattait dans l'eau noire et épaisse, comme les chatons au fond du seau d'Alfred quand madame Yvonne lui refile la sale besogne et qu'il appuie sur leur tête avec un bâton pour les empêcher de remonter à la surface. Louise l'avait vu œuvrer un jour que la porte de la loge était ouverte. Un peu choquée quand même, elle en avait parlé à Pépé qui lui avait dit que c'était ça la vie, on naît, on meurt, et que si on naît chat il y a de fortes chances pour qu'on meure avant même de connaître la vie.

Qu'il était drôle ce presque noyé pas encore mort, avec sa tête noire flottant comme le bouchon d'une canne à pêche quand le poisson ferré se débat pour échapper à l'hameçon. Hop, une fois dessus, hop, une fois dessous. Et puis elle ne l'avait plus vu. Elle avait alors envoyé quelques marrons en visant bien, pour voir si ça allait faire quelque chose, ça ne faisait plus que des ronds dans l'eau, ça n'avait plus rien de drôle, alors elle était rentrée. Personne n'avait cru à son histoire, parce que de noyé on ne retrouva pas. Peut-être avait-il lui aussi une grosse tête lourde de cinq kilos d'histoires ? Et que sa grosse tête l'avait entraîné vers le fond rejoindre les autres noyés tapis dans l'obscurité aquatique ?

Quelque temps après, une femme avait sauté dans le canal pour sauver son chien qui était passé par-dessus bord en coursant un gros rat, quelle drôle d'idée. Elle aussi avait disparu dans l'eau noire. On avait retrouvé le chien sain et sauf quelques jours plus tard. Les journaux en avaient fait leurs gros titres, saluant le courage exceptionnel de cette maîtresse se sacrifiant pour son chien, ce fidèle compagnon de l'homme.

— Pépé ? Pourquoi on ne dit pas ce fidèle compagnon de la femme ?

— Parce que la femme est infidèle, point ! avait sèchement rétorqué l'ancêtre avant de se réfugier dans un mutisme inhabituel chez lui, laissant sa petite-fille perplexe.

Tout comme pour le noyé pas encore mort, on n'avait jamais retrouvé le corps de la dame. Conclusion, quand on se noie, on disparaît sans jamais revenir, sans laisser de traces, ni vu ni connu. Peut-être qu'en dessous de la surface, il y a des mondes bien plus intéressants que ceux du dessus, qui donnent envie d'y rester même si l'eau est noire et qu'elle sent mauvais.

Chassant de toutes ses forces l'image dérangeante… *cinquante-six, cinquante-sept, cinquante-huit, cinquante-neuf, soixante…*, Louise s'obstine, compte avec application… *cent dix, cent onze, cent douze…*, le sommeil n'est pas loin, il est aux portes de sa conscience… *deux cent trois…*, elle l'appelle, le repousse, elle sait ce qu'il cache… *deux cent quatre, deux cent cinq…*, elle va y arriver, elle doit y arriver… *trois cents… quatre cent cinquante…*, elle y est presque… *quatre cent soixante…*, elle sombre enfin.

Mais comme toutes les nuits, une larve gluante s'insinue sournoisement dans son sommeil. C'est un avorton immonde qu'elle a baptisé la Chose. Familier de ses pires cauchemars, il s'impose presque toutes les nuits, suivant un scénario immuable : l'avorton rampe derrière elle, la rattrape, l'agrippe, s'accroche, l'étouffe, lui fait tellement mal. Elle se débat, hurle sa peur, non, non… Alors, son père arrive, la berce doucement au creux de ses bras de papa aimant, longuement, jusqu'à tant qu'elle s'endorme.

14

LA PLUS BELLE
POUR ALLER DANSER

L'hiver a définitivement court-circuité l'automne, s'installant d'autorité sur la ville silencieuse. Un brouillard givrant a feutré toute activité humaine. Rares sont les passants qui s'aventurent à leurs risques et périls sur les trottoirs-patinoires, emmitouflés dans leurs cache-nez.

Louise grelotte dans son manteau de laine en tapant des pieds sur les pavés glissants. Courbant le dos sous les bourrasques cinglantes, elle se protège du mieux qu'elle peut des milliers de petites aiguilles glacées qui lui piquent les mollets et les joues. *Que ne fait-on pas subir aux enfants sous prétexte que l'école laïque et obligatoire leur apportera la connaissance suprême*, se dit la fillette en pensant avec amertume à son lit douillet et à son bol de chocolat fumant qui ne sont plus qu'un lointain souvenir.

La traversée du pont qui enjambe l'étier est risquée. Elle s'y engage avec précaution, s'agrippe à la balustrade métallique, *aïe!*, elle a oublié ses gants. Faire demi-tour? Hors de question, mieux vaut ne pas affronter Madeleine qui rumine sa rancœur après l'histoire des verres de cristal brisés. L'Autre cultive sa mauvaise humeur, Louise sa petite victoire, les deux antagonistes s'évitent, c'est la trêve. Durera-t-elle? Nul ne sait.

Louise jette à peine un regard au cloaque pris dans la glace. Le côté positif de l'hiver, c'est que l'odeur emprisonnée sous la carapace gelée ne vient plus incommoder les narines délicates. Quelques bouteilles et boîtes de conserve vides, prisonnières de la glace, attendent le dégel pour glisser de nouveau à fleur d'eau. Aucune tête de noyé à l'horizon, les périodes glaciaires ne sont pas favorables aux candidats au suicide.

Les vacances de Noël approchent. D'ici peu, les huîtres, les dindes et les homards vont payer leur tribut à la grande fiesta. *Les hommes n'ont aucune pitié pour les animaux, nous sommes tous des assassins*, songe la gamine en remontant son col. Ses réflexions culinaires sont vite chassées par un bonheur indicible, sous le bonnet, ses yeux pétillent, son père sera lui aussi en vacances, son école ferme ses portes en même temps que le lycée. Et comme un bonheur n'arrive jamais seul, l'Autre en profitera pour prendre quelques jours de congé qu'elle a, selon elle, bien mérités.

Avant de pousser la porte de sa classe, Louise fait sa pause rituelle dans le couloir. Son cartable coincé entre ses bottes fourrées, dos tourné à la tourmente enfantine, elle pose le front sur la vitre glacée des fenêtres surplombant le canal. Accrochées à ses berges, les lourdes péniches attendent patiemment le dégel pour larguer leurs amarres. Ses deux mains plaquées sur la vitre, l'enfant contemple les flancs alourdis, en attente, chargés de marchandises. À travers les fleurs de givre qui collent au carreau, elle décrypte, inscrits en grosses lettres blanches fraîchement repeintes sur les bois durs badigeonnés de goudron protecteur, les noms évocateurs de lointains rivages, de batailles perdues ou d'amours anciennes. De part et d'autre des cabines de pilotage, les oriflammes, témoins obligatoires d'une appartenance nationale revendiquée ou subie, affichent, elles aussi, leurs différences.

En ce matin d'hiver, l'écolière se sent à l'unisson des lentes voyageuses. Elle s'imagine le périple tranquille des mastodontes au fil de l'eau. Elle se met à rêver qu'un jour peut-être elle les suivrait, invisible et légère dans leurs sillages. Qu'un jour, pourquoi pas, on l'inviterait à monter à bord. Alors, elle s'assiérait avec les femmes, les aiderait à suspendre le linge aux cordages, jouerait avec les enfants à demi nus, aiderait les mariniers à mener leur maison flottante à bon port. Qu'un jour, peut-être, elle prendrait le temps de flâner, le temps de ne rien faire, juste de regarder le temps passer.

La sonnerie la fait sursauter, l'arrachant à ses rêves d'évasion. Enfilant à la va-vite sa blouse du vendredi matin, jour consacré aux Arts plastiques, elle rejoint le troupeau attentif et s'installe faussement docile à son pupitre. Contrairement à ce que l'on pourrait penser, le cours de dessin est loin d'être ludique, car mademoiselle Belbic est drôlement sévère. Dans sa classe, on écoute, on obéit, on se tait. Trois verbes qui ne sont pas prioritaires dans le vocabulaire de Louise.

Dans un grand silence, leurs bras sagement croisés sur les pupitres, les petites élèves attendent, les verdicts vont tomber : Mademoiselle va rendre les devoirs faits à la maison.

« Marie-France, vous avez déjà fait mieux. Marie-Christine, original. Marie-Claude, parfait, comme d'habitude. Monique, attention à l'orthographe. Nicole, pourquoi pas, il y a de l'idée. »

Mademoiselle Belbic continue ainsi jusqu'au fond de la classe et finit par atteindre le dernier rang, celui des laissées pour compte qui récupèrent notes et copies avec une apparente indifférence. Enfin, regard sourcilleux, la chouette à lunettes se plante devant sa bête noire. La partie ne fait que commencer.

— Mademoiselle Bouchon, surtout ne me dites pas que c'est votre œuvre, je ne vous croirais pas.
— Ben si, c'est moi qui l'a fait !
— « Qui *l'ai fait* », et non, ce n'est pas toi !
— Si !
— Non !
— Si !

Louise adore quand ça commence par un bon dialogue court et percutant, elle est bien la seule à faire front au gendarme en tablier qui la domine du haut de son statut professoral. Les autres obéissent au doigt et à l'œil, particulièrement les Marie-Nitouche, les chouchoutes qui occupent les premières tables juste en face du bureau de La maîtresse.

— Je vous dis que non !

Règle numéro 1, être ferme tout en restant polie.

— Et moi, je vous dis que si.

Mademoiselle reste plantée, raide comme l'autorité, face à la diablesse aux cheveux rouges. *Je saurai bien te mater, petite effrontée*, disent ses yeux de chouette. *Je suis plus forte que vous*, renvoient ceux de l'enfant.

Règle numéro 2, ne pas baisser les yeux.

Les fillettes alignées en rang d'oignons suivent le débat avec intérêt – avec Louise on ne s'ennuie jamais –, mais en silence. Ici, on ne moufte pas, on garde les bras bien à plat sur le pupitre, on lève le doigt quand on veut prendre la parole, et gare au mot de travers, la règle a vite fait d'entrer en action.

— Et moi, je vous répète que ce ne peut pas être vous qui avez fait cet affreux dessin !

Règle numéro 3, garder son calme, rester sur ses positions.

— Si, c'est moi, et mon dessin, il n'est pas affreux.

— Ça suffit comme ça ! Tu te tais ! Tu ne réponds pas à ta maîtresse, sinon c'est le coin !

Le passage du vouvoiement au tutoiement, signe avant-coureur de sanctions mortifiantes, la heurte profondément. Il est préférable de se taire, mais elle n'en baisse pas les yeux pour autant. Aller au coin, un bonnet d'âne sur la tête, suprême humiliation, et tourner le dos au reste de la classe, voudrait dire qu'elle s'avoue vaincue.

Règle numéro 4, ne pas perdre la face, même si on n'a pas le dernier mot.

« Représentez-vous comme vous aimeriez être au moins une fois dans votre vie, la plus belle du monde », tel était le thème du devoir de dessin à faire à la maison. Ce qui a mis madame Bouchon dans tous ses états, la forme grammaticale n'étant pas digne d'une enseignante, et fait rire monsieur Bouchon. Car Léontine Belbic n'a rien d'une beauté fatale avec son visage ingrat et son allure d'adjudant, sa silhouette anguleuse camouflée par la blouse réglementaire, l'uniforme de rigueur dans tous les lycées de France et de Navarre qui enlaidirait la plus charmante des enseignantes.

Évidemment, les élèves sages comme des images sans imagination – c'est bien les filles ça, toujours à minauder devant la cour des garçons en poussant des petits cris d'oiseau – se sont toutes représentées, qui en fée étoilée, qui en princesse froufroutante, qui en mariée de pièce montée, qui en Barbie à grosse poitrine et taille de guêpe. Sauf Nicole, qui s'est imaginée en Prince charmant chaussé de bottes de sept lieues. La maîtresse a trouvé ça un peu choquant, mais elle n'a rien dit. Normal, Nicole est la première de la classe, on ne punit pas sa meilleure élève, même si elle est hors sujet en plus d'être hors norme. Louise, quant à elle, a trouvé le dessin de son amie plutôt charmant et rudement bien dessiné.

Évidemment, c'était trop demander à Mademoiselle de choisir un autre thème, c'est elle qui décide. Dommage, il y a tellement de sujets intéressants à exploiter, comme les mondes sous-marins, l'univers et les étoiles ou la vie des extra-terrestres. Un peu d'imagination mettrait l'école en couleur, elle en manque tellement avec ses tableaux noirs et ses murs badigeonnés de blanc.

— Si ! C'est moi qui l'a fait d'abord ! explose Louise qui n'y tient plus parce qu'elle déteste l'injustice.
— Je répète, on ne dit pas : « c'est moi qui *l'a* », on dit : « c'est moi qui *l'ai* » !
— Ohlalalala…
— Premièrement, tu n'as pas respecté le sujet.
— Ohlalalala, soupire de plus belle la gamine en levant les yeux au ciel.
— Deuxièmement, j'avais dit la plus belle.
Règle numéro 5, pousser à bout l'adversaire.
— Ohlalalala… Ohlalalala… Ohlalalala…
— Et troisièmement… Troisièmement…

Là, le ton grimpe dans les aigus, la voix s'étrangle, monte d'une octave. Soutenir le regard de cette enfant pas comme les autres qui la transperce de part en part déstabilise complètement Léontine Belbic. Elle recule en tapant du pied, fait demi-tour et regagne l'estrade, rouge comme une tomate, tandis que les élèves comptent les points, ce n'est pas tous les jours qu'on rigole à l'école, parole.

— Arrête de me prendre pour une idiote, espèce de petite mal élevée, glapit la pauvre femme à bout de nerfs.

Règle numéro 6, achever l'adversaire.

— Et troisièmement, on n'est pas en cours de maths, conclut posément Louise en levant trois doigts de sa main droite.

— Silence! hurle Mademoiselle à la classe hilare.

Léontine Belbic, hystérique, frise l'apoplexie. Son teint d'ordinaire assez pâle vire au rouge-brique, ses joues se gonflent, se dégonflent, la déglutition devient difficile, on dirait qu'elle a avalé ses craies de travers. Une pause s'impose, pour éviter l'accident vasculaire.

Quand elle était revenue à la maison avec ce devoir impossible, Louise avait senti la colère monter en elle. La maîtresse devait bien se douter qu'elle ne pouvait prendre en aucun cas le risque de se représenter sous les traits d'une beauté fatale. C'était la jeter en pâture à la trilogie des Marie-Nitouche, toujours au premier rang à jouer les élèves modèles.

Louise n'est pas dupe. Elle sait très bien que sa peau laiteuse, ses taches de rousseur, ses rondeurs, ses cheveux poil de carotte et son front bombé de poupée celluloïd ne la mettent pas au premier rang des concurrentes à l'élection de Miss Univers. Bien sûr qu'elle aimerait être la plus belle du monde, cette question, mais pas *un jour*. Pour longtemps, et, pourquoi pas, pour toujours.

En plein désarroi, elle était allée voir Mémé Suzanne qui ronronnait dans son fauteuil pour se pelotonner dans son giron et se faire câliner un peu. Elle l'aime bien sa Mémé, peut-être un peu moins que Célestin, différemment plutôt. L'Autre ne les aime pas. Elle s'occupe d'eux mais à reculons. Elle le voit bien à la manière qu'elle a de crisper la bouche et de pincer le nez à chaque fois qu'elle rentre dans leurs chambres. Elle dit que les vieux, « *ça pue la mort* ». N'importe quoi ! Chez Mémé, ça sent délicieusement la lavande et le bonbon à la violette, et chez Pépé, ça fleure bon le gin. Non, Madeleine a peur des vieux, parce que, dit-elle : « *Vieillir, c'est mourir* ». Louise n'a pas peur du vieux. Elle a peur du noir et le noir n'a pas d'âge.

— Que se passe-t-il, ma petite Rose-Mousse, ça n'a pas l'air d'aller très fort, toi ! Il est où le problème ?

La chaleur enveloppante de l'aïeule, son odeur délicate, sa voix chevrotante, la douceur de ses paroles, trop de bonnes choses en même temps, avaient ouvert les portes des écluses, libérant les larmes.

— Je suis grosse, sanglote l'enfant, je suis laide, personne ne m'aime, je ne veux plus aller à l'école, je veux mourir !!!

— Là, là, là, tu dis n'importe quoi, ma chérie, calme-toi. Tout le monde meurt un jour, mais ne sois pas si pressée, tu as tout ton temps.

Ce qu'il y a de bien avec Mémé Suzanne, dans ses instants de lucidité malheureusement de plus en plus rares, c'est qu'elle va droit au but.

— Allez, raconte à ta Mémé.

Louise avait déversé dans le giron de l'aïeule ce qu'elle avait sur le cœur, les moqueries des filles, la méchanceté de la maîtresse, en en rajoutant un peu, allant chercher plus loin des raisons à son chagrin.

— Tu connais l'histoire du papillon ? avait alors demandé la vieille dame quand sa petite-fille eut fini de s'épancher.

L'inconvénient avec Mémé c'est qu'elle radote. Papa dit que c'est un signe de sénilité, « *une maladie de vieux* », lui a-t-il précisé devançant les points d'interrogation dans les yeux de sa fille. Bien sûr qu'elle la connaît l'histoire de la chrysalide qui devient papillon. Tout comme celle du Vilain petit canard qui, par miracle, de tout noir devient tout blanc. Mais elle n'y croit plus depuis longtemps à toutes ces histoires. Comme si tous les contes pour les enfants devaient obligatoirement bien finir. À d'autres, mais pas à elle, les miracles, ça n'existe pas !

Elle sait qu'elle est le Vilain petit canard de la couvée, c'est Maman qui un jour l'a dit à ses amies en confidence. Elle aime mieux quand sa mère dit en parlant d'elle : « *Bouboule, c'est de l'eau qui dort* ». Elle ne sait pas trop ce que ça veut dire, venant de Maman on peut s'attendre à tout, mais la musique des mots, douce et mystérieuse à la fois, lui a inspiré un poème :

Je suis l'eau qui dort, et jamais ne déborde, je suis celle qui rêve, sans revers et sans trêve…

Poème inachevé qui attend dans le petit carnet rouge d'en connaître la fin.

— Oh, abrège, Mémé, s'il te plaît…

Mémé, pas vexée pour un sou, s'était remise à suçoter ses joues creuses de vieille édentée. On dirait qu'elle déguste un bonbon à longueur de journée dans un va-et-vient spasmodique, ce qui fascine sa petite-fille qui s'exerce devant la glace de la salle de bain quand elle est seule.

— Va dans ma chambre, prends la chaise qui est à côté du lit, attrape le carton qui est tout en haut de l'armoire à gauche, le couvercle est rouge, tu ne peux pas te tromper. Tu ne l'ouvres pas avant de me l'avoir donné, je peux compter sur toi ma petite Rose-Mousse ?

Louise ne s'était pas fait prier, elle adore les secrets, surtout ceux de Mémé Suzanne qui ont l'odeur d'une autre époque. Elle était revenue à pas précautionneux, une grosse boîte à chaussures entre les mains, sur le couvercle est inscrit d'une écriture tremblotante, comme une invite à passer outre l'interdit, *Ne pas ouvrir s.v.p.*

De retour dans la chambre, elle avait regardé sa grand-mère délier la ficelle et soulever le couvercle de ses doigts noueux. À l'intérieur de la boîte, il y avait un tas de vieux papiers, et quand Mémé farfouilla dedans, une odeur de bonbons à l'anis et de fleurs fanées s'était mise à flotter dans la chambre de l'aïeule.

— Quel talent il avait mon Louis, regarde, c'est moi quand j'étais jeune. On était tout juste mariés. Il n'arrêtait pas de me photographier sous toutes les coutures… Regarde, ma petite Rose-Mousse, regarde comme j'étais belle.

C'est vrai que Mémé était rudement jolie avec ses cheveux aériens relevés en torsades compliquées sur un front d'albâtre. Avec son teint délicat de rousse enturbannée, son petit nez arrogant retroussé piqueté de taches de son, on aurait dit Maman, mais pas avec les mêmes vêtements. Louise était stupéfaite.

— Tu sais, ma petite chérie, j'étais comme toi au même âge. Si, si ! Tu verras, sois patiente, un jour tu me ressembleras, les hommes te courtiseront et ils t'aimeront comme ils m'ont aimée.

De ses mains tremblantes, la vieille dame avait caressé doucement les vieux clichés éparpillés sur ses genoux.

— Il n'arrêtait pas de me dessiner aussi, il avait un joli coup de crayon, mon Louis. Il me faisait poser dans les tenues les plus extravagantes. Ah, ce n'est pas comme maintenant, on en osait des choses à notre époque.

L'aïeule avait fermé les yeux et soupiré à l'évocation des jours heureux. Soudain, elle s'était mise à dodeliner de la tête, son menton s'était affaissé dans le col de sa liseuse, un léger ronflement s'échappant d'entre ses lèvres.

Ça alors, Mémé s'était endormie.

Louise ne dit pas un mot pendant un moment, trouva le temps un peu long, et pour réactiver la machine, pinça la peau fripée de la main parsemée de fleurs de cimetière. Pas de réaction. Elle glissa son nez juste sous celui de la vieille dame, pas le moindre souffle. Et si Mémé Suzanne était morte sans prévenir? Il paraît que ce sont des choses qui arrivent. La petite fille se pencha pour mieux regarder le visage chiffonné, la peau piquetée de poils disgracieux, les lèvres amincies, les yeux bordés de rouge toujours larmoyants. Mémé aurait eu les lèvres pulpeuses, les yeux vifs et le teint frais? Difficile à croire. Elle effleura une joue ridée du bout de ses doigts, sentit le souffle de l'aïeule sur sa peau. De la bouche pincée s'échappèrent quelques légers *ppfff... ppff... ppff...* comme si plus rien n'avait d'importance, comme si les souvenirs n'avaient plus qu'à disparaître, balayés par le souffle ténu de la vieillesse.

Pendant que la vieille dame dormait, Louise en avait profité pour farfouiller dans la boîte. Elle dédaigna les colifichets vieillots et fit main basse sur un petit paquet de cartes postales représentant au recto des photos de couples gominés, et recouvertes au verso d'une écriture à moitié effacée. D'un geste vif, elle les fourra prestement dans sa poche, se promettant de les restituer après les avoir lues. Puis, relevant le nez pour vérifier que Mémé dormait toujours, elle reprit son exploration et tomba – bien cachée sous un tas de photos et de dessins aux couleurs passées – sur la merveille des merveilles : la représentation d'une femme à la beauté outrageante, portant un masque et posant de trois quarts, la hanche provocante et l'œil coquin. L'œuvre était rayée de zébrures de crayon rageur qui avaient par endroits déchiqueté le papier. En dessous du dessin, écrit à l'encre rouge d'un trait alambiqué : *À mon Loulou d'amour, Angèle*. Hop, ni vu ni connu, l'œuvre d'art rejoignit les cartes dans la poche de l'enfant.

— Mais il avait du respect pour son sujet, ah ça oui! Même si parfois, le coquin m'obligeait à poser un peu dénudée.

Prise la main dans le sac? Non, l'aïeule n'avait rien vu. Elle s'était réveillée et continuait sur sa lancée comme si de rien n'était.

— Il ne faut pas désespérer, tu sais, les critères de beauté changent d'une époque à l'autre. Souviens-t'en, petite Rose-Mousse, il te faudra souffrir pour être belle. Regarde-moi. Pour mon Louis, j'ai toujours été la plus belle, et pourtant, il y en a eu des femmes qui lui ont tourné autour.

Suspendue aux lèvres de Mémé Suzanne, Louise attendit une suite qui promettait d'être intéressante. Les contes pour petites filles sages ne l'intéressent pas, mais les histoires des adultes, si.

— Et il aimait ça, le coquin! Pour ça oui! Des filles faciles, des nymphettes sans cervelle, des gigolettes en jupons, des…, des coucou… courtisanes de papa… pacotille!

La vieille dame était devenue toute rouge. Des larmes jaillirent, s'insinuant dans les sillons profonds de ses joues, ses mains papillonnèrent se crispant sur sa poitrine en dentelles.

— Des créatures impudiques, pétries de sexe! Des petites putes de bas étage, des grues peinturlurées qui ouvraient leurs cuisses pour des fifrelins, des picaillons..., des pépé... pets de lapins...

Des mots insensés s'échappaient en postillons précipités de la bouche parcheminée, tellement insensés que Louise prit peur. Et si Mémé allait faire une attaque?

— Mais mon Louis, c'était le plus gentil, le plus honnête, le plus fidèle des maris, et sa semence était limpide, pour ça oui!

Ouf! La crise était passée, lui succéda un long silence. La pause fut bienvenue, que l'enfant mit à profit pour assimiler la tirade de son aïeule. Elle découvrit avec stupeur qu'il existe des Lilliput de bas étage et des grues peinturlurées, alors que celles qui tournent toute la journée le long du canal sont en général noires et rouillées. Il y avait surtout quelques mots qu'elle n'avait pas bien compris, autant tirer ça au clair tout de suite.

— Dis Mémé, c'est comment des gigolettes en jupon? Et Papa Cotille, c'est qui, Mémé?

Suzanne, absorbée dans ses pensées, restait muette.

— Dis Mémé, c'est quoi des fifrelins et des picaillons? Et des pépés de lapin? Mémé, Mémé, c'est quoi de la semence? Ho, Mémé?!! Mémé???...

Toujours pas de réponse. Ah, non! Louise ne pouvait pas laisser la conversation s'arrêter là, elle exigeait des réponses. Elle secoua la vieille dame, lui pinça la main, lui tapota la joue, lui chatouilla le nez, finit par poser la question qu'il ne fallait pas poser:

— Dis, Mémé, c'est qui Angèle?

L'aïeule sursauta comme si on l'avait piquée avec une aiguille.

— Qu'est-ce qu'elle vient faire là, celle-là!?

Le profil anguleux de la vieille femme se rétracta, ses traits se crispèrent, ses lèvres se rejoignirent jusqu'à devenir aussi fines que du papier à cigarette, laissant échapper, dans un sifflement de mauvais augure :

— ... ssssaaalope, ssssaaale pute !

Choquée par ce vocabulaire inhabituel dans la bouche de cette grand-mère si délicate en temps normal, Louise accentua sa pression.

— Me secoue pas comme ça, à la fin, je ne suis pas sourde ! Et arrête de poser toutes ces questions, tu me fatigues ! Tout ça, c'est de la semence de curieux, c'est pas pour les enfants !!

Un soupir excédé, pas du tout langoureux celui-là, annonça la fin de la discussion. Mémé Suzanne avait refermé la boîte à chaussures d'un claquement sec et définitif sur ses souvenirs, après avoir murmuré : « une ravissante idiote que j'étais, pour ça oui... »

— Et moi, je te répète que tu ne peux pas avoir fait ce dessin, ne me prends pas pour une idiote !

— Si !

— Tu me prends pour une idiote ?

— Ben, non.

— Ne me mens pas !

— Ben..., oui, après tout, si vous y tenez, murmura Louise.

— Oh ! Petite insolente !!!

Mademoiselle suffoque, outrée. Au bord de la crise de nerfs, elle brandit l'objet du délit au-dessus de sa tête. Le dessin représente une femme déhanchée, tournée de trois quarts dos dans une pose lascive. Son postérieur artistiquement dénudé est mis en valeur par un drapé en forme de bouche pulpeuse aux lèvres bordées d'un trait écarlate croquant à pleines dents dans les fesses offertes. Planté à l'envers sur un cou à la courbure délicate, un visage souriant, à demi caché par un masque de carnaval surmonté d'une perruque rouge, tire une langue coquine à celui, ou celle – en l'occurrence mademoiselle Belbic – qui la regarde.

— Tu peux me dire où tu as trouvé une telle horreur ? Je te préviens, je vais devoir alerter la directrice et tes parents, ça tourne pas rond dans ta tête ! Il y a des limites à la décence, quelle éducation, non mais, quelle éducation !

Bien sûr qu'elle a copié, pourquoi s'en cacher, l'interdit n'était pas mentionné dans l'intitulé du devoir. Elle s'était appliquée à reproduire fidèlement le croquis, tout en améliorant le concept. Son dessin n'est pas hors sujet, il est juste un peu *hors norme,* comme celui de Nicole, elle a bien transgressé, elle, et elle a eu une bonne note.

Reprenant quasiment mot pour mot la dernière phrase de sa maîtresse, Louise lui cloue le bec en lui agitant sous le nez son pouce puis son index, suivi de son majeur :

— Et de un, j'ai eu du respect pour mon sujet. Et de deux, je ne souffrirai jamais pour être belle. Et de trois, pour être idiote, il faut être ravissante !

Mademoiselle Belbic a fui, sans un mot, sans une explication, abandonnant sa classe au chaos. « *Après moi, le déluge* », aurait conclu Célestin. Trop contentes d'être libérées avant l'heure, les fillettes n'ont rien dit. De retour chez elle, Louise court s'isoler dans sa chambre. Elle sort son petit carnet rouge à spirale, mordille un instant son bic quatre couleurs, l'inspiration arrive.

Petite leçon de grammaire.
Quand Léontine demande :
De quel temps s'agit-il
Quand je dis je suis belle ?
Peut-être bien du passé,
Mademoiselle,
A répondu Angèle.

Elle pose le stylo. Elle n'a pas encore donné de titre à son recueil de poèmes. Son cœur balance : *Pour solde de tout compte* ou *Pour solde de tous contes*? Autre préoccupation, elle n'a pas encore choisi son nom de plume. Elle a quelques pistes. *Ange'aile* lui plaît plus que *Graciosa*, mais *Anneton* a pour l'instant sa préférence. Elle a le temps, cela viendra plus tard.

Elle plie soigneusement le portrait qu'elle a arraché des mains de la maîtresse en détresse, le glisse entre les pages, et range le carnet tout au fond de sa cachette. L'objet du délit a disparu, ni vu ni connu. Sans preuve, on ne peut remonter jusqu'à elle.

15

L'IN-FARC-TUS

Mademoiselle Léontine Belbic ne viendra pas aujourd'hui. La nouvelle est arrivée à huit heures, en même temps que la sonnerie annonçant la mise en rang devant la porte de la classe. Personne ne sait exactement de quoi souffre la maîtresse, d'une légère indisposition à ce qu'il paraîtrait.

— Mauvaise excuse, dit Papa.

— Enfin, Jean, ça arrive à toutes les femmes, chuchote sa femme.

— Petite nature, réplique Madeleine, c'est pas moi qui peux se l'permettre !

— « Ce *n'est* pas moi qui peux *me* le permettre », Madeleine, rectifie Alice Bouchon en enfilant une cape couleur sous-bois d'automne sur son élégant tailleur. J'aimerais que vous vous exprimiez correctement devant les enfants, Madeleine.

— Si vous voulez, m'dame, mais ça r'vient au même, bougonne l'Autre.

— On en reparlera, Madeleine, si vous voulez bien. Jean, tu viens ? Dépêche-toi, on va être en retard.

— Et c'est qui qui va s'taper les vieux, bougonne l'Autre en s'éloignant

— C'est kiki, lui glisse Louise en se réfugiant au salon.

— Bouboule, tu t'avances dans tes devoirs, n'en profite pas pour traîner! Et vous, Madeleine, oubliez pas la lessive, claironne madame Bouchon en s'engouffrant sur le palier.

— « *N'oubliez pas…* », ose l'Autre en imitant le ton pincé de sa patronne.

— Vous dites, Madeleine? demande madame Bouchon en repassant son joli nez par l'embrasure de la porte d'entrée.

— Rien, m'dame, j'disais juste que je n'oublierais pas, que j'allais l'faire tout d'suite.

Le front collé à la fenêtre du salon, Louise regarde les rares passants s'aventurer sur les trottoirs en contrebas. Un grésil agressif fouette les vitres, les parapluies et les jupes des dames se retroussent, les chapeaux des messieurs s'envolent, les pneus des voitures couinent en chuintant sur les pavés du boulevard, les dernières feuilles de marronnier se pressent dans les caniveaux. Une bourrasque plus violente que les autres secoue la fenêtre, chassant la fillette qui court jusqu'au salon se réfugier dans le fauteuil défoncé que Célestin a abandonné pour le fauteuil roulant. Elle l'a annexé d'autorité. Avec ses grandes oreilles derrière lesquelles elle se dissimule, c'est un poste d'observation idéal.

Louise n'aime pas l'hiver. Ici, dans le nord du Nord, il y a deux saisons: les grandes vacances qui permettent de rencontrer l'été, et l'hiver qui commence après l'été et se termine juste avant. Elle sait, pour l'avoir lu dans les livres, qu'il y a des endroits où tout est blanc. Qu'il y a des pays où des enfants aux joues rouges, leurs yeux bleus à fleur de cache-nez, jouent à la bataille en s'envoyant des boules de neige. Quand ils sont fatigués d'avoir joué, ils font des gros bonshommes tout blanc avec une carotte en guise de nez. Et après, ils rentrent chez eux, boivent du lait chaud dans un grand bol de chocolat fumant et croquent des brioches saupoudrées de sucre aussi blanc que le paysage immaculé qui étincelle derrière les vitres des fenêtres fleuries de givre.

Oui, ça existe, quelque part, mais pas chez elle. Ici, les joues des enfants sont plutôt pâles, aussi pâles que les endives qu'on les oblige à manger à la cantine avec une sauce suspecte de la même couleur.

Vautrée dans le fauteuil aux grandes oreilles, elle écoute le temps passer. Que faire un jour comme celui-ci où rien n'est prévu que l'ennui, sinon se livrer à son activité préférée, l'exploration anatomique ? Mais pas dans le salon, même si le vieux fauteuil s'y prête avec ses grandes oreilles pour la cacher de Madeleine qui peut arriver à tout moment.

Les effluves chauds et odorants montant de la grosse lessiveuse filtrent par la porte entrouverte de l'annexe, embaumant l'appartement. Le jeudi est en principe consacré à la lessive, mais aujourd'hui, exceptionnellement, parce que Pépé Célestin s'est oublié dans son lit cette nuit, c'est corvée de lessive. Louise glisse un œil prudent dans l'annexe où l'Autre est occupée à tordre le linge avant de le suspendre sur un fil tendu entre les cloisons. Les manches relevées jusqu'au coude, elle transpire, Junior accroché aux pans de son tablier.

— Madeleine ?

— Qu'est-c'que tu veux encore, Bouboule, tu vois bien qu'j'ai à faire !

— Je vais travailler dans ma chambre.

— C'est ça, vas-y, va faire tes devoirs. Et tu fermes pas la porte, hein? J'veux entendre c'que tu fais!

La petite se coule avec délice dans le lit. Pourquoi perdre son temps à travailler alors que rêvasser est une manière plutôt agréable de le tuer, le temps, justement? Paresser dans la moiteur des draps à l'abri des regards, respirer ses odeurs, renifler ce corps surprenant qu'elle explore, s'interroger sur les émois que ses recherches actives provoquent, voilà qui est beaucoup plus instructif que toutes les leçons du monde. Cependant, la prudence est de rigueur, surtout ne pas se laisser surprendre avant de s'abandonner à elle-même.

— Bouboule! J'pars faire des courses avec Junior!

La voix de Madeleine l'a fait sursauter, elle s'était endormie!

— Ho! Tu m'entends?

— Ouiiiiiiiiiiii...

— Quand je rentrerai, y'a intérêt à c'que la cuisine soit propre. Ho, hé, j'te cause, Bouboule, tu m'entends?

— J't'ai déjà dit que ouiiiiiiiiiiiiii...

La porte d'entrée claque. Louise rejette drap et couverture, émerge la tignasse en bataille, l'œil brillant, l'oreille aux aguets. Un rapide coup d'œil dans les chambres des ancêtres, ils dorment, c'est le moment d'en profiter. Elle enfile son manteau à la va-vite, fait un crochet par la cuisine, fourrage dans le réfrigérateur, attrape tout ce qui lui tombe sous la main pour son goûter et celui de Bobo, serre la clé du 81 dans sa poche, sort sur le palier, frappe à la porte de Victor, qui n'est pas là, normal, le garçon est à l'école, bien sûr, elle aurait dû y penser.

Un coup d'œil par-dessus la rampe, la cage d'escalier est vide. Louise s'aventure sur la pointe des pieds, descend les deux étages. Arrivée au rez-de-chaussée, elle se glisse discrètement devant la porte de la loge. Fermée. Le petit panneau *La concierge est dans l'escalié* – encore un bel exemple d'ignorance contre laquelle madame Bouchon bataille sans succès – est accroché entre rideau et vitre. *L'œil de Moscou*, comme l'appelle Pépé Célestin, est aux abonnés absents. À tous les coups, la concierge est partie avec l'Autre. C'est décevant. Quand il n'y a pas de danger, la vie manque d'intérêt.

Après avoir un peu joué avec Bobo, l'ennui arrive. Sans son amoureux, le 81 manque d'attraits. Il fait froid toute seule sous le vieil édredon, alors, Louise fourre le rat dans sa poche, autant jouer avec lui bien au chaud dans sa chambre. Mauvaise décision. Madeleine, sur qui on ne peut décidément pas compter, est rentrée plus tôt que prévu. Louise aurait dû s'en douter, les pluies glaciales n'ont jamais incité à la flânerie.

— Bouboule, c'est quoi ce foutoir dans la cuisine, rugit Madeleine en jaillissant comme une furie dans le couloir, lui coupant la route.

Évidemment qu'elle n'a pas rangé après son passage éclair à la cuisine, ce n'est pas de sa faute aussi si l'Autre ne respecte pas ses horaires. Louise freine des quatre fers, lâche le manteau sur le parquet ; catastrophe ! Bobo n'a pas apprécié l'atterrissage forcé, il sort en couinant de la poche du vêtement.

— Et d'où tu viens, d'abord ? Tu vas pas t'en tirer comme ça, t'entends, continue Madeleine sur sa lancée. Y'en a marre, y'en a marre, y'en a mar…, marr… aaaahhhhhhhhhhhhh…

Jamais Louise n'aurait pu croire, si elle ne l'avait vu de ses yeux vu ce jour-là, que Madeleine puisse tomber dans les pommes comme une vulgaire chochotte. Profitant de l'absence momentanée de la bonne du monde des vivants, elle récupère Bobo et le jette dans la cage d'escalier – les rats, c'est comme les chats, ils se récupèrent toujours sur leurs quatre pattes et ils savent retrouver leur chemin – et revient tapoter sans conviction les joues pâles de la femme inanimée.

— C'était kokok… C'était kokok…, c'était koahhh cette horreur, balbutie l'Autre en ouvrant des yeux blancs.

— Rien, c'était rien, Madeleine.

— Mais, mais… C'était une… C'était une…

— Une petite souris de rien du tout, d'ailleurs tu lui as fait peur, elle s'est sauvée.

— Ahhhhhh!... Une souris!!!

L'Autre se lève comme si on lui avait piqué les fesses avec une fourchette, se précipite dans le salon et saute avec une légèreté surprenante sur le canapé qui gémit sous son poids. Louise en est stupéfaite, elle n'a jamais vu Madeleine courir aussi vite.

— Elle est où la sale bêêêêête?

— Ben, dans la cuisine, je crois. T'inquiète, poursuit Louise arrangeante, je vais y mettre Lilliput, ça va lui plaire, tu vas voir.

— Non, pas dans ma cuisine, hurle l'Autre comme un goret qu'on mènerait à l'abattoir, aaahhhhhhh…

Et patatras, Madeleine s'écroule comme une masse sur le parquet du salon.

Louise dut alerter la boulangère, qui alerta le service de secours de la ville, qui appela une ambulance à la rescousse, et Madeleine revint à la vie. Dommage. Le diagnostic fut que la pauvre femme avait eu des hallucinations. On parla de surmenage, on parla de surpoids, on suggéra un régime, on évoqua un début de dépression, bref, on parla de quelques jours de congé, ce qui n'arrangeait pas du tout les affaires de madame Bouchon, les fêtes de Noël et de Nouvel An approchant, comment allait-elle faire ?

— C'est rien qu'une grosse bête qui a peur des petites bêtes qu'elle hallucine, murmura Louise, pas la peine d'en faire tout un plat, bon, d'accord, elle a *frisé* l'infractus…

— « *L'in-farc-tus* », Bouboule, « *l'in-farc-tus* », lui a répété Maman d'un ton sévère.

— Le cœur de Madeleine est fragile, a continué Papa.

La grosse bête fragile ? Impossible, ça se saurait. Mais bon, si son père le dit c'est que ça doit être vrai.

— Elle doit éviter les émotions violentes, sinon il va s'arrêter de battre, ça s'appelle faire un infarctus, et elle peut mourir.

Entre nous soit dit, qu'elle meure ! Tout le monde n'y trouvera peut-être pas son compte, mais moi si, pense tout bas Louise.

— C'est quoi faire un in-farc-tus, Pépé, alla-t-elle demander plus tard à celui qui sait tout du fond de son fauteuil à roulettes.

— Faire un infarctus ? C'est quand le cœur fait BOUM ! au lieu de faire gentiment *boudoudoum, boudoudoum.*

— Ça veut dire qu'il éclate ?

— L'a pas besoin d'éclater, il s'arrête d'un seul coup, fini le *boudoudoum, boudoudoum,* et hop, on est mort.

— Alors, le cœur de la grosse bête, la prochaine fois qu'elle verra la petite bête, il fera encore boum et elle mourira ?

— « *Mourra* », Petite, « *mourra* », le verbe mourir ne prend…

— Qu'un R, Pépé, je sais. Parce qu'on ne meurt qu'une fois.

— Hé oui ! Sauf que dans le futur on meurt deux fois, va savoir pourquoi.

Ah. Voilà qui demande réflexion.

— Alors, la prochaine fois, dans le futur, quand la grosse bête aura encore peur, elle mourra pour de bon ?
— Ben dis-donc, on dirait que tu as trouvé son talon d'Achille à la Madeleine, ricane le vieillard ravi. Tu comprends vite, ma gamine, tu comprends vite. T'as pas fini de me surprendre, sais-tu ?

16

NOËL CHEZ PLUME&PLUME

Tous les ans, vers la mi-décembre, monsieur Plume, le patron de madame Bouchon, organise un repas de Noël pour tous ses salariés et leurs familles. « *Il y aura un vrai sapin, avec plein de paquets sous les branches rien que pour les enfants* », a dit madame Bouchon pour qui c'est une grande première. La distribution des cadeaux sera suivie d'un bal dans la grande salle de conférence. Alice Bouchon est fébrile, ça fait un mois qu'elle ne pense qu'à une chose : que va-t-elle bien pouvoir se mettre sur le dos ? Elle ne regardera pas au prix, son époux s'y prépare, sa jolie femme est un papillon qui aime briller de jour comme de nuit. Elle ne rate jamais une occasion de danser. Légère, aérienne, elle adore virevolter et tournoyer de bras en bras, jouissant du trouble de ses cavaliers. Tout en sachant garder ses distances, une mère de famille de trois enfants ne doit pas dépasser les limites.

Monsieur Bouchon est prêt à se saigner aux quatre veines pour que sa tendre moitié retrouve sa joie de vivre. Car sans

Madeleine, la tendre moitié a bien été obligée de faire contre mauvaise fortune bon cœur. Son mari ne pouvant pas arrêter sa formation, elle a dû poser quelques jours de congé en attendant que la bonne se rétablisse. Elle a remisé tailleurs et escarpins au placard pour ressortir tablier et torchons afin de mettre la main à la pâte. Résultat, elle est d'une humeur exécrable et n'est pas à prendre avec des pincettes.

Louise, qui s'était d'abord réjouie du départ de l'Autre, en est même venue à souhaiter son retour. Célestin, devenu incontinent à ses heures – à croire qu'il le fait dans le seul but d'exaspérer sa bru –, l'équilibre mental de sa mère allait chavirer d'un moment à l'autre. Quand, contre toute attente, Madeleine revint plus tôt que prévu, à croire que ce petit monde de névrosés lui manquait. Il était temps, car sans elle, pas de Noël chez Plume&Plume.

La gamine a tout de suite perçu un changement dans le comportement de cette dernière : la bonne se méfie, elle a reçu des consignes qu'elle a la ferme intention d'appliquer. Après le cri du cœur accusateur et le coup de l'infarctus raté, elle veille doublement au grain. Une baleine qui veille doublement au grain et qui se méfie, c'est mathématique, c'est doublement dangereux.

Pour l'instant, on en est au statu quo. On garde ses distances, on s'observe en chien de faïence, on s'évite en faisant des pas de deux, un de côté, un de l'autre côté. Tout le monde fait le dos rond. Il n'y a que Lilliput pour se satisfaire de l'atmosphère électrique qui règne dans la maison. Junior ne le touche plus, il craint les décharges. Qui de Madeleine, qui de Louise, reprendra l'offensive, nul ne sait. Ce qui se passe dans la tête de l'Autre est insondable. Par contre, dans le crâne de la gamine, c'est limpide comme la semence de ce grand-père Louis qu'elle n'a pas connu. Que l'Autre se tienne à carreau, si possible loin d'elle, et tout ira bien.

Pour l'instant, il y a quelque chose d'autrement préoccupant qui la turlupine. Pourquoi, alors qu'il n'y a qu'un seul jour d'inscrit au calendrier pour fêter Noël, voit-on depuis quelque temps des pères Noël promenant ouvertement leurs silhouettes bedonnantes à tous les coins de rue ? Cette prolifération est plus que douteuse. À tous les coups, ce sont des faux, s'il fallait une preuve, une seule, ces pères Noël ne donnent jamais de cadeaux. Tout ce qu'ils font, c'est distribuer quelques bonbons pour appâter les enfants et les tripoter sur leurs genoux tout en leur collant des baisers mouillés sur les joues, c'est dégoûtant. Avouez qu'il y a de quoi se poser des questions, mais alors où est le vrai ?

Louise commence à avoir des doutes sur son existence. Cependant, elle garde espoir, celui de chez Plume&Plume sera peut-être le bon. Monsieur Plume a le bras long et des relations, le vrai père Noël ne peut pas refuser son invitation.

Le grand jour est enfin arrivé. Au centre de la somptueuse salle de réception, au premier étage de la maison d'édition, un énorme sapin richement décoré monte jusqu'au plafond. À son pied, une montagne de paquets enrubannés de mille couleurs attire tous les regards. Louise est éblouie. Petit à petit, les familles des employés arrivent. Autour d'elle, c'est rempli de parents avec des enfants, de parents sans enfant, et de parents qui ne sont plus des parents, ou ne le sont pas encore. Mais il n'y a pas d'enfants sans parents.

— Où ils sont les enfants qui n'ont pas de parents, Papa, qu'est-ce qu'ils font le soir de Noël, les pauvres ?

— Arrête de te poser des questions qui font mal, ma chérie, et profite du moment, a répondu le père en caressant doucement la joue de sa fille.

Après le repas, juste avant le bal, tous les enfants – jusqu'à douze ans, après ce ne sont plus des enfants, ils n'ont plus le droit de croire au père Noël – ont enfin la permission de monter sur l'estrade. Le père Noël, spécialement invité par monsieur Plume, distribue vite fait bien fait, aux garçons le camion de pompiers de leurs rêves qui fait *pimpon* sur deux notes, aux filles la poupée de leurs rêves qui dit « *maman* » quand on la touche, la coqueluche de l'année. Les rêves des enfants sont paraît-il simples à satisfaire, surtout quand ils vont tous dans la même direction, ce qui facilite le travail du père Noël qui a beaucoup à faire.

Après la distribution, tous les enfants ont rejoint les parents en serrant leur trésor contre leur cœur, sauf Louise qui fait la tête. Ce n'était pas une poupée qui dit « *maman* » quand on la touche qu'elle voulait, c'était une valise d'infirmière pour jouer au docteur avec Victor. Son père a bien tenté de la consoler :

— Il ne pouvait pas savoir, ma chérie, alors il a donné la même chose à toutes les petites filles, les petites filles veulent toutes des poupées, tu es une petite fille, non ? Regarde comme elle est jolie, et en plus elle parle ! Pense aux enfants qui n'ont rien.

Peine perdue, Louise est mortifiée. Le vrai père Noël, même s'il est débordé, connaît tous les désirs et tous les rêves des enfants, tout le monde sait ça. Monsieur Plume a peut-être fait appel à un remplaçant pour soulager le vieux bonhomme qui a fort à faire ? Ou alors, celui qui est sur l'estrade est un imposteur.

Quand elle s'est approchée de lui pour recevoir son cadeau, elle a remarqué des signes qui ne trompent pas. Ses bottes sont toutes neuves, le vrai père Noël parcourant des milliers de kilomètres, elles devraient être crottées ; son costume est taché sur le devant et une des manches est déchirée à la couture de l'épaule droite, ce n'est pas digne du père Noël ; et pour finir, le bonhomme a une peau rose de bébé et pas de ventre du tout. Conclusion : c'est louche.

En tout cas, il devait être pressé le père Noël de chez Plume&Plume, parce que tout d'un coup, il n'était plus là. L'orchestre a attaqué une valse entraînante, on a poussé les tables et les chaises contre les murs de la salle de conférence transformée pour l'occasion en salle de bal, et tous les parents se sont levés pour danser. Sauf monsieur Bouchon qui n'aime pas danser. Il s'est accoudé au bar où un autre papa-buveur-handicapé de la valse à quatre temps l'a rejoint. Tous les autres, ou presque, papas ou pas papas, se sont battus pour entraîner la jolie petite madame Bouchon sur la piste de danse.

Louise a abandonné la poupée qui dit « *maman* » quand on la touche quelque part elle ne sait où, c'est sans importance. Elle n'a pas digéré l'amalgame fait par son père, elle n'est pas comme les autres petites filles, ses rêves la portent ailleurs, très haut, le plus haut possible, pour atteindre ce qu'elle appelle *la connaissance*. Elle observe de loin les enfants qui s'amusent avec leurs nouveaux jouets. Ils ne l'intéressent pas. C'est mieux comme ça. Elle sait que si elle fait le premier pas vers eux, ce sera maladroitement, et ils la regarderont de travers. Alors, autant ne pas le faire, ça lui évitera d'essuyer un rejet assuré.

Par jeu, elle s'est glissée sous la table la plus proche. Elle observe les danseurs. C'est amusant ces pieds et ces jambes qui lui passent sous le nez. Toutes ces chaussures, tous ces bas de pantalons, de robes et de jupes, tous ces mollets qu'elle reconnaît et qui la frôlent, sans se douter qu'on les observe. Tiens, voilà les chevilles épaisses de madame Plume. Elle est grosse comme un autobus, mais entre les bras de son cavalier, elle virevolte avec la légèreté d'une plume justement. Ah, et voilà monsieur Leroy, le directeur de son lycée, sa femme aussi travaille chez Plume&Plume. Il écrase les pieds menus de madame Laroze, la sous-cheffe du personnel, avec son quarante-cinq fillette. Les souliers de monsieur Leroy ont des semelles de crêpe qui crissent sur le lino dans les couloirs du lycée, ce qui fait qu'on l'entend arriver de loin, c'est pratique. Madame Norris, l'hôtesse d'accueil évaporée dans une longue robe vaporeuse, trébuche sur ses trop hauts talons, tentant désespérément de rester droite et digne entre les bras de monsieur Minet, le chauffeur de monsieur Plume, qui s'emmêle les pinceaux dans les plis de la robe de sa partenaire.

Et puis, voilà les pieds menus de Maman qui s'enroulent comme les ailes d'un papillon autour des pieds élégamment chaussés de monsieur Plume, ce bellâtre qui lui fait les yeux doux et lui serre la taille avec ses mains de patron-propriétaire. Ah, comme Louise le déteste, celui-là! Et Papa qui ne voit rien, collé au bar avec l'autre papa-buveur-handicapé de la valse à quatre temps. Alors, par jeu, pour tromper son ennui et attirer l'attention de son père, elle lance de toutes ses forces sur la piste, entre les pieds des danseurs, la première chose qui lui tombe sous la main, un sac de dame à bandoulière abandonné par terre.

Le sac opère une glissade frôlant la perfection de l'infini avant d'achever sa course sous les aiguilles vertigineuses des escarpins haut perchés de madame Norris, libérant la totalité de son contenu qui s'éparpille sous les pieds des autres danseurs.

Madame Norris pousse un grand cri, monsieur Minet, les pieds pris au piège de la bandoulière, tente de retrouver un équilibre improbable vu la figure qu'il tentait de faire juste à ce moment-là histoire d'épater sa cavalière. Sa main s'agite follement comme un au revoir sur le quai de la gare, cherche désespérément un quelque chose pour se raccrocher, ne le trouve pas, agrippe la robe de mademoiselle Laroze qui suivait en tourbillonnant avec son cavalier. Monsieur le Directeur, qui aime bien faire le beau et danse les coudes bien écartés et levés haut, éborgne le cavalier de madame Plume qui arrivait comme une fusée. Mademoiselle Laroze pousse un hurlement strident et tente de récupérer sa robe que monsieur Minet emporte avec lui, telle une écharpe moussante, en un vol plané de toute beauté, laquelle écharpe vient se coller sur le visage de madame Plume qui, ne sachant plus où elle est, ni où aller, s'affale de toute sa masse catégorie poids lourds sur une table, entraînant dans sa chute champagne et petits fours.

Que c'est beau !

Louise n'en espérait pas autant.

Elle rampe discrètement vers le coin le plus sombre pour admirer le tohu-bohu général. Madame Minet, qui a perdu un talon et sa perruque blond-platine dans la mêlée, se précipite compatissante pour cacher la charmante poitrine froufroutante de mademoiselle Laroze qui sanglote. Papa, toujours serviable, aide madame Plume à se relever, ce qui n'est pas une mince affaire vu que la pauvre femme, qui porte avec dignité un patronyme mal approprié, se débat comme une forcenée en étouffant monsieur Marcel qui reste coincé sous son imposante personne.

Ouf, Maman, qui arrivait derrière avec son cavalier, n'a rien. Monsieur Plume a évité avec habileté la collision, il soutient vaillamment sa jolie partenaire, tellement vaillamment que ses mains glissent le long de son dos, s'attardant un peu trop sur les fesses de cette dernière, qui ne dit rien. Pas assez discrètement, cependant, pour alerter monsieur Bouchon, qui ne dit mot.

17

LA GRÈVE DE NOËL

À Noël, l'obstacle le plus difficile à surmonter dans le chassé-croisé des réjouissances familiales, c'est de réunir justement toute la famille. L'exercice peut se révéler extrêmement délicat quand les familles éclatent et s'éparpillent. Chez les Bouchon-Martinet, c'est simple, la famille se compte sur les doigts de la main plus deux. D'un côté, la famille Martinet, Oncle Fernand, Tante Irma, la mère de tante Irma, et les jumeaux, deux garçons insupportables à peine plus jeunes d'un mois que Louise. De l'autre côté, la famille Bouchon, qui s'est agrandie cette année avec la venue des deux beaux-parents. Si on rajoute l'inévitable cousin Oscar, il faudrait, pour bien faire, ajouter un doigt.

Tous les deux ans, c'est une tradition chez les Bouchon-Martinet, tout comme dans beaucoup d'autres familles, on se réunit chez les uns puis chez les autres, ça s'appelle le partage des tâches ou comment ménager les susceptibilités. En théorie, c'est simple. En pratique, c'est une tout autre histoire. Une organisation compliquée qui, sans rentrer dans les détails, peut amener à une déclaration de guerre et engendrer des conflits si un grain de sable vient s'y glisser pour la compromettre.

Cette année, c'est au tour des Bouchon d'organiser le grand rassemblement annuel. À leur grand soulagement car ils n'auront pas à traverser le pays du nord au sud avec toute la smala et son tralala dans la vieille Peugeot familiale. À leur grande inquiétude aussi, car loger les Martinet n'est pas une mince affaire. À commencer par Tante Irma qui s'attribue d'office la chambre parentale, n'est-elle pas l'invitée ? Elle est, selon elle, l'épouse parfaite, celle qui tient son mari par le bout du nez et lui a donné deux beaux garçons, intelligents, bien portants et, le plus important, porteurs du nom.

Alice Bouchon redoute la venue de cette belle-sœur exigeante, intolérante et revancharde. Irma est une fine mouche, elle mettra son nez partout là où il ne faut pas et saisira très vite le malaise naissant entre son beau-frère et sa belle-sœur. Ses sous-entendus et ses remarques à peine voilées mettront de l'huile sur le feu. Elle sera insupportable, incontrôlable, abominable, madame Bouchon se prépare au pire.

Lovée dans le fauteuil aux grandes oreilles, Louise rumine. Ce n'est pas tant l'arrivée de Tante Irma, qu'elle craint et déteste tout autant, qui la tracasse. Non, ce qui l'ennuie, c'est qu'elle n'a pas encore écrit sa lettre au père Noël. À dix ans, elle veut encore y croire, et ce ne sont ni les commentaires ni les moqueries, que ce soit à l'école ou à la maison, ni les imposteurs qui battent le pavé, qui la feront changer d'avis. S'il fallait des preuves de l'existence du vieux bonhomme, une seule suffirait : elle l'aime. L'objet de son amour ne peut qu'exister, puisqu'un objet, c'est du concret. S'il fallait une autre preuve ?

Chaque année, à la même date, il vient spécialement pour elle, il lui apporte ce qu'elle lui a demandé, à condition, bien sûr, qu'elle en ait fait la demande auparavant.

Quand elle a vu le bonhomme pour la première fois, elle avait cinq ans, il était tellement beau qu'elle en était tombée raide amoureuse. Son cœur s'était mis à battre si fort qu'elle avait cru mourir. Depuis, à chacune de leurs rencontres, elle avait bien tenté de lui parler pour faire plus ample connaissance, mais à chaque fois, elle était restée sans voix. Bouche bée, comme la carpe au bout de l'hameçon de son parrain pêcheur. Cette année, à l'aube de ses dix ans, c'est décidé, il est plus que temps de lui déclarer son amour. Et surtout qu'on ne l'en empêche pas. Les autres n'auront qu'à attendre leur tour, et quand leur tour arrivera, ils verront bien que le père Noël n'a d'yeux que pour elle. Les ricanements derrière son dos, les chuchotements dans le creux des mains, les sourires en coin à peine voilés, elle s'en moque. Croire au père Noël lui permet de rêver. Mais ce n'est pas le tout de rêver, il faut donner des directives au vieux bonhomme.

Six heures du matin. Pour échapper à la Chose qui ne l'a pas lâchée d'une semelle de toute la nuit, Louise a trouvé refuge au fond du fauteuil aux grandes oreilles. Elle glisse doucement dans le sommeil quand, soudain, l'angoisse la saisit : elle n'a toujours pas établi sa liste au père Noël. Le temps qu'il lui reste pour l'envoyer s'est envolé, et à quelques jours seulement du matin tant attendu, il y a, à coup sûr, embouteillage dans la distribution du courrier. Autant dire que sa lettre risque fort d'arriver trop tard.

Non, elle ne baissera pas les bras. « *À chaque problème sa solution, Petite* », lui avait dit Pépé un jour qu'elle se noyait dans une goutte d'eau. Elle va profiter de son insomnie pour rentrer en communication avec le père Noël et lui passer sa commande en direct. Elle est prête à entamer le dialogue quand un bruit de voix la coupe dans son élan. Monsieur et madame Bouchon viennent d'entrer dans le salon qu'ils croient désert à cette heure matinale.

— Alice, je t'ai posé une question, je te la repose calmement, qu'est-ce qu'on fait pour Noël ?

Zut ! Pas moyen d'être tranquille, la communication attendra. Un jour de plus ou de moins, quelle importance maintenant.

— Rien, répond tranquillement l'épouse. Tu me fatigues, tous les deux ans tu me poses la même question, qu'est-ce qu'*on* fait, résultat des courses, c'est *moi* qui fais tout.

— Mais, chérie...

— Non, inutile d'insister. Moi, cette année, je me mets en grève. Je ne ferai rien !

Louise se replie du mieux qu'elle peut au fond du fauteuil. Surtout se faire invisible, ne pas bouger, rester silencieuse et tendre l'oreille pour en savoir plus. Car ce qu'elle vient d'entendre a tout du prélude à une discussion instructive.

— Enfin, chérie, reprend sur le mode plaintif le père qui subodore la tuile, ce n'est pas possible, qui va faire les courses ? Et le sapin, et les cadeaux, t'y as pensé ? Et la crèche ?

— On s'en fiche de la crèche. Ça ne va pas plaire à Irma, c'est sûr, mais ce n'est pas toi qui vas me le reprocher, non ?

Le silence qui s'ensuit révèle le désarroi du pater familias qui, du bout des lèvres, bafouille un malheureux argument :

— D'accord, d'accord, mais, et les enfants, qui va le leur dire ?

— Qui va le leur dire ?! Mais c'est toi qui vas le leur dire. La grande n'y croit plus depuis longtemps, et Junior pas encore.

Quant à l'autre, Bouboule, et bien, il est grand temps qu'elle grandisse!

Louise ne comprend pas bien ce que le fait de grandir a à voir dans la discussion, le hors propos de sa mère la choque. Elle se recroqueville, son cœur se serre dans sa poitrine, il y a à l'intérieur comme un gros poing qui le comprime et qui lui fait mal. *L'autre*. Voilà ce à quoi sa mère la réduit, à une autre.

— Mais enfin, Alice, bêle l'époux effondré.

— Il n'y a pas de *mais* qui tienne. Non, c'est non! C'est décidé, un point c'est tout! Chacun son tour. Inutile d'insister.

Il est vrai que madame Bouchon a toujours pris en charge l'organisation des fêtes de fin d'année, elle a toujours tout planifié, et tout allait bien. Mais cette année, elle a décrété qu'elle ne bougerait pas le petit doigt. Parce qu'elle en a jusque-là des deux vieux, de son petit garçon qui grandit trop vite, de son aînée qui ne s'occupe de rien sauf de sa petite personne, de son autre fille qui lui gâche l'existence, de son travail qui lui prend tout son temps, de son patron qui la presse comme un citron, de Madeleine et de son cœur fragile, et de son cousin Oscar tant qu'on y est. Elle a tout simplement décidé de déléguer.

— Chérie, tu ne peux pas!

— Si, je peux! Le ton est cinglant. Et arrête de dire *chérie* à tout bout de champ, ça m'agace. Maintenant, écoute-moi : j'ai invité Madeleine.

— Tu n'as pas fait ça quand même, gémit le mari. Tu aurais dû m'en parler avant.

— Treize à table, ça te dit quelque chose? Tu sais compter? Les cinq Martinet plus les sept Bouchon, ça fait douze. Cette année, avec mon cousin, ça fera treize. La saucisse ne compte pas. Irma va nous en faire une jaunisse. On ne reviendra pas là-dessus.

Ah, non ! Pitié ! Pas eux ! s'affole Louise qui, de consternation, disparaît dans les coussins du fauteuil. Heureusement qu'il y aura Oncle Fernand, son parrain, et ça, ça vaut tous les cadeaux de la terre et du ciel. S'il y avait une mouche, on l'entendrait voler. Pauvre Papa, Louise aimerait bien aller le consoler, mais il est hors de question de bouger, elle attend la suite.

— Tu devrais plutôt me dire merci, tu en auras besoin, crois-moi. Tu n'oublieras pas de lui offrir des fleurs, rajoute la mère d'un ton doucereux.

— Et puis quoi encore ? s'insurge le pauvre homme.

— Allez, je plaisante. Si tu veux, je peux te faire des listes, ça t'aidera. Tu ne vas pas refuser, je te connais comme si je t'avais fait, tu ne sais pas faire les listes.

Monsieur Bouchon qui aime Noël par-dessus tout, les lumières des bougies, les guirlandes odorantes dans le sapin, les friandises et les sucreries interdites en temps normal, les odeurs dans la cuisine qui titillent les papilles et font saliver, monsieur Bouchon qui ne veut pas priver ses enfants des mêmes plaisirs et qui veut voir les étincelles briller de mille feux dans leurs yeux émerveillés, monsieur Bouchon qui ne veut pas être privé de ce bonheur récurrent sentant bon l'enfance et ses années bonheur de petit garçon gâté, monsieur Bouchon qui aime sa femme plus que par-dessus tout et ne veut pas se la mettre plus à dos dans l'espoir fou qu'elle revienne sur ses positions pour reprendre les rênes de l'opération Noël, monsieur Bouchon fait le dos rond. Il court chercher papier et crayon, revient à fond de train au salon.

— Vas-y, soupire-t-il, avec un air de chien battu, je note.

— Premièrement, les invitations. N'oublie pas de les envoyer à notre belle-sœur, tu sais qu'elle y tient beaucoup, formaliste comme elle est.

— Je me suis toujours demandé pourquoi ton frère l'avait épousée, celle-là.

— Je te l'accorde, c'était une erreur de jeunesse, mais il y en avait deux en route, souviens-toi.

— Il n'a jamais su faire simple, ton frère.

— Lui, au moins, il a eu deux garçons d'un coup. Ce n'est pas comme certains.

— Oh, Alice!

— D'accord, d'accord, je me tais.

— Tu n'as pas une petite idée de cadeaux pour les jumeaux par hasard ? C'est d'un pénible, ils en veulent toujours plus.

— Non, ni une petite ni une grande. D'ailleurs, je n'ai plus d'idées. Si, j'en ai une petite : tout compte fait, va pour la crèche. Irma appréciera, pas question de prêter le flanc, sinon elle trouvera encore moyen de critiquer. On doit la brosser dans le sens du poil pour que Bouboule puisse aller chez eux cet été.

Louise sourit. Passer les vacances chez Oncle Fernand, son parrain qu'elle adore, est un bonheur suprême qu'elle attend avec impatience pendant toute l'année.

— Deuxièmement, le sapin, poursuit madame Bouchon. Il faut l'acheter assez tôt parce que sinon tu n'auras plus le choix, mais pas trop, sinon il va perdre ses aiguilles et il y en aura partout, Madeleine va encore râler, tu sais comme elle est quand elle est de mauvaise humeur. Tu vas avoir besoin d'elle, alors ménage-la. Ah! j'allais oublier le calendrier de l'avent.

— Il n'est pas un peu tard pour le calendrier ?

— Tu t'arrangeras. Quatrièmement, aller chez Cyril.

— C'est qui celui-là, demande le pauvre homme un rien soupçonneux. Il n'aime pas trop les messieurs qui serrent son épouse de trop près.

— Le boucher, voyons. Tu ne vas pas souvent faire les courses, toi. Passons. Tu vas commander une dinde, non, un chapon, cette année finalement on va faire les choses en grand, ça va épater Irma.

L'espoir renaît dans le cœur de monsieur Bouchon qui commence à regretter d'avoir capitulé si vite. Le *on* laisserait-il augurer d'un retour en arrière dans la décision de son épouse ?

— On ? Toi et moi tu veux dire ?

— Toi tout seul, n'essaie pas de m'amadouer, c'est peine perdue !

Madame Bouchon, totalement indifférente au désarroi de son époux, récapitule tapotant de son index droit les jolis doigts manucurés de sa main gauche :

— Un, les cartons, deux, le sapin, trois, le calendrier, quatre, le chapon. N'attends pas trop, sinon tu n'auras plus qu'à prendre la voiture et aller chez la Mère Poularde, la dernière éleveuse de volailles du secteur, en qui je n'ai aucune confiance soit dit en passant. Quand elle te verra, avec ton petit air de ne rien y connaître…

— Alors là, tu exagères.

— Elle se frottera les mains, elle te fourguera une vieille carne, trop contente de s'en débarrasser, elle te la vendra au prix fort, je la connais, elle sait y faire en affaires, faut pas rêver, c'est de bonne guerre, je ferais pareil. En plus, pour t'embêter, elle se fera un plaisir de lui laisser tout son fourbi à l'intérieur.

— Son fourbi ?

— Les viscères si tu préfères. Il faudra que tu la vides, ça va sentir très mauvais, te connaissant, tu ne tiendras pas le coup.

— Alice, tu exagères !
— Parce que tu t'y connais ? Qui est-ce qui lave par terre ? Qui est-ce qui récure les w.c. et les éviers ? Qui est-ce qui vide les poubelles ? C'est toi peut-être ?
— Ben, c'est Madeleine, non ?
— Soit, consent la mère d'un ton sec.

Louise applaudit en silence, son père a enfin botté en touche. Pendant l'absence de l'Autre, madame Bouchon a mis la main à la pâte, certes, mais ça n'a pas duré longtemps. Habituée depuis longtemps à l'autorité de sa mère, l'enfant découvre avec chagrin la soumission de son père. Depuis l'épisode du Noël foireux chez Plume&Plume, il y a quelque chose de changé entre eux. Elle ne sait pas exactement quoi, mais elle soupçonne la main baladeuse du patron de Maman d'y être pour quelque chose.

— Je pourrais peut-être demander à Madeleine, suggère Papa d'une toute petite voix ?
— Tu peux toujours, mais j'ai des doutes. Enfin, c'est à toi de voir. Où en étais-je, ah, oui, reprend la mère comme si de rien n'était. Cinq, les chocolats et les bonbons. N'oublie pas, sinon les enfants ne vont pas apprécier. Six, le pain. Ça, je m'en occupe, la Marcelle elle te fait les yeux doux, *tststs*, laisse-moi parler, ne me prends pas pour une blonde j'ai des yeux pour voir.

Louise éprouve de la pitié pour son père qui balbutie un inutile :

— Mais enfin, Alice, je n'ai rien fait de mal, je te jure.

Elle est sur le point d'intervenir quand madame Bouchon poursuit son décompte.

— Sept, descendre à la cave et remonter les cartons marqués *Décos de Noël* au feutre rouge. Tu les trouveras derrière les malles du déménagement de ma mère juste en dessous des sacs de vêtements d'été. Attention à ne pas les éventrer, sinon les souris vont s'y mettre, si ce n'est pas déjà fait. À ce propos, tu vérifieras qu'il y a encore du grain empoisonné.

Catastrophe! Du grain empoisonné! Louise est terrorisée, elle doit absolument empêcher ça, il y va de la vie de Bobo.

— Huit, décorer le sapin. Tu demanderas à Bouboule, ça l'occupera. Junior lui donnera un coup de main.

— Et les cadeaux, chérie, les cadeaux, comment on fait?

— Tu veux dire comment *tu* fais. Tu vas t'y coller tout seul comme un grand, moi je m'en lave les mains!

— Tu ne peux pas me faire ça, je ne m'en sortirai jamais.

— Tu t'en sortiras! Comment crois-tu que j'ai fait jusqu'à maintenant? Ah, un petit conseil, tu t'y prends à l'avance. À Noël, dans les magasins, personne ne se fait de cadeau, c'est la guerre.

— Tu veux ma mort, hein, c'est ça, tu veux ma mort? Mais qu'est-ce que je t'ai fait?

— Rien. Ou plutôt si. Tu as laissé monsieur Plume faire sans réagir. Et moi, je me suis laissé faire.

— On peut en parler si tu veux, gémit l'homme effondré.

— Non, c'est trop tard.

— Comment ça trop tard? Tu n'as quand même pas...

— Ce n'est pas la mer à boire et ça arrive à tout le monde ces histoires-là. Tu m'as dit toi-même « *Chacun mène sa vie comme il l'entend* », souviens-t'en. On ne va pas en faire un drame quand même?

S'ensuit un silence fracassant qui s'éternise à la limite du supportable. Louise digère l'information. Pour une nouvelle, c'est une satanée mauvaise nouvelle.

— Merci pour le cadeau, parvient à ironiser monsieur Bouchon dans le dos de sa femme qui met fin à la discussion avec un « on en reparlera quand tout sera fini, à bon entendeur, salut », sans appel.

Louise, choquée, tourne prudemment la tête, glisse un regard navré en direction de son pauvre père qui tourne en rond en agitant ses grands bras comme un sémaphore qui aurait perdu le nord. De sa bouche agitée de mouvements spasmodiques sort un borborygme confus, une espèce de grand n'importe quoi inaudible où il est vaguement question de radeau, de mer à boire, de gâteaux, de pas d'eau, de cadeaux, c'est à s'y perdre. Pour consoler son père, mais aussi pour parer à une éventuelle catastrophe, elle se glisse doucement à côté de lui, l'entoure de ses bras et lui murmure, enjôleuse et câline :

— Si tu veux, Papa, j'irai chercher les décorations de Noël à la cave?

18

L'EFFET DES GRÈVES

Un peu inquiète quand même, Louise alla confier ses craintes à Pépé Célestin. Et si le père Noël, qui entend tout qui sait tout et voit tout, allait se fâcher et faire l'impasse chez les Bouchon à cause de la satanée mauvaise nouvelle ? Peut-être n'est-il pas trop tard pour lui envoyer un télégramme le suppliant de passer quand même ?

— Ne t'inquiète pas, Petite, c'est ce qu'on appelle la grève de Noël. Et les grèves, ça se mate !

— Ça veut dire quoi *mater*, Pépé ?

— Ça veut dire que ça ne va pas durer longtemps et que tout va rentrer dans l'ordre.

Le soir, au repas, la tablée est silencieuse.

— Papa est parti se coucher tôt, il est un peu patraque, a dit sa femme l'air de rien, ça ira mieux demain.

Tout le monde pique du nez dans son assiette, sauf Pépé qui a le mot pour rire :

— Cette année, Noël, ça va pas être du gâteau.

— « *Ce ne sera pas* », rectifie la bru, chez moi on s'exprime correctement, beau-papa.

Pour une fois, Pépé, qui a toujours raison, a eu tort. La grève n'a pas été matée. Bien au contraire. La tension est palpable dans l'appartement, une atmosphère délétère flotte jusque dans l'annexe où les vieux se terrent, chacun retenant son souffle. Pépé a fait provision de gin et soigne sa toux à coups de petites lampées médicamenteuses. Mémé Suzanne a abandonné son poste derrière la vitre comme si de l'autre côté de la fenêtre plus rien n'avait d'intérêt. Elle a décrété que c'était dans le lit que tout allait se passer, qu'elle allait le garder à partir de maintenant. L'oncle aux mains baladeuses l'a mis en veilleuse, performance inattendue chez la star du porno, trêve inespérée pour sa nièce. Même Madeleine se tient à carreau.

Quand Irma sut qu'elle devrait partager la table avec une bonne et une star du porno déchue, la bourgeoise bigote a commencé à émettre des réserves, on ne mélange pas les torchons et les serviettes. Elle prétexta quelques soucis de santé du côté de sa mère, suffisamment préoccupants, pour annuler leur venue.

« Comme ça, vous pourrez continuer votre grève de Noël tranquillement, n'est-ce pas ma bru », a ricané Pépé Célestin.

Que les Martinet ne viennent pas, tout le monde s'en fiche. Sauf Louise qui constate amèrement que les hommes de la famille ne sont pas à la hauteur de leur femme cette année. Apparemment, Oncle Fernand n'a pas eu son mot à dire.

« Qui ne dit mot consent, c'est ce qu'on appelle un dommage collatéral, lui a dit Pépé Célestin. Tu en as gros sur la patate, Petite, mais on n'y peut rien, c'est la vie. Je te leur botterais les fesses, moi, à ces chiffes molles, a-t-il rajouté pensant la consoler. »

Célestin ne croit pas si bien dire, Louise en a vraiment très gros sur la patate. Une mauvaise nouvelle ne venant jamais seule, deux mauvaises nouvelles se sont invitées pour ne pas faire mentir le dicton : Victor passe Noël chez sa grand-mère maternelle, et Nicole est partie avec ses parents quelque part, elle ne sait pas où. Sans Parrain, sans Victor, sans Nicole, Noël n'aura de fête que le nom.

Depuis que la grève est déclarée, Alice Bouchon s'est réfugiée dans sa chambre, et quand elle n'y est pas, personne ne sait où elle est, pas même son mari. Louise n'aime pas quand les parents ont des mots, même si les mots restent polis et se disent sur le ton de la conversation, avec quelques nuances dans le registre, mais sans pleurs ni crise de nerfs. Elle se réfugie dès qu'elle le peut dans le vieux fauteuil en cuir noir fatigué dans l'espoir de surprendre une autre conversation qui remettrait tout en ordre et ferait oublier la précédente. Peine perdue. Noël s'en fout, il approche à grands pas. Dehors, il gèle à pierre fendre, Lilliput, qui d'habitude se met dehors tout seul quand ça lui chante, a annexé le canapé où il ronronne le nez coincé entre ses grosses fesses.

En temps normal, toute la maisonnée devrait être dans les affres délicieuses de l'attente, à préparer la fête, à suivre avec impatience les aiguilles des montres, des réveils et des pendules. À chanter en comptant les heures, les minutes, les secondes qui séparent de la fête. Quand on est dans la joie, le temps est convivial, musical. Cette année, le temps n'a rien d'amical. Cette année, le temps prend son temps. Il s'éternise comme une grosse limace. Il fait la gueule.

En temps normal, madame Bouchon aurait demandé à Madeleine de préparer des lits supplémentaires pour accueillir la famille Martinet, de vérifier la belle vaisselle des grandes occasions et de faire briller l'argenterie. Elle aurait dit à Madeleine de repasser la jolie nappe brodée, cadeau de mariage de sa mère, pour écraser les faux plis. Elle aurait demandé à son mari de tirer les rallonges de la grande table et aux enfants de disposer des bougies et des fleurs odorantes à côté du nom de chacun des convives. Parce que quand on fait la fête tout doit être beau.

En temps normal, Louise aurait écrit et envoyé depuis longtemps sa lettre au père Noël. Même si elle n'y croit plus vraiment, il est toujours bon d'y croire encore un peu. Tant qu'elle s'accroche aux croyances enfantines, elle ne risque pas de perdre pied. Mais cette année, à cause du fiasco, personne n'a pensé à lui demander si elle l'avait écrite cette fichue lettre.

Non, cette année, le temps n'a rien de normal. Cette année, le temps a tout faux. À cause de la main de monsieur Plume. À cause du cœur de Madeleine. À cause de l'absence de Parrain. À cause de la grève de Maman. « *Parce que faire la grève, ça veut dire qu'on la leur met profond dans l'cul* », a dit Pépé, mais quoi et à qui, ça il ne l'a pas dit.

Monsieur Bouchon ne s'est pas laissé abattre. Il a acheté un grand sapin qu'il a planté dans un coin du salon. Comme elle l'avait promis, Louise a remonté de la cave, avec la bénédiction de son père, les cartons marqués *Décos de Noël*. À peine a-t-elle sorti les guirlandes et les boules que Junior est arrivé à fond de train pour l'aider. Bien évidemment, ils se sont chamaillés, se sont empoignés, Junior s'est mis à pleurnicher, quelques boules trop fragiles ont été cassées, ça a énervé monsieur Bouchon qui est arrivé en courant du fond de l'appartement où il tente de mettre un peu d'ordre dans ses affaires. Il s'est pris les pieds dans le tapis, a opéré un rétablissement de justesse, s'est fracassé les tibias contre le fauteuil à roulettes de Pépé qui est toujours là où il ne faut pas, a poussé un hurlement de douleur à l'unisson de son fils qui en a profité pour brailler encore plus fort. Madeleine, alertée par tout ce raffut, est intervenue. Elle a chopé Louise par la peau du cou et l'a envoyée vérifier dans le couloir si elle n'y était pas :

— Tu vois pas qu'tu gênes ? Allez, ouste, laisse ton frère tranquille, va dans ta chambre, ici on n'a plus b'soin d'toi !

— Parce que c'est de ma faute, bien sûr ! Et lui, pourquoi on lui dit rien à lui ? C'est pas le sapin qu'il faut enguirlander, c'est lui !

— File !

— C'est pas juste, c'est toujours moi qui prends ! C'est lui qui a commencé, il m'a pincée !

Junior s'est époumoné de plus belle, Papa s'est effondré dans le canapé, la tête entre les mains en murmurant : « Quel fiasco, quel fiasco, non mais quel fiasco », et pour finir l'Autre a cloué le bec à tout le monde en déboutonnant son tablier, le jetant d'un coup sec au pied du sapin :

— J'en peux plus d'cette maison d'fous, débrouillez-vous sans moi, j'prends mes cliques et mes claques !

— Madeleine, non, gémit monsieur Bouchon, pas vous, s'il vous plaît…

— Hé si ! Noël, ce s'ra sans moi, non mais, et puis quoi encore ! Et Madame qui s'prélasse, manque pas d'air celle-là ! Faut plus compter sur moi ! Moi aussi j'me mets en grève.

— Noyeux Joël et bon débarras ! a rigolé Pépé.

— Célestin, j'vous ai pas sonné, vieux chnoque, a grincé Madeleine.
— Madeleine, je vous en conjure, a supplié Papa.
— Y'a plus d'Mad'leine, elle est partie Mad'leine! Elle est plus là, Mad'leine! Elle rend son tablier, Mad'leine!
Joignant le geste à la parole, enveloppée dans sa dignité de femme outragée, Madeleine traverse l'appartement à grandes enjambées et claque violemment la porte d'entrée. Vlan!
— Exit la bonne bonne, a commenté Célestin.
— Wouahhhhhhh, a braillé Junior.
— Vous n'avez pas bientôt fini! a hurlé la grande du fond de sa chambre.
— Quel fiasco, mais quel fiasco, a balbutié monsieur Bouchon.

Après la sortie fracassante de Madeleine, Célestin a rejoint ses pénates. Avoir été traité de vieux chnoque l'a ébranlé, cela mérite bien un petit remontant. Monsieur Bouchon a coincé Junior dans le giron de sa belle-mère et s'est enfermé dans la cuisine où il se demande, catastrophé ce qu'il va bien pouvoir faire de toutes ces victuailles qui lui soulèvent le cœur. Dans le salon, Mémé Suzanne fredonne doucement une berceuse au petit garçon qui s'endort sur ses genoux.
Le silence est revenu, calme, reposé.
Louise a terminé de décorer le sapin. Lovée dans le fauteuil aux grandes oreilles, elle fait le point. Elle a raté la levée du courrier, mais ce n'est pas une raison pour baisser les bras. Elle va communiquer par télépathie avec le père Noël. Si elle ferme très fort les yeux, si elle se concentre un maximum sur ce qu'elle doit lui dire, elle est sûre que ça va marcher, elle a

lu quelque part que c'est comme ça qu'il fallait procéder. La lettre est toute prête dans sa tête :

« Si je ne t'ai pas écrit c'est parce que à la maison plus rien ne va. Maman fait la grève, Papa fait la tête, les autres ne font rien, et Madeleine est partie. Si je ne t'ai pas écrit ce n'est pas de ma faute, c'est à cause de la grève qui fait le fiasco de Noël. Tu sais, le fiasco, c'est le nouveau mot pour dire qu'on fait la fête, mais en moins bien. Surtout, ne change pas tes habitudes. Noël reste toujours Noël. Parce que j'ai le droit d'y croire. PS : Surtout ne m'apportes pas une poupée... »

— Bouboule ! Viens ici tout de suite !

Et voilà, la conversation avec le vieux bonhomme à barbe blanche est interrompue ! Elle n'est pas inquiète, maintenant qu'elle a trouvé la ligne directe pour communiquer avec lui, rien ne presse, elle reprendra demain.

— Attends, Papa, je raccroche et j'arrive !

19

LE PÈRE NOËL
EST UNE ORDURE

C'est le grand jour.

Pour la première fois de sa vie, monsieur Bouchon est aux fourneaux, « *Il faut un début à tout* », a dit madame Bouchon. On pourrait douter du résultat et le craindre – mais pourquoi lui refuser sa part d'imagination et ne pas lui prêter un pouvoir d'accommodation innovant en matière culinaire ? –, tout comme on pourrait anticiper de succulentes surprises. Quel que soit le résultat, ce repas de Noël restera dans les annales. « *On pourra se resservir, et manger jusqu'à s'en faire péter la sous-ventrière* », comme le dit si élégamment Célestin, car ce soir, c'est la fête, tout est permis.

Le sapin a fière allure. La guirlande clignote comme elle peut, il manque bien quelques ampoules et l'étoile perchée tout en haut penche avec un petit air maussade, mais c'est quand même très beau. Pour donner un peu de joie à l'atmosphère en déroute, monsieur Bouchon a posé un disque sur l'électrophone, il appelle ça du jazz. « *C'est Miles, le roi de la trompette* », a-t-il dit à son auditoire restreint avant de réintégrer la cuisine. Les notes s'envolent, c'est puissant et doux à la fois.

Une bonne petite odeur s'échappe de la cuisine par la porte entrouverte et chatouille agréablement les narines, Célestin sommeille dans son fauteuil à roulettes, Junior vadrouille avec Lilliput entre salon et cuisine, et Louise, lovée au fond du fauteuil aux grandes oreilles, papote avec le père Noël quand, soudain, un grand fracas de vaisselle brisée, suivi d'un chapelet de gros mots venant de la cuisine les font tous sursauter. C'est monsieur Bouchon qui se bat avec la volaille sans âge de la Mère Poularde qu'il a achetée à prix d'or. Louise compatit, pauvre Papa qui n'a plus de femme et plus de Madeleine à la maison pour l'aider.

— Bouboule! Bouboule! T'es sourde? hurle le père excédé.

L'enfant dans le fauteuil sursaute. Non, elle n'est pas sourde, mais un jour, promis juré, un jour, elle se mettra aux abonnés absents si on continue à l'appeler comme ça.

— Louiiiise, tu me réponds quand je t'appelle?

— Quoi, keskïa, Papa?

— Arrête de lanterner et commence à mettre la table, s'il te plaît.

— J'peux pas, je suis en communication.

— Tu n'as pas le droit de toucher au téléphone, tu le sais? Et d'abord, une communication avec qui?

— Avec le père Noël, tiens.

— Avec qui?!!!

— Avec le père Noël, je te dis!

— Qu'est-ce que c'est encore que cette histoire! N'importe quoi!! Tu te remues le popotin ou tu seras privée de gâteau.

— Attends…, j'arrive…

Malgré la menace, Louise ne bouge pas. On ne peut interrompre une conversation avec le père Noël comme ça à cause d'un chantage à la noix qui de toute manière n'aboutira pas. Surmené comme il est, Papa aura tout oublié d'ici ce soir. Rien ni personne, fût-il son géniteur, ne peut rivaliser avec le père Noël.

Ah, j'oubliais. Quelqu'un de pas gentil (je ne dirai pas son nom, mais tu sais qui c'est) m'a dit que je n'avais plus le droit de croire en toi. Moi, je crois ce que je veux croire si ça me fait plaisir. J'aimerais aussi que tu dises à Papa et à Maman qu'ils doivent continuer à s'aimer comme avant.

Puis elle récapitule et attend patiemment une réponse qui tarde à venir, le vieux bonhomme a des excuses, il doit être très occupé à attendre qu'une ligne se libère. Pour être sûre qu'il a bien enregistré son appel, elle fait une petite prière, *s'il te plaît, fais-moi un signe*, et termine par un rapide signe de croix comme elle a vu Tante Irma le faire en de maintes occasions, il paraît que ça active le processus. Elle conclut par « l'amen » qui achève la procédure, sinon ça ne marche pas, c'est encore Tante Irma qui le dit.

À ce moment-là, précisément, les lumières s'éteignent. Toutes. Plouf. Noir absolu. La trompette du Grand Miles s'est tue. Hurlements de Junior, feulement de Lilliput, hennissement de Pépé, appels furieux du côté de Brigitte. Silence radio côté Mémé Suzanne, idem côté Alice Bouchon, comme si la mère et la fille s'étaient, d'un commun accord, extraites du monde des vivants.

— Mais qu'est-ce que j'ai fait au Bon Dieu, bondieu d'bondieu ! Mais qu'est-ce que j'ai fait au Bon Dieu, bondieu d'bondieu de bordel de meeeeeerde !!!!!!

Monsieur Bouchon a laissé tomber le mixeur dans l'évier, et les éviers remplis d'eau ça n'aime pas les appareils électriques quand ils sont branchés. Hirsute, les mains chiffonnées dans son tablier parsemé de taches suspectes, le père furibond sort de la cuisine comme un diable hors de sa marmite, fonce dans le couloir en continuant sa litanie de gros mots, farfouille dans la boîte à fusibles en priant que la lumière soit, et la lumière fut, miracle.

— Alléluia, crache Célestin.

Le drame a été évité de justesse.

Louise, confiante dans l'avenir – elle a reçu un signe, ce n'est pas donné à tout le monde –, dresse la table avec application comme les femmes de la famille le lui ont appris. Elle enroule joliment une serviette de table brodée au centre de chaque assiette, éparpille quelques confettis sur la nappe des grandes occasions, dispose les bougies colorées qui embelliront la soirée sur le chemin de table en dentelle de Bruges transmis de mère en fille, et le tour est joué. Satisfaite de son travail, de retour au fond du fauteuil, elle tente de renouer le fil de la discussion, mais la communication a été coupée, maudite panne. Aucune importance. Un miracle a eu lieu, ses vœux seront exaucés.

Le repas du réveillon se déroula dans une ambiance plutôt morose malgré les bougies scintillantes, les bons mots de monsieur Bouchon, les espiègleries de Junior et les grimaces de Célestin. Ni les uns ni les autres n'arrivèrent à réchauffer l'atmosphère. La poularde n'était pas assez cuite, les garnitures trop cuites et le gâteau médiocre, mais qu'importe, Noël était sauf. Louise partit se coucher tôt, sans rechigner, dans l'impatience d'un lendemain à coup sûr riche en heureuses surprises.

Aux premières lueurs de l'aube, n'y tenant plus malgré la consigne absolue d'attendre que tout le monde soit là pour procéder à la distribution des cadeaux, Louise se précipita dans le salon. Elle alla droit au sapin, alluma une bougie qui traînait encore sur la table, la posa au pied de l'arbre, inutile d'allumer les lumières qui réveilleraient la maisonnée endormie. Contrairement aux autres Noëls, il n'y a pas grand-chose sous les branches, certes le cercle de famille s'est considérablement rétréci cette année, mais elle a passé commande, sa commande a été entendue, elle devrait être honorée.

Elle fouilla fébrilement dans le tas de cadeaux. Écarter les indésirables pour mettre de côté ceux qui portent son nom ne lui prit que quelques secondes. La pêche qui devait être miraculeuse est bien maigre : une petite enveloppe, un gros paquet et trois petits paquets. Le plus gros, c'est à coup sûr la valise et le costume d'infirmière tant attendus. Elle arracha d'abord l'emballage des trois petits, gardant le plus gros pour la fin. Un joli stylo plume et des cartouches, un lot assorti de culottes et de chemises Petit Radeau cent pour cent coton, et une petite trousse de toilette avec un joli miroir en forme de cœur accroché en dessous de son rabat. De la broutille, utile, sympathique, tellement banale.

Louise est un peu déçue, mais le contenu de l'enveloppe la console. À l'intérieur, un billet de banque tout neuf accompagné d'un petit mot écrit d'une main tremblante :

« *Ma chérie, tu en fais ce que tu veux, tu ne dis rien à personne. Mais crois-moi, Noël c'est rien que des conneries pour embrouiller l'esprit des petits enfants, maintenant il est temps de grandir. Brûle ce papier après l'avoir lu. Pépé.* »

Le billet est conséquent.

Enfin, elle se saisit du gros paquet qu'elle éventra avec fébrilité. Horreur ! Vêtue d'une crinoline en madras froufroutant, une poupée couleur chocolat la fixait de ses yeux de porcelaine couleur bleu des mers du sud. La sœur jumelle, version exotique, de celle qu'elle a reçue et immédiatement abandonnée des mains du père Noël de chez Plume&Plume. L'enfant, suffoquée, ferma les yeux pour chasser l'insoutenable vision.

C'est alors que sous ses paupières, une image prit forme : le père Noël de chez Plume&Plume et son manteau rouge à la propreté douteuse, avec sa manche déchirée, la droite. Louise lâcha tout, se coula sans bruit au fond du couloir, ouvrit les portes de l'annexe. Dans le cabinet de toilette des locataires, une robe de chambre en pilou-pilou rouge pend mollement à une patère. Une de ses manches, déchirée à la couture de l'épaule droite, pendouille comme une prothèse désarticulée. De la poche gauche, dégueule un tortillon de coton hydrophile crasseux. Comment ce misérable leurre a-t-il bien pu la tromper ?

La maisonnée se réveille doucement, mais inégalement. Junior, excité comme tous les petits enfants le jour de Noël, arrive le premier, Lilliput sur ses talons, Pépé, dans la foulée amorce un virage serré sur son fauteuil à fond les roulettes, suivi de monsieur Bouchon qui s'efforce de calmer les troupes en feulant :

— Chut, chut, plus doucement, vous allez réveiller Maman.

Brigitte manifeste son mécontentement du fond de son lit :

— On n'peut plus dormir dans cette maison.

Mémé Suzanne ronfle comme une bienheureuse, elle digère les excès de la veille.

Soudain, les quatre représentants mâles de la famille Bouchon pilent net à la porte du salon. Le spectacle est affligeant. Louise, recroquevillée au creux du fauteuil aux grandes oreilles, serre contre son ventre un gros paquet de tissu rouge roulé en boule. Sur ses joues, les larmes ont coulé. Elle dort. À ses pieds, le corps décapité de la poupée démembrée gît, éventré, au milieu de sa crinoline en madras déchiquetée. La tête énucléée a roulé jusqu'au pied du sapin, renversant sur sa trajectoire la bougie qui a mis le feu à ses cheveux. Tandis que monsieur Bouchon se précipite pour éteindre le début d'incendie, Pépé Célestin approche discrètement son fauteuil à roulettes près de sa petite-fille.

« Post-Noëllum, animal triste », soupire le grand-père en escamotant rapidement le billet à l'effigie de Pascal coincé entre les doigts de l'enfant.

Elle s'en doutait bien que le père Noël n'était pas vraiment ce qu'il prétendait être, il n'y avait qu'à voir les matins des Noëls précédents, les cadeaux sous le sapin, ils n'étaient jamais vraiment conformes à la liste envoyée au barbu, ni en réalité, ni en qualité, ni en quantité. Mais elle avait toujours refusé de prêter attention à ces signes révélateurs, car les accepter, c'était renoncer au merveilleux, et renoncer au merveilleux, c'était renoncer à l'enfance, ne plus croire que tout est possible.

En ce matin de Noël, ce Noël numéro neuf à l'aube de la dixième année de sa vie, la fillette se réveilla avec dans les yeux une inquiétante lueur qui affola monsieur Bouchon. Il y lut fugitivement la parcelle de noirceur, aussi infime fût-elle, qui assombrit l'âme de son enfant. Et il eut peur pour elle. Car à ce moment-là, il comprit qu'elle marchait au bord des ténèbres, et qu'il suffisait d'un presque rien pour qu'elle bascule dans l'abîme. Mais sa lucidité fut de courte durée, vite chassée par les hurlements de joie de son dernier-né.

« Nounou, nounou », chantonne Junior, ravi, berçant entre ses bras un énorme ours en peluche avec un gros nœud bleu autour du cou. « Pimpon, pimpon », glapit encore le troisième de la lignée héritier du nom en traînant derrière lui un gros camion rouge surmonté d'une grande échelle.

La diversion est heureuse, l'effervescence est à son comble.

Les petites lumières clignotantes du sapin illuminent le tableau idyllique de la famille Bouchon maintenant réunie au grand complet. Madame Bouchon a finalement capitulé sous la pression de son époux qui a enfin compris que seul le chantage lui permettrait d'arriver à ses fins. Pas de Maman, pas de cadeaux pour Maman!

« Tiens, tiens, la fée des grèves daigne faire son apparition », ne peut s'empêcher de commenter Célestin qui se met à jouer au foot avec les paquets éventrés pour amuser la galerie et éviter sa bru qui le fusille du regard.

Mémé, la dernière levée, joue à compter les *Ohhh…* et les *Ahhh…* de surprise heureuse, les *hooo…* et les *haaa…* d'espoirs déçus, Brigitte joue à l'ado désabusée qui se fout de tout, Lilliput joue les dangers publics en driblant avec les pelotes de ficelle entre les roues du fauteuil de l'ancêtre et les allers-retours de Junior qui pimponne à tue-tête, Oncl'Oscar joue à être absent, il déteste Noël et son cortège de niaiseries, le père et la mère jouent au couple attendri, et Louise joue à être Bouboule.

Monsieur Bouchon, père inquiet, mari bafoué, fils préoccupé, gendre ignoré, veut être heureux ce matin. À grands mots joyeux, il appelle sa petite troupe à table. Bientôt, les odeurs de chocolat chaud et de café, les arômes onctueux des brioches qu'on réchauffe dans le four, dont on laisse la porte ouverte pour bénéficier de sa douce chaleur, envahissent peu à peu la cuisine, puis le salon, puis la salle à manger. Maman, qui a beaucoup à se faire pardonner, a disposé sur la nappe spéciale fête la vaisselle du petit-déjeuner spécial fête, celui que Louise préfère. Chacun y met du sien pour apporter les pots de confiture joliment étiquetés, les saladiers d'oranges et de mandarines juteuses, les carafes de jus exotiques, les coupes de cristal regorgeant de papillotes, de chocolats et de pâtes de fruits, les panières débordant de croissants et de brioches chaudes.

On pourrait presque dire que tout va bien dans un monde presque parfait, quoique parfaitement illusoire, comme dans les images d'Épinal.

20

LES FAITS D'HIVER

De l'eau a coulé sous les ponts depuis le fiasco de Noël où on a évité la catastrophe de justesse. Si monsieur Bouchon n'avait pas eu le réflexe d'arracher des mains de sa fille la robe de chambre de Célestin pour éteindre le début d'incendie, tout le monde y passait. L'épisode, certes fâcheux, fut vite mis aux oubliettes quand deux faits marquants vinrent perturber un début d'année calamiteux.

La nuit du Nouvel An, le thermomètre ayant brutalement chuté bien en dessous de zéro, les eaux de l'étier se transformèrent en glace en l'espace de quelques heures seulement. La veille, madame Yvonne avait fermé la loge à double tour pour aller faire la fête et n'était pas réapparue depuis. Elle avait déjà disparu dans le courant du mois d'octobre de l'année précédente pour reparaître à son poste comme si de rien n'était quelques jours plus tard, avec un œil au beurre noir et de méchantes écorchures au cuir chevelu, conséquences d'un contentieux amoureux, d'après la boulangère, entre la concierge et une de ses rivales, qui s'était terminé par un crêpage de chignon entre les deux femmes. Le lendemain et le surlendemain du trente et un décembre, la porte de la loge était toujours fermée, ce qui n'avait tout d'abord inquiété personne. La pipelette récupérait sans doute d'un réveillon bien arrosé suivi d'un autre règlement de comptes entre concurrentes, allez savoir. Le troisième jour, le panneau *La concierge est dans l'escalié* étant toujours accroché au rideau, les résidents commencèrent à s'inquiéter. Quand ils s'aperçurent que la porte n'était pas verrouillée et que dans la loge désertée, la vaisselle sale dégageait une sale odeur, ils alertèrent les autorités compétentes.

Il fallut se rendre à l'évidence, madame Yvonne avait disparu corps et bien. On suspecta tout d'abord quelque vagabond de passage, il faut bien aller chercher les coupables là où ils doivent être. Puis un ancien amant éconduit qui, heureusement pour lui, se trouvait être à l'autre bout du monde au moment des faits. Pour finir, on pointa du doigt Madeleine à cause de sa rivalité amoureuse avec la disparue. Les soupçons furent vite écartés. Elle avait trouvé refuge la veille du fiasco de Noël chez sa sœur et y était restée quelques jours, histoire d'oublier cette famille de fous, et s'il fallait une autre preuve pour la disculper, les excellentes recommandations de ses patrons la mettaient hors de cause. L'enquête fut donc classée, madame Yvonne était assez grande pour vivre sa vie ailleurs comme elle l'entendait. Les journaux qui en avaient fait leurs choux gras arrêtèrent d'en parler pour s'attaquer aux autres faits d'hiver, et la vie reprit son cours.

Autre fait marquant, la nuit de ce même réveillon, Victor était malencontreusement tombé dans le canal. Était-ce à la suite d'un pari stupide, avait-il voulu traverser le canal à pied là où les eaux noires prises dans le gel forment un pont fragile entre les deux berges, plus d'un casse-cou s'y était risqué sans y parvenir, était-ce à cause d'une bousculade avec les jeunes voyous du quartier d'à côté, ou peut-être avait-il tout simplement perdu l'équilibre et n'avait pas voulu le reconnaître, fierté oblige, toujours est-il que le garçon était rentré transi, couvert d'ecchymoses, portant sur lui une sale odeur de boue et de peur mêlées.

Que faisait-il là la seule nuit de l'année où tout le monde s'étreint en se la souhaitant meilleure, la question resta sans réponse. La pneumonie le foudroya et il resta alité tout le mois de janvier, muet comme une carpe, enfoui sous l'édredon.

Le changement d'année chez les Bouchon s'est réduit aux bonnes résolutions prises sous la boule de gui accrochée au lustre du salon. Le temps de les formuler en s'embrassant, puis de les oublier en baillant, à minuit et des briquettes tout le monde était au lit. À rêver, qui de son camion de pompier, qui de son idole du moment, qui de sa jeunesse enfuie, qui de son avenir incertain.

Pour éviter les fâcheries, les deux familles se sont envoyé leurs meilleurs vœux pour la nouvelle année. Ceux des Martinet rédigés et signés de la main de Tante Irma, à peine lus, sont partis à la poubelle. Il est à parier que ceux des Bouchon ont connu le même sort, aucune des deux parties n'étant dupe. Monsieur Plume a envoyé les siens à sa collaboratrice accompagnés d'un somptueux bouquet de roses rouges. Monsieur Bouchon a fait celui qui ne voit rien, n'entend rien, ne dit rien, mais n'en pense pas moins. L'atmosphère reste tendue entre lui et sa chère épouse.

Malgré tout ce qu'elle a pu dire, l'indispensable et brave Madeleine est revenue. Elle a pris à bras le corps la remise en état de cette maison de dingues tout en réclamant quelques avantages supplémentaires. Exigences accordées sans discussion par madame Bouchon qui, pour la deuxième fois, a remisé au placard tablier et torchons. Redoutant un *jamais deux sans trois*, elle se fit fort de presser un peu plus le cousin pour qu'il crache au bassinet. Ce qu'il accepta sans se faire prier.

Cahin-caha, le train-train quotidien reprit ses droits, petites disputes, mesquineries, bouderies, embrassades, attouchements, la routine. S'il n'y avait pas les jeudis avec ses escapades en compagnie de Victor et de Bobo, s'il n'y avait pas son amour pour Nicole enfin de retour, la vie serait sans grand intérêt. Avec la perspective des vacances de Pâques qui approchent, Louise se met à rêver. D'ici peu, elle ira chercher les œufs dans le jardin extraordinaire de Parrain qui sent bon la mirabelle juteuse et la lavande poivrée en été. En attendant, il faut bien supporter l'hiver qui s'éternise avec toute cette eau glaciale qui tombe du ciel et transforme les trottoirs en patinoires.

À la maison, personne n'a échappé à la goutte au nez. Ça a commencé par la fille aînée qui l'a refilée à sa mère, laquelle l'a transmise aussi sec à son mari, qui l'a réexpédiée illico à sa cadette, qui l'a refilée de bon cœur à l'Autre, laquelle l'a transférée à contrecœur au petit frère, qui l'a inoculée innocemment à Suzanne, puis à Célestin. Oncl'Oscar, miraculeusement épargné – il n'y a pas de justice en ce bas monde –, a continué à mettre ses pieds sous la table et ses sales pattes entre les cuisses de sa petite-cousine qui ne dit mot, elle sait que Maman a besoin de lui et de son porte-monnaie, elle ne veut pas être traitée de menteuse et être tenue responsable de la coupure du « *robinet à fric* », comme dit Pépé.

Une odeur délétère de médicaments flottant un peu partout dans l'appartement, Madeleine fit l'erreur d'ouvrir les fenêtres pour aérer, ce qui eut pour effet d'aggraver les choses. Finalement, tout le monde s'en remit cahin-caha, sauf monsieur Bouchon père qu'on remisa dans un coin de sa chambre près du radiateur, emmailloté dans un plaid de laine épaisse, on dirait une momie vissée sur son trône à roulettes.

Début février, une méchante grippe rattrapa Victor et le cloua de nouveau au lit. Puis des complications arrivèrent qui nécessitèrent un traitement lourd et fatigant.

Après l'accident du canal qui fut considéré comme un exploit par les gamins du quartier, le garçon n'avait plus été le même. Celui qui était de tous les combats, de toutes les victoires, qui était toujours gagnant même quand il perdait, ce qui n'était pas fréquent, mais quand ça arrivait celui qui l'avait battu avait intérêt à ne pas s'en vanter, n'était plus qu'un garçon affaibli ne se risquant plus à provoquer quiconque lui cherchait noise. Il y avait dans son regard une ombre noire qui faisait peur. La mort n'avait pas voulu de lui, mais restait tapie au fond de ses yeux.

Vers la mi-février, on repêcha le corps déchiqueté d'Yvonne coincé dans les écluses. Chute accidentelle, suicide, meurtre, il fut impossible de le déterminer. Un mois et demi d'immersion dans les eaux noires du canal avait définitivement effacé toute trace susceptible d'apporter quelque élément de réponse. On conclut donc à une chute accidentelle due au verglas qui sévissait en ce début d'année et avait été à l'origine de nombreux dérapages incontrôlés.

La mort de madame Yvonne n'affecta pas Louise outre mesure. Mais elle ne pouvait se débarrasser d'un malaise persistant, d'un soupçon empoisonnant qu'elle n'arrivait pas à formuler, quelqu'un avait fait payer à cette femme ses médisances. La quasi-certitude de l'identité de ce quelqu'un ne la quittant pas, elle alla confier ses doutes à Pépé Célestin. Celui-ci, indifférent, haussa les épaules, se moucha bruyamment, s'essuya le nez, remonta le plaid sur ses genoux frileux, et dit d'une voix catarrheuse : « Quelle importance ! Plus d'étrennes à Noël, plus d'étrennes au Nouvel An, ça nous fera des économies. Amen ! »

Ce fut les seuls mots compatissants prononcés pour toute homélie qui accompagnèrent madame Yvonne dans sa tombe. La loge fut totalement transformée, on y installa un petit studio pour l'employé à l'entretien, un nouveau placard à balais pour le matériel high-tech de nettoyage, des poubelles dernier cri et des boîtes aux lettres inviolables derniers modèles. Pour faire plaisir à sa mère qui assura l'intérim, on promut Alfred le mal-fini « Technicien de surface », ce qui fit dire à Madeleine, fière comme Artaban de l'élévation de son fiston dans l'échelle sociale : « *Tout vient à point pour qui ne compte pas sa peine.* »

Les panneaux *La concierge est dans l'escalié* et *Défence d'entrée* disparurent à la grande satisfaction de madame Bouchon, le portail de l'entrée de l'immeuble fut équipé d'une serrure automatique, et le souvenir de madame Yvonne sombra dans l'oubli.

21

LES CARTES POSTALES

Début mars, l'état de santé de Victor ne s'améliorant pas, son père fit venir une cousine à la mode de Bretagne, une Germaine joufflue aux arrondis voluptueux et à la peau ambrée. La soi-disant Bretonne sut vite se rendre nécessaire. Elle remit d'abord Victor sur pied, prit sous son aile Alfred le nouveau technicien de surface, le seconda dans l'entretien des communs et dans la distribution du courrier, ce qui arrangea tout le monde, certains cafouillages étant à l'origine de quelques malentendus. Elle gagna ainsi l'amitié de Madeleine, le respect de tous, et put pénétrer dans l'intimité des foyers de l'immeuble. Une nouvelle concierge, et non des moindres, avait repris le flambeau.

La Germaine est une bosseuse qui ne compte pas sa peine, il faut le reconnaître. Ce qui n'empêche pas les mauvaises langues de dire dans son dos que la relation cousin-cousine est louche, qu'il s'en passe de belles chez monsieur Maloud, que quand la souris est encore consommable le matou la croque sans y regarder de trop près, etc., etc., etc. Contrairement à la petite madame Maloud, la cousine s'en fiche, elle en a vu d'autres.

— Si y'en a qui sont pas contents, y z'ont qu'à venir me l'dire en face ! tonne la Bretonne.

— C'est une femme de tête, cette Germaine, elle gère et elle mène, dit Papa en se méfiant de Madeleine qui fréquente la Bretonne qui n'en est pas une.

— Elle porte la culotte, elle, au moins, réplique l'Autre qui a pris de l'assurance depuis son retour chez les Bouchon.

— Qui se ressemble s'assemble, murmure Célestin en trompetant dans son mouchoir.

Germaine et Madeleine, cette dernière estimant avoir bien mérité cette amitié tombée du ciel, sont devenues de grandes copines. Le jeudi après-midi, quand le temps et le travail le leur permettent, les deux femmes ont pris l'habitude de partir, bras dessus, bras dessous, sur le chemin de halage, Junior dans leur sillage. Elles terminent leur périple à *l'Estaminet des Bateliers* où elles retrouvent leurs collègues des beaux et moins beaux quartiers. Pendant que le petit garçon, ravi, se gave des sucreries qu'elles lui donnent pour avoir la paix, à petits coups de cafés arrosés de quelques gouttes de genièvre, elles « fatiguent la langue » comme elles disent et s'allègent des griefs accumulés et tus tout au long de la semaine, en tapant allègrement sur le dos de leurs patrons et de leurs patronnes.

Grâce à Germaine, Victor se remit doucement de sa double pneumonie et de sa méchante grippe. Louise, qui était maintenant immunisée contre les attaques du virus, eut la permission d'aller lui rendre visite au retour de l'école, à la seule condition d'avoir bouclé ses devoirs. Ça arrangeait tout le monde, il y avait fort à faire à la maison, avec tous ces microbes qui les avaient terrassés, les vieux parents s'étaient considérablement affaiblis. Louise passa ainsi la plupart de ses fins d'après-midi et de ses jeudis en compagnie de Victor.

Ce jeudi après-midi de la mi-mars, le ciel s'étant miraculeusement paré de bleu pour fêter la Mi-Carême, Madeleine et Germaine sont parties pour leur promenade hebdomadaire avec Junior. Le père de Victor a emprunté la camionnette réfrigérée de l'établissement scolaire pour aller au ravitaillement, faire le plein pour la semaine lui prend en général quatre à cinq heures de son temps.
Emmitouflé jusqu'aux yeux, Victor attend son amie avec impatience, collé au poêle qui ronfle paisiblement. *Il ressemble à Pépé Célestin*, se dit Louise en entrant dans la cuisine, *la goutte au nez en moins*. Bourré jusqu'à la gueule de galets de charbon, le poêle irradie une chaleur réconfortante. Une odeur délicieuse chaude et sucrée flotte dans la pièce. Avant de partir, pour faire plaisir aux deux enfants, monsieur Maloud a fait des crêpes. Il les a empilées sur une assiette qu'il a posée sur le poêle afin qu'elles restent au chaud jusqu'à l'arrivée de la petite voisine. Dorées à souhait, saupoudrées de cassonade, elles furent très vite englouties.
Après avoir chassé les quelques miettes éparpillées sur la table de la cuisine, Louise sort de sa poche les cartes postales de Mémé Suzanne qu'elle a *empruntées* en novembre dernier. Le jour est venu d'en partager la lecture avec son fiancé. Elle les éparpille sur la toile cirée comme elle ferait d'un jeu de cartes pour jouer à la bataille. Un parfum douceâtre s'en dégage qui leur met un peu le cœur et la tête à l'envers, qu'importe, la curiosité l'emporte.

— Beurk, ça pue les vieux fonds de tiroirs, dit le garçon en se pinçant le nez.

— Ben oui, c'est normal, c'est vieux, alors ça sent le vieux, répond Louise en haussant les épaules.

Sur le recto des cartes, des couples enlacés se sourient tendrement, leurs lèvres rose bonbon entrouvertes sur de belles dents blanches, ils se regardent au plus profond des yeux, figés dans des postures outrancières d'amoureux transis. Sous ces amants de pacotille, de petites phrases dactylographiées, entrelacées d'arabesques artificielles, clament les mensonges amoureux que se susurrent les gens qui disent s'aimer, de naïves promesses à peine tenues le temps d'un échange épistolaire démodé.

Toutes les cartes sont adressées à Mademoiselle Suzanne Longeville, 21 traverse du Cherche-midi, 59 Braithunes-lez-Mines.

— Suzanne Longeville, c'est ma Mémé ! annonce Louise en réunissant les cartes dans ses mains.

Puis elle les distribue, une à Victor, une à elle-même, une à Victor, une à elle-même, et ainsi de suite, jusqu'à ce que chacun tienne dans sa main en éventail le même nombre de cartes. Les voilà prêts à entamer une joute de lecture, une bataille de mots comme au théâtre. Chacun abat son jeu, tête contre tête, déclamant avec emphase les mots sucrés, les ressuscitant le temps de la lecture, se les appropriant, se les récitant à tour de rôle. Ils les accompagnent de grands gestes théâtraux en exagérant certaines syllabes.

Louise

Aucun mot ne peut dire à quel point je t'adôôôôre, car tous ceux qui me viennent sont trop faibles-z-encore.

Victor

Cœu-eur contre cœu-eur, aujourd'hui, demain, toujours, à la vie, à la mort, je t'aimerai d'amour.

Louise

Je t'ai-meuh, je t'ai-meuh, je t'ai-meuh. Jamais je ne le dirai trop, que ton cœur s'ouvre en grand pour accueillir ces mots.

Victor

Cette nuit j'ai rêvé que j'étais près de toi, ma tête reposant dans le creux de tes bras.

Victor a lu sa partie avec beaucoup de douceur, car ce rêve, il le fait souvent, allongé dans l'herbe à l'ombre des oliviers, au milieu des crissements des cigales, sa mère le berce tendrement, ça sent bon les fleurs sauvages et la douceur d'une maman. Dans les rêves, on peut sentir les odeurs, les bonheurs, les douceurs, tout ce que dans la vie on vous refuse.

Louise – un peu surprise mais impatiente –, continue sur sa lancée :

Le charme de t'aimer, c'est parler de nos vœux
en évoquant tous deux ces moments délicieuhhh.

Et ainsi de suite jusqu'à la dernière carte. Amusant, mais finalement sans suspense. Toutes les missives portent des tampons datés des années de la Grande Guerre. À leur verso, la même phrase lapidaire, écrite à la main avec application :

« *À Suzanne, ton Louis qui pense à toi.* »

— Louis, c'était le mari de Mémé Suzanne. Il est mort avant ma naissance, mais je suis sûre qu'il aurait été fier de moi, fanfaronne Louise.

— Qu'est-ce que t'en sais? Si ça s'trouve, il voulait un garçon. Les grands-pères, y z'aiment pas les filles, y veulent des garçons pour leur donner leur nom et leur apprendre à pisser debout.

— Oui, ben, j'aurais pu être un garçon si j'avais voulu.

— Mais t'es une fille, et tu sais même pas faire pipi debout!

— Si! Je sais!

— Faudrait prouver!

— Quand tu veux, d'abord!

Une petite dispute sans conséquence, les personnes qui s'aiment se chamaillent parfois, mais ça ne dure pas très longtemps.

Les deux lascars sont sur le point de se séparer quand Victor aperçoit du coin de l'œil une carte postale qui a glissé sous la table. Il la ramasse, la contemple longuement et émet un sifflement appréciateur :

— Ben dis donc, ton papi, il était sacrément culotté!

Louise la lui arrache des mains, vexée de ne pas l'avoir vue avant lui. La carte est adressée à Mademoiselle Suzanne Longeville, mais à une autre adresse. Sous la photo représentant un couple totalement nu dans une posture curieusement acrobatique, deux lignes soulignées de plusieurs traits :

« *Il n'est meilleure liqueur qui puisse me griser,*
si ce n'est sur mes lèvres le goût de ton culier ».

Le noir et blanc du cliché accentue le côté cru et dépouillé de la scène. Elle sent qu'il y a là quelque chose d'intime qu'il est préférable de garder par-devers soi. Elle retourne la carte, lit rapidement rien que pour elle, elle ne veut pas que Victor entende.

« 4 septembre 1914.

Ma louloute, je pars dimanche. Mon taxi a été réquisitionné. Je t'ai écrit ce petit poème, garde-le près de ton cœur en attendant que je revienne :

Ma fendue aux seins nus, mon gentil petit cul, mon petit con à moi qui rosit sous l'émoi, ma foufoune odorante n'oublie pas ton sergent qui bande, bande, bande, et crie à son trésor, encore, encore, encore !

PS : Je t'attendrai à l'heure convenue comme tous les samedis, là où tu sais.

PS : ne mets pas de culotte. F ».

Voilà qui n'a rien à voir avec les « *Je pense à toi* » plats et répétitifs de Papi Louis. Ce plumitif inattendu, quel qu'il soit, est un vrai poète. Louise n'en croit pas ses yeux, enfin un écrivain dans la famille qui sait manier la rime ! Tout comme elle. Vite, elle escamote la carte sous les yeux stupéfaits de Victor – il y a des secrets qu'un fiancé ne doit pas connaître –, récupère les autres, il est l'heure de rentrer.

Une fois dans sa chambre, elle sort le cahier rouge à spirale de sa cachette, glisse entre les pages la carte licencieuse à côté du portrait coquin d'Angèle. Allongée sur le lit, les mains croisées sous la tête, elle se repasse en boucle le petit poème envoyé à Mémé Suzanne par un amoureux qui n'est pas Papi Louis.

Une question la taraude : qui peut bien être ce F, ce sergent rimailleur ?

22

LES LETTRES DE
TOUVABIEN LE POILU

À peine le mois de mars a-t-il fermé la porte, qu'avril l'a rouverte sans vraiment rien changer à l'affaire. L'hiver a du mal à céder sa place, il effiloche les jours gris sur l'écheveau du temps.

Louise a expédié ses devoirs. Elle ferme livres et cahiers, les glisse dans son cartable, se jette sur son lit. Dans le couloir, de l'autre côté de la cloison, une petite dispute s'engage. C'est Madeleine qui houspille gentiment Junior. Le petit garçon ne veut pas sortir, il rechigne à mettre son manteau. L'Autre aime le dernier-né comme s'il était son propre enfant, jamais elle ne lève la main sur lui, au contraire, elle le couvre de petits baisers et de petites attentions. « Il ne connaît pas sa chance, celui-là », murmure la cadette en se plaquant les mains sur les oreilles. Les yeux fermés pour mieux s'extraire de la réalité, elle se met à rêver aux vacances de Pâques, à la douceur des délicieuses journées qu'elle passera chez son oncle et parrain, Fernand Martinet.

Les Martinet habitent en bordure d'une chouette petite ville provençale dans une grande maison entourée de jardins, au pied d'une chouette montagne toute blanche dans le sud du Sud, là où il fait toujours beau, même en hiver. Un horizon ouvert sur la vraie vie, loin des crassiers et du canal aux eaux délétères, loin très loin de l'immeuble et de sa pelouse étriquée. La grande maison est le résultat conjugué d'un bricoleur sachant tout faire, sauf travailler derrière un bureau, et d'un heureux gagnant à la Loterie nationale.

Avant de toucher le gros lot, quand il n'avait que quelques sous en poche et des idées plein la tête, Fernand avait acheté pour une bouchée de pain un joli terrain sur lequel il comptait construire un petit cabanon rien que pour lui, où il comptait vivre simplement en célibataire. Mais l'argent tombé du ciel changea radicalement le cours de sa vie.

Il rencontra, lors d'une soirée bien arrosée où il fêtait sa nouvelle vie de jeune homme fortuné, une jolie fille qui lui fit tourner la tête, Irma, l'unique héritière d'un père entrepreneur au bord de la faillite. Arriva ce qui devait arriver, la demoiselle tomba enceinte et les rêves du jeune homme tombèrent à l'eau. Vu l'urgence de la situation, et sur la pression du père, Fernand accepta le mariage. La construction d'une belle et grande maison entièrement financée par Fernand fut confiée à l'entreprise du beau-père qui vit là une planche de salut inespérée pour ses affaires.

Quand la maison de rêve de sa jeune épouse, baptisée en grande pompe *Les Martinets*, fut terminée, ne pouvant se résoudre à ne rien faire de ses dix doigts, il les enfouit dans la terre et créa de magnifiques jardins. Un pour les fleurs, un pour les légumes, un pour les arbres fruitiers, et un avec un bac à sable et une balançoire pour ses enfants, deux magnifiques garçons nés le chantier à peine achevé. Pour clôturer le tout, il ceint la propriété de quatre murs en grosses pierres plates, une exigence de son épouse qui n'aime pas qu'on regarde chez elle pour voir comment elle vit. Puis il alla à la pêche.

Malheureusement, les vacances chez Parrain sont, elles aussi, assujetties au temps qui passe. À peine achevées, elles ne sont plus qu'un lointain souvenir laissant Louise à chaque retour orpheline d'une liberté éphémère.

La porte d'entrée claque, mettant un terme à sa mélancolie. Madeleine est partie, autant en profiter. Victor, lequel en a plus qu'assez de son confinement forcé, l'attend. Faisant fi des interdits parentaux, les deux lascars dégringolent au sous-sol où Bobo les attend, la bestiole doit commencer à trouver le temps long. Le 81 est loin d'avoir livré tous ses trésors, dans les boîtes, dans les cartons, dans les valises, il y a certainement des secrets qui traînent encore, attendant qu'on les sorte de l'oubli. Dont un de taille : qui est ce fameux F. l'autre amoureux de Mémé Suzanne ? Louise en est sûre, elle ne saurait expliquer pourquoi, la réponse est au sous-sol.

Pendant que Victor joue avec Bobo sous l'édredon, elle part en exploration. Après quelques recherches infructueuses et quelques éventrations impatientes, elle découvre, caché dans la doublure déchirée d'une valise en carton qui a connu des jours meilleurs, un petit paquet de lettres couvertes d'une écriture fine et serrée, maintenues par un gros élastique cuit par le temps.

— Chez nous, on s'écrit beaucoup, dit Louise en enfouissant les lettres au fond de ses poches, nous, les Bouchon, on est des gens de lettres.

— Ça veut pas forcément dire que vous écrivez des choses intéressantes, lui répond vertement Victor en extirpant Bobo de sous son chandail.

— Peut-être bien, rétorque la gamine vexée, mais au moins on laisse des traces derrière nous.

Sous ses airs de petit dur rouleur de mécaniques, Victor a un cœur qui saigne. Dans sa famille, on ne laisse pas de traces, on essaierait plutôt de les effacer. Des lettres ? Il ne sait pas ce que c'est. Des photos ? Encore moins, elles ont toutes disparu dans la benne à ordures quand sa mère est partie. C'est son père qui le lui a dit un jour qu'il avait forcé sur la bouteille et s'était épanché, larmoyant, dans le giron de son fils. Quand le passé est trop lourd et qu'il faut le réinventer, mieux vaut ne pas laisser derrière soi matière à vous faire du mal. L'ombre qui a fugitivement obscurci le visage pâle du garçon n'a pas échappé à Louise. Le garçon n'a pas l'air dans son assiette.

— Il fait froid ici, c'est pas bon pour toi, Victor, et puis j'ai faim, si on remontait ?

Les voilà maintenant assis de part et d'autre de la table de cuisine des Maloud qu'ils ont débarrassée des reliefs du goûter. Louise sort les lettres de ses poches, les déplie soigneusement et les pose sur la toile cirée. Ils se penchent sur la minuscule écriture qui couvre les feuilles jaunies aux odeurs de temps passé, un peu plus sombres à la pliure, tellement vieilles qu'elles craquellent et se fissurent par endroits. Les pattes de mouches de l'épistolier, le plus souvent tracées au crayon de bois, sont encore lisibles. En unissant leurs yeux d'enfants qui aident les grands-mères à enfiler le fil à coudre dans le chas de leurs aiguilles, ils se plongent dans une lecture à remonter le temps sans se rendre compte qu'ils s'embarquent dans une aventure antérieure, dans un passé englouti qui refait surface.

Une fois exhumés de leur cachette où ils dormaient depuis près d'un demi-siècle, ces petits mots de papier, témoins d'une histoire navrante, seront appelés à disparaître. Louise en sera inconsciemment la dernière dépositaire. Incapable à cet instant précis d'en mesurer l'importance, elle n'en retiendra que l'essentiel, quelques phrases fortes qui auront la chance de continuer à vivre plus tard dans sa mémoire.

— Quinze décembre mille neuf cent quatorze..., houla, c'est de la préhistoire, s'exclame Victor en se saisissant de la première missive.

Louise arrache la lettre des mains du garçon. C'est à elle, et non pas à Victor, que revient le droit de déflorer l'histoire de sa famille.

— Quatorze-Dix-huit, c'est la der des ders, dit Louise toute fière de son savoir, Pépé Célestin il y était, mais c'était il y a très longtemps.

« *... finalement, nous n'avons parcouru qu'une petite cinquantaine de kilomètres depuis mon départ. Et pourtant, j'ai l'impression d'avoir franchi des montagnes. Mais de penser à toi me fait sentir vivant.*

L'armée allemande nous pilonne, trois jours qu'on est planqués dans une tranchée, les marmites pleuvent au-dessus de nos têtes. Pour oublier la peur et éloigner la mort, je pense à toi mon petit bonbon fourré d'amour, à notre dernière nuit, quand tu as épluché de tes doigts impatients mon sucre d'orge. Un désir délicieux l'érige de nouveau dans ce boyau que j'espère ne pas être ma dernière demeure. Attends-moi, ma Loute chérie, je te promets que nous aurons plein d'autres nuits rien qu'à nous, jusqu'au bout de notre vie. À part ça, ne t'en fais pas, tout va bien. »

La promesse de s'aimer jusqu'au bout de la vie émeut Victor. Mais il n'en laissera rien paraître, il a sa fierté de garçon, un garçon doit cacher ses sentiments. Louise laisse tomber la lettre sur le sol, tandis que Victor se saisit de la suivante et la tend à Louise. Il aime bien écouter son amie quand elle lit.

« Quelques locataires indésirables se sont invités dans notre trou. Les totos et les rats pullulent, rien ne leur résiste! Ils rongent nos sacs, percent nos musettes, nous bouffent nos biscuits, nous pompent notre sang. En voilà qui ne crèvent pas de faim comme nous! Hier, j'ai réussi à en attraper un. C'était un bébé rat, je n'ai pas eu le cœur à lui tordre le cou. Je n'ai rien dit aux copains, ils l'auraient mangé, alors je l'ai glissé dans ma poche, il me tiendra chaud. À part ça, ne t'en fais pas, tout va bien. »

C'est au tour de Louise de s'émouvoir. Le soldat sans nom lui est tout d'un coup sympathique. C'est un sauveur de rat, tout comme elle, ça crée des liens.

« ... T'ai-je dit que j'avais baptisé mon joli petit rat? Je l'ai appelé Beaubo. Il me tient chaud au cœur... »

Louise est sidérée. Le mot *réincarnation* qu'elle a découvert au hasard d'une lecture et que Pépé Célestin a tenté de lui expliquer tant bien que mal parce que, a-t-il dit, il ne croyait pas à ces foutaises, ce mot trouve là toute sa signification, Beaubo et Bobo ne font qu'un. Si l'histoire se répète, alors la vie ne serait qu'un éternel recommencement?

Tête contre tête, les deux petits voleurs de mots, leurs ombres jumelles projetées sur le mur de la cuisine par l'ampoule nue du plafonnier, continuent leur lecture. Les lettres jonchent le sol où elles s'accumulent. Pour aller plus vite, car le temps presse, ils piochent au hasard de leur lecture les mots et les phrases qui leur parlent le plus.

« *Mon adorée, mon aimée, je t'ai eue pour moi tout seul le temps de cette permission trop courte. Rien qu'à la pensée de la délicieuse nuit que tu m'as accordée, je vibre encore. Mon copain Jeannot dort à côté de moi pendant que je t'écris, il parle tout haut, il crie, il doit faire un mauvais rêve, pendant que moi je rêve de notre dernière nuit* ».

Tandis que Victor ne s'attarde que sur les anecdotes et les rêveries érotiques du poilu, Louise comprend entre les lignes, mais d'une façon encore confuse, que la puissance protectrice de l'amour pourrait être plus forte que la puissance dévastatrice de la guerre, que les souvenirs licencieux des échappées amoureuses du soldat Touvabien – à force de répétitions, le poilu anonyme fut en toute logique affublé du sobriquet de « Touvabien » – lors de ses trop rares permissions l'ont aidé à vivre, la tête proche des étoiles, se projetant de merveilleuses images sous les pluies d'obus et de sang mêlés.

— Écoute ça, Loulou, hurle Victor, arrachant son amie à ses réflexions :

« *Tu étais toute mouillée, j'étais tout raide, ma sucette palpitant dans ta bouche, ma semence au bord de tes lèvres fiévreuses.* »

Tiens, Touvabien, lui aussi, a une semence ? Qu'est-ce qu'elle a dit déjà Mémé à propos de semence ? De la semence claire ? De la semence de curieux ? Il y aurait donc plusieurs semences ? Il faudra creuser la question plus tard. D'autres détails l'intriguent, certains mots lui évoquent quelque chose, mais quoi ? Tout en continuant la lecture à haute voix, Louise s'interroge. Les rouages de son cerveau toujours en ébullition s'activent.

« *Janvier 1916.*

Mon petit coquillage frisé, j'ai fait comme tu me l'as demandé dans ta dernière lettre, je me suis secoué la banane en repensant à cette inoubliable nuit où je te l'ai plantée jusqu'à la gorge. Comme tu as raison, y repenser me tient en vie, et me fait oublier toute cette horreur ».

Victor, un peu plus au fait de ces choses-là, glisse un regard en coin sur sa voisine. *Si il pense me surprendre*, pense naïvement la gamine, *il se trompe* :

— Bien sûr que je sais ce que c'est qu'une banane !

— Pas celle qui se mange, l'autre, hé, banane ! s'esclaffe Victor.

Le garçon est tout fiérot, pour une fois il en sait plus que son amie. Il part dans une explication précipitée, comme quoi avec les copains dans le terrain vague le long du canal, ils font des concours, que c'est à celui qui pissera le plus loin et qu'après ils se secouent la banane pour faire tomber la dernière goutte. En omettant de lui dire qu'ils s'amusent aussi à la mesurer pour savoir qui a la plus grosse et surtout la plus longue.

— Bon, on peut continuer, s'énerve Louise qui ne supporte pas quand Victor le prend de haut avec son petit bout de zizi ridicule.

« *On n'a plus rien à croûter. J'ai tiré trois corbeaux au péril de ma vie, on les a cuits à l'eau de pluie ramassée dans les trous d'obus. Nous les avons dévorés ! Maintenant, les copains m'appellent Trompe-la-mort. C'est un présage, ça veut dire que je te reviendrai ! Tu vois que je ne te mens pas quand je te dis que tout va bien.* »

Victor se redresse. Touvabien et lui ne font qu'un, le garçon se sent solidaire du soldat. Certes, ils n'ont pas participé aux mêmes exploits, mais ils ont bravé la mort, et la mort n'a pas voulu d'eux. Désormais, il exigera qu'on l'appelle Trompe-la-mort.

« *Janvier 1917.*

Ma Loute, enfin une lettre de toi ! Elle est contre mon cœur et me tient chaud. Mon huître marine délicieusement salée, mon adorable moule mouillée, je suis et resterai ton esclave, promets-moi de m'attendre. »

— Les moules, j'adore, s'exclame Victor.

— Oui, mais avec des frites, des moules sans frites, c'est comme un baiser sans moustache, rétorque Louise, répétant ainsi ce que claironne Pépé chaque vendredi, jour des moules, en léchant son assiette sous le nez horrifié de sa bru.

« *... Que cette guerre est longue, elle ne se terminera donc jamais ? Mon bijou, ma perle, j'ai tellement hâte de te retrouver. Ta fripouille qui te lèche les lèvres, les yeux et les oreilles, qui te lèche les pieds et les orteils, qui te lèche le ventre et ta friandise. »*

— C'est dégoûtant de lécher les pieds et les orteils, même si ils sont propres, commente Victor.

Louise ignore royalement l'intervention du garçon et continue sa lecture à haute voix.

« *Nous sommes à touche-touche avec les pioupious d'en face. On les entend parfois chanter. Je crois qu'ils sont comme nous, ils aimeraient que tout cela finisse. Il y en a un qui est venu à quelques mètres de notre boyau, il a lancé un saucisson et une boîte de cigares par-dessus la tranchée. Il n'y a pas eu un coup de feu de tiré. On s'est régalé.*

Ta fripouille pour la vie. »

Le temps passe, il faudrait rentrer, mais Louise veut aller jusqu'au bout, elle sent, elle sait que quelque chose d'énorme arrive. Ce Touvabien, ce Trompe-la-mort ou ce Fripouille, quel que soit le nom qu'on lui donne ou qu'il se donne, est une énigme. Elle ne veut pas, elle ne peut pas partir avant de savoir qui est ce triple inconnu.

« *Janvier 1918.*

Encore un Noël passé loin de toi. Un petit mot très court pour te dire que j'arriverai mardi. Ma Suzanne adorée, ma rosée du matin, mon petit coquillage aux effluves de marée, je compte sur toi, ne dis rien à qui tu sais. »

S'il y avait encore comme une odeur de secret dans l'air, deux tout petits mots ont suffi pour soulever à eux seuls un coin du mystère : « *Ma Suzanne* ». Pas de doute, la destinataire des missives n'est autre que Mémé.

« *1ᵉʳ avril 1918.*

Ce n'est pas un poisson qu'on m'a planté hier dans le dos, c'est un coup de baïonnette! La blessure n'est pas suffisamment grave pour me renvoyer à toi, dommage, paraîtrait qu'on a besoin de nous ici. Tu parles! Tous des planqués qui font la fête et se pavanent quand nous autres, pauvres soldats, crevons comme des rats. Mais ne t'en fais pas, tout va bien »!

La demie de quatre heures sonne, Madeleine doit être rentrée, ça va chauffer pour son matricule. Cependant, pas question d'arrêter, il ne reste qu'une lettre dans la boîte, Louise veut connaître la fin. Elle s'en saisit.

« *Comme cette nouvelle me remplit de joie. Fais attention à toi, sois prudente, prépare-moi un beau garçon, car ce sera un couillu, j'en suis sûr. Jure-moi que si je ne reviens pas de cette saleté de guerre tu l'appelleras Fernand, en souvenir de ton pauvre poilu. Mais je dis des bêtises, je serai très bientôt de retour, les boches sont au plus bas. Ton Fernand.*

PS : même si c'est une petite fendue, je serai le plus heureux des hommes ».

Fernand… Fernand… écrit là en toutes lettres, noir sur blanc, Fernand, noir et blanc… Mais oui, mais c'est bien sûr! La carte postale en noir et blanc de *F.* le rimailleur, écrite à sa louloute ! Fernand le pioupiou, Fernand le poilu, Fernand l'écrivain, l'épistolier de la guerre, le poète de génie, le chantre de l'amour, l'auteur de « *ma louloute, ma foufoune, mon minou roudoudou, mon poupinou d'amour* ».

« Fernand », murmure doucement Louise en caressant du bout des doigts la signature de la dernière lettre.

Les lettres du poilu relatent des évènements graves, mais sans trop s'y attarder. Comme si son auteur, en y intégrant nombre d'anecdotes plaisantes, avait voulu épargner la destinataire dans l'unique intention de lui dire que l'amour est plus puissant que la guerre et la mort. Pour l'instant, l'Histoire échappe aux deux enfants, ils n'en sont pas encore là, comment leur en vouloir ? Qu'ils restent encore dans l'ignorance, le court temps de l'enfance qu'il leur reste à vivre, ils auront bien le temps d'apprendre. Tout autour de la table, les lettres éparpillées jonchent le carrelage de la cuisine.

Louise se lève, il est temps de partir, mais avant, il faut tout ranger, sinon la cousine de Bretagne va piquer sa crise. Elle est bien comme Madeleine celle-là, bonnet-blanc et blanc-bonnet. Elle se penche pour ramasser les lettres qui jonchent le sol. Tiens ? Un bout de papier d'un bleu délavé s'est glissé sous un pied de sa chaise. Ça ressemble à un télégramme, son contenu laconique à moitié effacé est toujours lisible.

« *27 avril 1918 - Sergent Delepine, Fernand - 64°RI - Matricule 3945 - Tombé au champ d'honneur - Prévenir famille.* »

Le poêle ronflote doucement dans son coin, les tic-tacs de la pendule et le clip-clap de l'eau s'égouttant d'un robinet mal fermé l'accompagnent dans une partition silencieuse. S'il y avait une mouche, on l'entendrait voler, seulement les mouches, l'hiver, elles n'aiment pas. Les deux enfants restent silencieux. Victor est triste, le poilu est tombé, cela doit vouloir dire qu'il est mort, et si la mort peut avoir raison d'un Trompe-la-mort, lui, Victor, le trompe-la-mort des écluses, ne serait à l'abri de rien ? Alors que dans la tête du garçon, un affreux doute s'installe, dans celle de Louise questions et réponses se succèdent.

Elle en a vite fait le tour, elle ne connaît qu'un Fernand, Parrain.

Longtemps, les deux amis restèrent côte à côte à contempler le bout de papier bleu sur lequel tant de larmes ont coulé qu'elles en ont effacé jusqu'à la couleur. Louise a le cœur au bord des lèvres, dans son ventre ça gargouille drôlement, ce n'est pas tant le goûter qui ne passe pas, mais plutôt le secret qu'elle a pénétré qui lui chamboule l'estomac.

Quand l'horloge du salon égrena ses cinq coups, les deux lascars furent tellement surpris qu'ils s'agrippèrent l'un à l'autre comme s'ils avaient été pris en faute. Surtout ne pas laisser de traces, telle fut leur première réaction. Ils terminèrent de ramasser les lettres et, sans réfléchir un seul instant à l'acte irrémédiable qu'ils allaient commettre, les enfournèrent dans le poêle qui les avala en quelques secondes, effaçant d'un seul coup d'un seul quatre années d'une histoire familiale à peine retrouvée aussitôt disparue.

C'est ainsi que la courte, mais intense vie de Fernand le poilu, de Trompe-la-mort l'amateur de moules, de Touvabien le poilu, de Fernand la fripouille, du matricule 3945 tombé au champ d'honneur, du chantre de l'amour aux odeurs de marée, trouva une deuxième fin dans les flammes du poêle à charbon du cuisinier Maloud.

23

LE DICTIONNAIRE

Pendant les jours qui suivirent la découverte de l'identité de Trompe-la-mort, Louise se repassa en boucle les lettres du poilu. Jusqu'à l'obsession. Son sens du calcul eut vite fait de classer les informations dans un ordre temporel évident. Restait à éclaircir certains points de détail avant de placer chaque antagoniste à sa place. À défaut d'enrichir ses connaissances historiques, cela viendrait plus tard, les lettres avaient enrichi son vocabulaire. Il lui fallait trouver les définitions de certains mots.

Une semaine passa. N'y tenant plus, un soir où tout le monde était couché ou presque, prenant son courage à deux mains, elle alla trouver son père qui savourait sa fin de semaine béatement calé dans le vieux fauteuil aux grandes oreilles un verre de bourbon à la main.

— Dis, Papa, pourquoi les coquillages sont frisés et les moules sont mouillées, et pourquoi on épluche les sucres d'orge, et pourquoi on met les singes en boîtes, et des marmites qui pleuvent ça existe ? C'est quoi tout ça, dis, Papa ?

— Holà, holà, tu n'es pas encore couchée toi ?
— Ben non, je travaille !
— Encore ? À cette heure-ci ? Ça rime à quoi toutes ces questions ?
— Ben, c'est un devoir pour l'école. On doit trouver des définitions pour des mots que la maîtresse nous a donnés. C'est un devoir de culture générale qu'elle a dit.
— Je ne comprendrai jamais ta maîtresse, dit monsieur Bouchon en levant les yeux au ciel et en poussant un grand soupir qui en dit long sur le peu d'estime qu'il porte à mademoiselle Léontine Belbic.
— Oui, mais Papa, c'est un vrai travail ! Et puis, tu sais, ce serait plus facile si j'avais un dictionnaire. Pour m'habituer. Mademoiselle a dit qu'on en aurait besoin d'un avant la sixième.
— C'est du grand n'importe quoi, elle met la charrue avant les bœufs ou quoi ? Je crois qu'il serait temps que j'aille la voir.
— Pas la peine, Papa ! C'est parce qu'on prépare un exposé... sur les vacances... au bord de la mer, les coquillages, les sucettes, tu vois, les huîtres, l'eau salée qui lèche les pieds sur le sable, les odeurs de l'océan, enfin tout ça quoi.
— Bon, je vais en discuter tranquillement avec ta mère. Allez, zou ! Au lit !
— Tu viens me faire un baiser ?
Le livre refermé et la lumière éteinte, la fillette s'accroche au cou de son père, suppliante, histoire de prolonger le contact avant d'affronter la nuit et la Chose immonde qui l'habite.
— Papa ? Tu me l'achèteras mon dictionnaire ? S'il te plaît...
— Je t'ai dit que j'allais voir ça, chérie. Dors maintenant, si tu fais un cauchemar tu viens me chercher, ne va pas réveiller

ta mère, elle est très fatiguée tu sais, elle ne dort pas très bien en ce moment.

— Elle aussi, elle fait des cauchemars ?

— Bien sûr, ma chérie, tout le monde fait des cauchemars.

— Ah... Dis, Papa, elle est née quand Maman ?

— Pourquoi tu me demandes ça ?

— À l'école, on a fait de la géologie.

— De la géologie ? Je ne vois pas le rapport avec la date de naissance de ta mère ?

— On fait un travail sur la famille, ça s'appelle de la géonolo...

— Généalogie, ma chérie, de la généalogie. Elle est née en 1921, ta maman.

— Et Parrain ?

— Tonton Fernand ? En 1918, je crois, juste avant l'armistice.

— Ah... Et c'est quoi l'armistice, Papa ?

— Un jour, t'apprendras tout ça à l'école. C'est trop long à t'expliquer et il se fait tard. Maintenant, tu dors.

Une fois dans sa chambre, l'homme attendri interpelle sa femme.

— Tu te rends compte, chérie, notre fille...

— Laquelle ?

— Louise. La voilà qui prépare ses devoirs à l'avance maintenant. Elle change. Il faudrait que tu regardes chez Plume&Plume s'ils ont dans leur catalogue un petit dictionnaire qui corresponde à son âge.

— Et tu y crois, toi ? répond madame Bouchon d'une voix ensommeillée. Mon pauvre ami, elle nous raconte encore des histoires.

— Il y a un début à tout. Moi, je lui fais confiance, elle réclame un dictionnaire, elle en a besoin pour un devoir scolaire, on ne doit pas la décevoir, ce serait trop bête de la stopper dans son élan.

Dans sa chambre silencieuse, pelotonnée sous sa couverture, Louise chuchote à voix basse ce qu'elle a retenu des missives adressées à la louloute du poilu. La mémoire enfantine est fabuleuse quand on ne l'oblige pas à apprendre par cœur des fadaises fadasses. Il écrivait bien, Fernand, c'est rudement beau et tout doux à se réciter avant de s'endormir, de drôles de mots encore inconnus, de jolis petits bouts de phrases qu'elle s'approprie, qu'elle fait siennes. Qu'elle étalera au grand jour quand son talent sera reconnu.

Parce qu'un jour, elle sera écrivain-poète.

Monsieur Bouchon a tenu parole, *le Petit Norbert* de la langue française trône sur la table de nuit à côté du lit de Louise. Le dictionnaire est un livre fabuleux. En plus des noms communs et des noms propres, on y trouve les conjugaisons, les synonymes et des règles de grammaire, et plein d'illustrations pour mieux comprendre. Ça sent bon le papier neuf et l'encre fraîche, c'est simple, elle adore. Son père lui a montré comment l'utiliser, et à sa grande surprise mâtinée de fierté, la gamine a tout de suite saisi le mode d'emploi et l'usage qu'elle peut en faire. Elle est exploratrice de caves, à partir de maintenant elle sera exploratrice de mots.

Voilà comment Louise se prit de passion pour la langue française et enrichit considérablement son vocabulaire. Elle a inventé un jeu auquel elle s'adonne le soir avec délectation. Elle ouvre le gros livre au hasard et pose le doigt, en fermant les yeux, quelque part au hasard sur la page. Et là, sous le bout du doigt, il y a souvent un mot inconnu à découvrir. Parfois, c'est un mot vraiment bizarre que le bout de son index dévoile. Quand on se demande pourquoi il existe, à quoi il sert et qui peut bien l'utiliser, on a tout de suite un début de réponse. Hier soir, par exemple, son doigt s'est arrêté sur le mot *émonctoire* : *organe qui élimine les substances inutiles formées au cours des processus de désassimilation. Émonctoires naturels : anus, foie, méat urinaire, poumon, pore de la peau, rein, uretère, vessie.* Il existe des mots bien compliqués pour définir des actes simples de la vie quotidienne. Elle imagine la tête que ferait la maîtresse si elle lui demandait, en levant un doigt innocent : « Mademoiselle, puis-je aller vider mon émonctoire naturel qui me sert de vessie ? »

Ce qu'il y a de passionnant avec le dictionnaire, c'est qu'il y a sans cesse des mots nouveaux à découvrir. Tout compte fait, un dictionnaire c'est comme un roman, un mot en entraînant un autre et ainsi de suite à l'infini, on en arriverait presque à imaginer une histoire, à la construire pour qu'elle devienne réelle.

Un jour qu'elle était tombée sur le mot *blaps*, la définition du dictionnaire lui dessilla les yeux : *blaps, du grec blaptein « nuire » ; insecte coléoptère de grande taille, de couleur noire, actif la nuit.* Il lui fallait en savoir plus sur les blaps, et qui mieux que Pépé qui est une encyclopédie à ciel ouvert pouvait lui apporter des réponses, puisque c'était lui qui lui avait mis le blaps à l'oreille un jour qu'elle tentait de lui faire part, à mots couverts, de son aversion envers l'immonde Oscar.

— Petite, ton oncle, ce n'est même pas un homme, c'est rien qu'un blaps.

— C'est quoi un blaps, Pépé ?

— Un blaps ? Que je te dise…, un blaps c'est rien qu'un blaps, ça mérite même pas une définition.

Le grand-père, un fan de coléoptères, ravi de l'intérêt manifesté par sa petite-fille, sortit sa collection d'insectes à six pattes qui dormaient depuis des lustres dans un placard fermé à clé, sa bru ayant exigé de tenir ces horreurs hors de sa vue. Formolés, épinglés, étiquetés, numérotés, classés par familles et par tailles, ils s'exposaient impudiquement écartelés, luisants de vernis incolore, dans des boîtes aux couvercles transparents. Le côté exhibitionniste plut beaucoup à la gamine qui eut des visions foudroyantes d'autres blaps nuisibles épinglés les bras en croix, leurs mains crucifiées de part et d'autre de leur corps.

Comme d'habitude, Pépé Célestin déborda dans des explications compliquées sur la vie des coléoptères, celle des blaps en particulier. Louise en retint l'essentiel. Elle apprit ainsi que le blaps, qu'on nomme aussi *ravet*, *blatte*, *cancrelat* ou *coquerelle*, est un nuisible qui craint la lumière et n'aime que la nuit, qu'il est très résistant, qu'il s'adapte aux insecticides et que du coup il ne meurt plus, qu'il y en a de plus résistants que d'autres et qu'ils transmettent leur résistance à leurs petits, qui eux-mêmes, une fois devenus grands, la transmettent à leurs propres petits, et ainsi de suite, de génération en génération.

— Le blaps d'aujourd'hui approche de l'immortalité, Petite. Mais quand ils sont trop gros comme Oscar, leur cœur est fragile. C'est leur talon d'Achille.

Continuant son exploration linguistique, la fillette découvrit qu'un mot peut avoir parfois un double sens, parfois même un triple, voire un quadruple. Comme la *semen*ce, qui est, selon l'usage, *une graine*, *un liquide séminal*, *un clou de tapissier*, et, ce qui est plus étonnant encore, *de minuscules diamants* ou *de toutes petites perles*. Quant aux différents sens du mot *coquille*, ils la laissèrent songeuse. Elle n'en retint qu'une définition : *faute typographique qui s'est glissée dans un texte, oubli, substitution d'une lettre à une autre, erreur d'impression*. L'erreur la plus connue (coquille-couille) serait (peut-être) à l'origine de l'expression « faire une coquille ».

Oui, un dictionnaire, c'est un roman, c'est un recueil d'histoires fabuleuses, c'est un atlas, c'est un tour du monde en un seul volume, l'origine des mots est une grande voyageuse. Le blaps est grec, la coquerelle canadienne, la blatte latine, le cafard arabe et le cancrelat néerlandais. Un dictionnaire, c'est aussi un livre d'images plein de surprises, un album-photos haut en couleur, c'est un livre de cuisine aux recettes interplanétaires, un peu de ci, un peu de ça, on ferme, on secoue, on ouvre, on touille et ça donne une ratatouille savoureuse. Il faudrait toute une vie pour le parcourir, et encore, une seule vie n'y suffirait pas.

24

HOUILLE ! HOUILLE ! HOUILLE !

Le premier mois du printemps, de mauvaise réputation, favorise les baisses de régime, engendrant des mélancolies préoccupantes, allant même parfois jusqu'à engloutir les plus fragiles dans de profondes dépressions. Le mois d'avril, exceptionnellement frileux cette année-là, n'épargna pas mademoiselle Léontine Belbic. Plusieurs petits incidents fâcheux vinrent aggraver cet état dépressionnaire et la plongèrent dans un état de sidération progressive, l'amenant fatalement à prendre un repos forcé.

Les vacances de Pâques arrivent, et c'est tant mieux, car elle est surmenée. Beaucoup trop d'enfants pour des résultats décevants. Une majorité de rebuts à venir pour un futur génie hypothétique, et deux ou trois phénomènes dont elle se passerait volontiers. La petite rouquine obèse du fond de la classe, une surdouée inclassable – ça lui coûte de le reconnaître –, alimente ses cauchemars, c'est bien simple, elle n'en dort plus de la nuit.

Elle a bien tenté de l'ignorer, mais c'est au-dessus de ses forces, elle n'y arrive pas. Son amitié avec la petite Nicole, l'exceptionnelle, la brillantissime première de la classe, lui donne de l'assurance et la rend intouchable. Que prépare-t-elle cette petite peste, que manigance-t-elle cette impertinente qui depuis quelque temps la reprend systématiquement, en particulier sur des questions pointues de vocabulaire ? Elle fait étalage d'une nouvelle science acquise on ne sait comment, il va falloir qu'elle la surveille d'encore plus près.

Oui, mademoiselle Léontine Belbic est épuisée, elle est au bord de la rupture, si ça continue elle ne sera bientôt plus que l'ombre d'elle-même. Son tablier flotte, elle est obligée de le serrer avec une ceinture, sa maigre poitrine s'en trouve un peu remontée, mais ça ne change rien à l'affaire. D'anguleuse, la voilà décharnée.

Le premier jour d'avril, qui tombait un mardi, mademoiselle Belbic, les yeux cernés, le teint cireux et le chignon de travers, monta sur l'estrade pour écrire sur le tableau noir, de sa plus belle écriture, la phrase du mois qui servira de départ à un travail collectif sur la poésie française : *Quand mars se déguise en été, avril prend ses habits fourrés*. Quelques ricanements, vite réprimés quand elle se retourna, l'alertèrent, mais trop tard, le mal était fait : un énorme poisson d'avril était accroché sur le dos de sa blouse.

— Mesdemoiselles ! Taisez-vous ! Ça suffit ! Prenez une feuille. Je ne veux pas savoir qui est l'auteur de cette petite plaisanterie ! Punition pour tout le monde ! Ça vous apprendra à un peu plus de respect.

— Oh, non, Madame, soupirent en cœur quelques ensommeillées qui ont encore la tête dans les étoiles.

— Silence dans le fond! glapit Léontine Belbic en tapant du plat de la main sur le bureau. Bien. Je dicte : Décrivez en quelques mots courts et percutants-*virgule*-sous la forme littéraire de votre choix-*virgule*-poétique-*virgule*-romanesque-*virgule*-ou fantaisiste-*virgule*-la personne qui compte le plus dans votre vie-*point*.

— C'est énervant cette habitude qu'elle a d'insister sur les virgules et les points, elle nous prend pour des débiles ou quoi, pouffe Louise, la bouche en coin dans la paume de sa main, l'autre au fond de sa poche, à l'intention de sa voisine.

— Mademoiselle Bouchon, encore un mot, et c'est au coin que vous irez valser. Je vous aurai prévenue. Et puis, sortez la main de votre poche, elle n'a rien à y faire, je vous préviens, ça va mal se passer

Louise s'exécute. C'est toujours la même chose, les adultes préviennent, mais on ne sait jamais précisément de quoi ni quand ça aura lieu, seulement que la plupart du temps le quoi en question fait mal, autant s'en préserver.

— Tout le monde a noté? Bien. Il est neuf heures, vous avez une heure. Et je veux entendre une mouche voler.

— Bzzzzzzzzzzz…

— Qui a fait ça? Mademoiselle Bouchon, peut-être?

— C'est pas moi, Mademoiselle, se rebiffe l'interpellée qui, fait assez rare, n'a pas ouvert la bouche.

— C'est bon pour une fois. À dix heures, je ramasse les copies. Quand ce sera fait, je ferai l'appel et vous viendrez présenter la petite poésie que je vous ai demandé d'imaginer sur le thème de la houille la semaine dernière. Exécution.

Le stylo coincé entre les dents, Louise réfléchit. La personne qui compte le plus dans votre vie est quelqu'un de très particulier, ça, c'est indéniable, puisqu'elle mérite qu'on en parle.

Nicole ? Elle l'aime bien, Nicole. Peut-être même qu'elle l'aime tout court. C'est une dure à qui il ne faut pas en conter, elle sait rendre les coups comme un garçon. Elle n'a pas l'air comme ça avec sa petite bouille toute ronde d'ange inoffensif, son nez en trompette, ses yeux rieurs et sa voix légèrement voilée. Elle est toujours au fond de la classe à chahuter, mais c'est elle qui a les meilleures notes. Nicole est sa seule amie, elle aimerait lui dire qu'elle l'aime, elle aimerait lui demander si elle peut l'embrasser, ses lèvres doivent être sucrées comme son rire et ses joues doivent être douces comme la peau des pêches dont elles ont la couleur. Un jour, elle osera, mais aujourd'hui, dire que Nicole est la personne qui compte le plus dans sa vie, c'est aller à l'abattoir à la prochaine récréation.

Victor ? Non. Victor c'est son amoureux, on ne dévoile pas son amour à n'importe qui. Maman ? C'est un sujet trop douloureux. Papa ? Parrain ? Tous les deux sont en compétition dans son cœur, elle ne veut pas leur faire de peine en en choisissant un et pas l'autre. Il y aurait bien Pépé, mais il ne lui donne plus envie avec son nez qui coule en permanence, ses yeux chassieux et ses crachats sanguinolents. Elle pourrait parler de Bobo, mais à tous les coups, la maîtresse lui mettra un zéro bien rond avec, surligné à l'encre rouge, un *hors sujet* rédhibitoire.

Elle décortique la proposition. Est-ce que l'importance fait de la personne un objet d'amour ou un objet de haine ? À l'inverse, est-ce que l'amour ou la haine qu'on lui porte en fait nécessairement quelqu'un d'important ? Louise lève le doigt pour formuler son interrogation, mais mademoiselle Belbic est aux abonnés absents, on dirait même qu'elle dort.

Elle plonge discrètement la main dans la poche gauche de son tablier, Bobo dort. Son stylo Bic quatre couleurs toujours coincé entre les dents, elle réfléchit. Les zéros distribués sans parcimonie par la maîtresse, avec leurs *O* bien ronds surlignés à l'encre rouge sur ses cahiers, tout à coup s'imposent. Il y a là une matière intéressante à creuser. La fillette s'y attelle avec la certitude que son œuvre frisera la perfection littéraire, l'écriture n'est-elle pas un domaine où elle excelle ?

L'heure n'est pas encore écoulée qu'elle pose son stylo sur sa feuille, fourre ses mains au fond de ses poches, et regarde sagement les mouches voler. Ce qui surprend mademoiselle Belbic, sortie de sa petite sieste réparatrice, au plus haut point. Ce n'est pas dans les habitudes de la petite Bouchon de se tenir à carreau. En parlant de carreaux, la poche gauche du tablier de l'élève est agitée de soubresauts suspects. L'enfant souffrirait-elle de tics compulsifs du bras ou de la main ? Il serait peut-être prudent de le signaler, qu'on ne l'accuse pas de négligence, les parents peuvent être procéduriers.

Quelques coups de règle sur le bureau signalent que le temps imparti est écoulé. « Marie-Claude, tu ramasses les copies, s'il te plaît ? Tu les poses sur mon bureau, merci, et puisque tu es là, tu nous récites ton poème. »

Les élèves débitent leurs petites fadaises à tour de rôle, Louise écoute avec une attention frisant l'hypocrisie, seule Nicole trouve grâce à ses yeux. Son tour arrive. Elle se plante devant le tableau noir, tenant son œuvre dans la main droite, la main gauche toujours fourrée dans la poche de son tablier, prend la pose et articule d'une voix claire :

Ma coquille au cul nu. Un poème de Fernand la Fripouille. Houille !

Ma coquine au cul nu qui mouille sous mes couilles. Houille!
Ma coquille au cul nu qui couine sous mes coups. Houille! Houille! Houille!

Elle contemple son auditoire ébahi, marque une pause, sort la main de sa poche et, pointant du doigt les élèves bouche bée, conclut par le dernier vers de son cru :

Pique-nique d'houille, c'est toi l'an d'houille.

Ce faisant, le rat Bobo libéré de la contrainte manuelle sort le nez et les moustaches de son habitacle, dardant son unique œil en bouton de bottine sur la pauvre maîtresse effarée.

L'effet est immédiat. Tout le monde est rentré plus tôt chez soi, qui à pied, qui en voiture, la maîtresse d'école en ambulance quelque part en urgence, Dieu seul sait où. Dommage. La trop fragile petite mademoiselle Léontine Belbic, que l'on dira plus tard atteinte d'hallucinations parce que trop émotive, lira-t-elle un jour la prose de la petite Bouchon parlant de *la personne qui compte le plus dans votre vie?*

On informa les parents que la classe de mademoiselle Belbic allait fermer ses portes le temps de lui trouver une remplaçante, que c'était une affaire de deux ou trois jours pas plus, et qu'ils se débrouillent avec ça. Ce qui ne fut pas du goût de madame Bouchon qui dut prendre des dispositions exceptionnelles, ni du goût de Madeleine qui hérita des dispositions exceptionnelles, ni du goût de Louise qui n'aime pas qu'on lui impose des vacances exceptionnelles. Les vraies vacances, ce sont les vacances qu'elle passe chez Parrain Fernand.

25

LES BELLES HISTOIRES
DE PÉPÉ CÉLESTIN

Les deux ou trois jours annoncés prirent leurs aises.
Une semaine passe, une autre s'annonce, aussi vide.
Louise trouve le temps long, elle tourne en rond. Son père n'est pas là, il est à l'école, lui, et son épouse en profite pour travailler encore plus puisqu'Alice est parfois obligée de travailler la nuit, patron oblige, cela devient une mauvaise habitude. Brigitte bûche son brevet chez une copine pour avoir la paix, et Madeleine, Junior accroché à ses jupons, est toujours fourrée chez la Bretonne qui n'en est pas une. Quant à Mémé, hormis quelques rares moments de lucidité, elle semble définitivement vouée aux abonnés absents. Alors, la fillette passe le plus clair de son temps avec Pépé Célestin cloué dans son fauteuil à roulettes, la goutte au nez. Le vieil homme ne va plus que du lit au fauteuil et du fauteuil au lit, bientôt, si il continue comme ça, il n'ira plus que du lit au lit, vieillir c'est pire que mourir. Mais ne nous y trompons pas,

si l'aïeul est physiquement amoindri, il est lucide, il sait qu'il arrive au bout du chemin, il ne s'accroche à la vie que pour la vivre avec sa petite-fille. Quand elle rentre dans sa chambre, son visage s'illumine, l'enfant est bien la seule à s'attarder à ses côtés.

Ils papotent comme de vieux amis, de tout et de rien, de cette drôle de chienne de vie, celle débordante de la marmite du vieillard, celle pas plus grosse qu'un grain de riz de l'enfant dans sa première décade. Ils se rient du temps qui n'en fait qu'à sa tête, du temps qui passe, du temps qui traîne, de celui à venir. Ils parlent des voisins de palier, des voisins de chambrées, des absents qu'on regrette, des présents qu'on évite, de ceux qu'on a aimés, de ceux qu'on aime encore et qui ne vous le rendent pas.

Louise a la ferme intention de mettre à profit cette semaine entre parenthèses pour aborder un sujet qui lui tient à cœur, celui de Fernand le poilu. Elle a bien une petite idée, encore assez floue, c'est le moment ou jamais de creuser. Elle va travailler au corps son grand-père en commençant par un postulat de départ qu'elle juge solide : Parrain Fernand, né en 1918, ne ressemble pas du tout à madame Bouchon, sa sœur, née en 1921. Contre toute logique, car chez tous les frères et sœurs, il y a toujours des ressemblances, même infimes, qui ne mentent pas. Fernand est haut et fort, large d'épaules, il rit tout le temps, il aime bien boire et manger et il n'aime pas travailler, son bonheur, c'est de pêcher avec ses copains et de manger les poissons qu'il ramène à la maison. Il est tout le contraire de sa sœur qui a la blondeur des filles du Nord, qui rit quand on la pince, a un appétit d'oiseau et déteste le poisson parce que ça sent mauvais, qui a des langueurs aériennes en plus d'une pâleur diaphane de travailleuse acharnée. Alice a de ravissants grains de beauté bien placés, alors que Fernand a des poils noirs et frisés partout, jusque sur les fesses.

Assise sur le tapis, attentive, jambes croisées, faisant face à son grand-père dans son fauteuil à roulettes, Louise attend.

— Ton oncle ? C'est un ours des Carpates.
— C'est quoi un ours des Carpates, Pépé ?
— Un très gros ours tout noir qu'il... *aaaatchoum* !... vaut mieux voir derrière les barreaux d'une cage plutôt qu'à... *aaaaatchoum* !... qu'à un coin de rue.
— Téssoués, Pépé, mais moi je veux pas qu'on enferme Parrain dans un zoo !
— Alors on va dire que ton parrain, c'est un titan.
— C'est quoi un titan, Pépé ?
— Un titan, c'est pareil qu'un ours des Carpaaaaa... *tchoum* !... mais en mieux. Un titan, c'est un géant qui brave les tempêtes, un hercule fort comme un Turc.

Célestin se tait, se mouche énergiquement, rumine un court instant en hochant la tête et lâche du bout des lèvres :

— Dommage qu'il ait épousé cette gorgone.
— Qui ça, le titan ?
— Non, ton parrain.
— C'est quoi, une gorgone ?

Pépé roule des yeux, ébouriffe ses maigres cheveux avec ses doigts tordus, prend un air qui se veut féroce, tremblote sur un ton sépulcral qu'il pense terrifiant :

— Brrr... une gorrrrgone, c'est une sorrrrcière !

Louise ouvre de grands yeux, Pépé n'est vraiment pas beau à voir.

— Mais *aaaaaa*... attention, pas une de ces gentilles sorcières de contes de fées pour petites filles modèles. Non ! Une gorgone c'est une horrrrrible femme qui ne sait faire qu'une seule chose, le mal. C'est une nuisible, elle est trrrrrrrès laide, ses cheveux sont comme des sssserpents, ses yeux lancent des... *aaaa... aaaatchieeee*!!!

— Téssoués!

Louise, machinalement, tend un autre mouchoir au vieux bonhomme qui se mouche et trompette avec vigueur.

— Merci, ma chérie. Tu sais qu'il ne faut pas regarder les gorgones dans les yeux?

— Pourquoi?

— Elles te transformeront en pierre et tu mourras pétrifiée. Et en plus, elles sont immortelles.

Louise est sidérée, c'est le portrait de la tante tout craché. Irma serait donc un animal nuisible, tout comme Oncl'Oscar, un toxique à abattre de toute urgence avant qu'il ne devienne immortel. Le grand-père qui ne se doute pas de la portée de ses paroles continue sur sa lancée, expliquant l'association du ciel et de la terre pour mettre au monde les titans, mais que celui qu'il préfère, c'est Kronos avec un K. En l'écoutant, sa petite-fille se dit que son grand-père est un puits de connaissances sans fond qui se vide au fur et à mesure qu'il raconte pour se remplir à nouveau d'autres histoires passionnantes.

— Pourquoi c'est Kronos que tu préfères, Pépé?

— Parce que c'était un géant doublé d'un ogre, c'était un cannibale. Tu sais ce que c'est qu'un canniba... *aaaaatchoum*!?

— Ben quand même, Pépé, c'est un ogre qui mange les enfants qui ne croient pas aux histoires. Et puis arrête de cracher, t'en mets partout.

Célestin respire un grand coup à travers un mouchoir plaqué sur ses trous de nez purulents, gonfle ce qui lui reste de maigre poitrine, fronce ses sourcils en accordéon, découvre ses gencives en un rictus qui se veut sanguinaire, mais finalement n'est que les prémices d'une vieillesse édentée qui nous attend tous. Comme à chaque fois qu'il raconte une de ces drôles d'histoires qui font pousser les hauts cris à sa bru : « *Célestin! Pas étonnant qu'elle fasse des cauchemars la nuit!* »

Contrairement à ce que peut penser sa mère, Louise ne craint ni les sorcières, ni les gorgones, ni les cannibales, ni les ogres. Le double zéro, l'ogre du gore, ce blaps qui se croit immortel, ne lui fait plus peur. Quand il la chatouille là où il ne faut pas, elle se réfugie dans l'idée que quelqu'un, un jour, l'écrasera comme une simple vermine.

Non. C'est d'un être bien plus malfaisant dont elle a peur. La Chose, qui maintenant vient la visiter presque toutes les nuits sans crier gare. À côté d'elle, les autres monstres amateurs de chair fraîche peuvent aller se rhabiller. Mais elle ne peut en parler à personne, car qui croirait une petite fille qui raconte des histoires vraies que personne ne croit?

— Pépé, arrête de faire le clown, raconte-moi Kronos le cannibale et essuie-toi ton nez, y coule!

Célestin se dégonfle aussi vite qu'il s'est gonflé, remet pectoraux, sourcils et rictus à leurs places, presse son mouchoir en boule sous ses narines dévastées et reprend le fil de son exposé.

— Kronos le caaaaaa... *tchoum*!!! et meeeeeerde..., le cannibale. Avec un K, comme le grand Kipling, c'était un copain de mon père, Kipling. On allait en vacances chez lui, j'avais ton âge, Petite. Il écrivait des histoires pour les enfants. Elles étaient comme ça les histoires que tonton Rudy nous racontait.

Le vieil homme accompagne ses paroles en brandissant son poing serré, le pouce droit dressé devant le nez de Louise qui lui demande :

— Tu me les raconteras ?
— Un jour, promis, je te les raconterai.
— Alors ? Kronos ?
— T'as de la suite dans les idées, toi. Bon. Kronos, il a coupé le zizi de son père avant de le découper en morceaux, et après, il a mangé tous ses enfants.

Célestin s'interrompt, éternue un grand coup en postillonnant, se mouche longuement pour gagner du temps et cacher son embarras, peut-être prend-il conscience de l'énormité de l'histoire qu'il vient de raconter à sa petite-fille, ce n'est pas rien quand même quelqu'un qui coupe son géniteur en morceaux après l'avoir émasculé et qui mange ses propres enfants. Glissant un coup d'œil furtif entre les plis du mouchoir en direction de son auditoire, il est rassuré, la gamine, tout ouïe, est suspendue à ses lèvres. Le vieil homme, ravi, continue sur sa lancée.

— Couic ! C'est comme je te le dis, il les a tous bouffés, à l'exception d'un seul, Zeus, qui pour se venger, l'a expulsé à coups de pied au cul pour prendre sa place sur le trône. Fin de l'histoire... *aaaaaaaatchoum !*

Louise écarquille les yeux en sursautant. Le mouvement de recul de l'enfant inquiète le vieillard, il a encore quelques craintes, peut-être est-il allé un peu trop loin finalement. Même si son histoire est fidèle à la légende, cette comparaison entre le parrain et un titan meurtrier cannibale risque fort d'amener l'enfant à regarder son oncle d'un autre œil. Il temporise.

— Ton oncle, c'est peut-être un ours mal léché, un titan, mais ce n'est ni un violent ni un cannibale. C'est le meilleur des hommes, fort comme un Turc et doux comme un agneau. Il a... *aaaaaatchoum...* la joie de vivre en lui, tout le contraire

de sa sœur. Ton parrain, il est bon comme le bon pain, et tu sais pourquoi ?
— Non, Pépé, mais tu vas me le dire ?
— Parce que ton parrain, c'est un enfant de l'amour.
— Ben, c'est normal, Pépé, pour faire un enfant il faut faire l'amour, tout le monde sait ça.
— *Tsstss*, faire l'amour, oui, mais avec un grand A… *aaaaaaatchoum*!!! L'amour, celui qui est dans le cœur et pas qu'au bout de la bite.
— La quoi ?
— Tiens, file-moi donc un autre mouchoir, s'il te plaît, ma chérie. Merci.

Cachant du mieux qu'elle peut son dégoût, la gamine récupère du bout des doigts la boule de tissu dégoulinante que lui tend le vieil homme et lui en donne un autre. Ce qu'il y a de bien avec Pépé, c'est qu'il ne mâche pas ses mots, avec lui un chat c'est un chat et une bite c'est une bite. À quoi ça sert, comment s'en servir, c'est ce qu'il explique le plus simplement du monde à sa petite-fille en insistant sur le quand, à savoir à bon escient. L'amour, il a l'air d'en connaître un rayon Pépé.

— Et voilà ! C'est comme ça qu'il a été conçu, Fernand, dans l'amour fort d'un homme et d'une femme qui se sont aimés jusqu'à ce que… et basta !
— Et Maman ? coupe la manipulatrice qui suppose les réponses, mais qui a besoin qu'on les lui confirme.
— Ta mère ? C'est une autre histoire. Elle est arrivée bien après, sur le tard.
— C'est où sur le tard ? demande innocemment l'enfant.
— Sur le tard, c'est là où la passion n'a plus lieu d'exister.
— Ah… Et Papa ?
— Ton père, lui, c'est un fruit de la passion.

— C'est quoi un fruit de la passion, Pépé ?
— C'est le résultat, Petite, de l'accouplement de deux anges.

Le visage du vieillard s'illumine, ses yeux liquides deviennent limpides, ses rides se fondent dans un sourire extatique, la métamorphose est spectaculaire.

— De deux anges qui s'aimaient d'un amour fou. Angèle et Célestin, Célestin et Angèle.

Célestin se mouche longuement, avec soin et force bruit, ses longs doigts osseux en balancier de part et d'autre de ses narines enflammées. Deux larmes se fraient un chemin dans les sillons profonds de ses joues jusqu'aux coins de sa bouche, avant d'aller se perdre dans les plis de son cou. Louise respecte le chagrin du vieil homme, ça n'a pas l'air si facile que ça de plonger dans sa mémoire. Les chagrins, ça la connaît, à trop durer, ils deviennent lourds. On peut s'y attarder, parfois il fait bon pleurer, mais pas trop longtemps quand même.

Célestin. Quel drôle de prénom pour un vieil anar, comme il se plaît à se définir, qui pourfend Dieu et tous ses saints, se dit-elle en attendant la résurrection de l'ancêtre. Pour éviter qu'il n'aille se perdre dans les méandres d'un passé qu'elle a hâte d'explorer, elle secoue la vieille carcasse, une petite piqûre de rappel est nécessaire.

— Pépé, parle-moi d'Angèle
— Angèle ? Ah, Angèle, pour ça oui, c'était une belle garce. Comme je l'ai haïe quand elle est partie avec ce gominé-là…
— Qui ça, Pépé ? demande précipitamment Louise au vieil homme qui dodeline dangereusement de la tête.

Le faire parler, parler, parler, tant qu'il navigue dans sa mémoire, pour en apprendre le plus possible, l'histoire ne peut s'arrêter là, elle ne fait que commencer.

— Le Louis tiens ! Le mari de la Suzanne ! Tu imagines ? Oh, ça n'a pas duré longtemps. Angèle c'était un papillon, finalement elle nous a tous plaqués. Elle est partie, elle est jamais revenue, elle a dû trouver une autre chaussure à son pied, grand bien lui faaaaass… *aaatchoum* !

Pépé se mouche, éructe, crache sa rancœur, expectore sa colère.

— Et l'autre là, la Suzanne, une vraie tigresse celle-là ! Son Louis, fallait pas y toucher. Remarque, je comprends, moi aussi j'aurais dû. Quel gâchis !

Le temps que son grand-père récupère de sa crise de fureur, Louise tire les conclusions qui s'imposent. Son père a grandi sans maman, Victor aussi grandit sans maman, et elle, elle essaie de grandir presque sans maman. Finalement, les mamans sont des femmes qui n'en font qu'à leur tête. Sa mère, Mémé Suzanne, Mamie Angèle, même Tante Irma qui ne vit que pour Dieu. Elles abandonnent leurs enfants pour suivre leurs chimères, et pendant ce temps les hommes font ce qu'ils peuvent pour les retenir. Sans y parvenir. Papa, Pépé Célestin, Papi Louis. Même Oncle Fernand qui file doux devant la gorgone. Seul le Poilu trouve grâce à ses yeux dans sa fougueuse jeunesse.

La vie se réduirait finalement à un chassé-croisé vertigineux ? Un jeu du *Chat et de la souris* perdu d'avance, un jeu du *Je t'aime moi non plus* stérile ? La fulgurance de cette révélation lui ouvre des horizons jusqu'alors insoupçonnés. Les faiblesses des hommes, les petites manipulations des femmes, pas simple tout ça, mais terriblement excitant.

— Faut dire que la Suzanne, elle aussi elle en a bien profité.

Zut ! Pendant qu'elle cogitait, Pépé Célestin continue sur sa lancée, pourvu qu'elle n'ait rien raté !

— Pour ça oui, avec le Fernand. Il est mort à la guerre, le bougre. La première. Fusillé! On l'a accusé de désertion. C'te blague! Il a été jugé pour désobéissance, il ne voulait plus se battre. Tu veux que je te dise? Fernand c'était un chic type, une tête brûlée, mais un chic type quand même. Le Louis, il lui arrivait pas à la cheville… J'comprends pas qu'Suzanne soit restée avec lui, enfin si, fallait bien dans son état.

Célestin fait une pause, reprend son souffle. Plus rien ne l'arrête.

— Encore que le Louis, il l'a bien élevé son bâtard à Suzanne, faut le reconnaître. Et puis, y'a eu ta mère qui est arrivée après, ça crée des obligations tout ça.

Le vieillard se tait, il se rend compte qu'il en a trop dit. Les erreurs douloureuses des grandes personnes ne sont pas pour les enfants, pour ça ils ont bien le temps, mais ça lui a fait du bien. Sur qui d'autre que sa petite rouquine pouvait-il bien décharger enfin ses peines? Il sait, il sent qu'il est urgent d'alléger sa mémoire, que le temps presse, qu'il lui est compté. Et de conclure :

— Ils ne sont plus là, maintenant. Louis, c'est pas une grande perte, mais Fernand…

Célestin est épuisé, il n'en peut plus d'avoir trop parlé, ses paupières s'alourdissent, il est temps pour lui de dormir, il demande à l'enfant de partir,

— S'il te plaît, ma chérie, je suis fatigué.

Mais elle a une dernière question à poser, peut-être la plus importante de toutes :

— Et moi, Pépé, je suis aussi un enfant de l'amour?

— Oui, ma chérie, vous étiez tous les deux des enfants de l'amour… Célestin bafouille, cherche ses mots, rectifie : Euh… je veux dire tous les trois, toi, ta sœur et ton petit frère.

Du vieil homme épuisé, Louise ne tirera plus un mot.

Le soir venu, elle est allée se coucher l'âme légère malgré le poids des révélations de son grand-père. Peut-être bien à cause d'elles, ou grâce à elles. Car ne pas savoir est bien plus épuisant que la quête de la vérité. Elle n'a pas encore toutes les réponses, mais elle est heureuse, être un enfant de l'amour comme son père et comme Parrain, ce n'est pas rien. Pour la première fois de sa vie d'enfant, elle s'endort comme une masse, apaisée. Elle rêve.

Un titan à tête d'ours et un poilu à tête de rat, entourés d'anges tourbillonnants, sont enfin parvenus à repousser la Chose immonde au fond du placard.

26

LES BELLES HISTOIRES
DE PÉPÉ CÉLESTIN
(SUITE)

La nouvelle est arrivée ce matin, le fils de Madeleine est mort. Il paraît que c'est une catastrophe. Louise ne comprend pas très bien pourquoi, pas plus tard qu'hier soir elle a vu Alfred qui rangeait ses balais dans la loge, il avait l'air en pleine forme. « *Ce n'est pas Alfred qui est mort, Bouboule, c'est son frère jumeau, Albert* », a dit Papa.

« *C'est à cause de la guerre des frontières* », a expliqué ensuite le père à sa fille sans en dire plus pour la préserver de la méchanceté des hommes, de ce dont ils sont capables. Ce que la fillette en a retenu, c'est qu'Albert s'était battu dans un souk à rats à la frontière entre l'Algérie et le Maroc et qu'il y était resté, et qu'il faut être gentille avec Madeleine parce qu'elle est très triste.

— Pourquoi Alfred il n'est pas parti, lui aussi ?

— Parce qu'il est né mal fini, ma chérie, ils étaient deux dans le ventre de Madeleine et c'est Albert qui a pris toute la place. Du coup, Alfred est né un peu attardé.

— Tant mieux pour lui, je l'aime bien, moi, Alfred, conclut l'enfant compatissante.

Monsieur et madame Bouchon ont accordé à la mère éplorée quelques jours de congé pour les formalités – « *bon débarras* », a ricané Célestin – à la condition expresse, formulée par madame Bouchon, de réintégrer la famille le plus vite possible. Il y a Junior, le beau-père qui va de mal en pis, et Mémé Suzanne qui s'est embarquée sur un vol interplanétaire qui s'éternise. On ne peut compter ni sur Brigitte qui révise son BEPC, ni sur Louise qui est retournée à l'école, une nouvelle maîtresse assure enfin l'intérim.

— Pour ma part, hors de question d'arrêter, j'ai déjà donné, a dit Maman.

— Un peu de compassion, s'il te plaît, Alice, a demandé son mari.

— Ça ne changera rien à rien, a rétorqué l'épouse.

— Tu fais comme tu veux, a capitulé l'époux d'un ton las.

— Exactement, je fais comme je l'entends, point final, a conclu sa femme.

Du coup, monsieur Bouchon a suspendu sa formation le temps que Madeleine se remette de ses émotions.

Le dimanche suivant précédant le retour de Madeleine, les Bouchon tinrent conciliabule dans le salon. Sans s'apercevoir, trop occupés par leurs problèmes, que la cadette terminait une nuit agitée dans le fauteuil aux grandes oreilles, une bien mauvaise nuit peuplée de monstres, comme d'habitude.

— Quand même, elle exagère de nous réclamer encore de l'argent pour les vacances de Bouboule pendant qu'elle sera chez eux.

— Il faut comprendre Irma, chérie, plaide le père. Tu sais, la vie n'a pas l'air d'être facile en ce moment pour eux.

— Difficile ? Laisse-moi rire, ils viennent d'installer le téléphone, au prix que ça coûte... on les a pistonnés. Elle se rembourse, oui.

Un silence pesant s'ensuit. Alice Bouchon se racle la gorge et poursuit d'un tout petit filet de voix :

— Je sais qu'elle ne m'apprécie pas, je m'en fiche, je le lui rends bien. Mais on est de la même famille son mari et moi, et Bouboule est la filleule de mon frère !

— C'est vrai qu'elle ne t'a jamais aimée.

— Depuis que les jumeaux sont arrivés et que je lui ai piqué le diamant qui, soi-disant, lui revenait... Allez, vas-y, dis-le ! Dis-le !

— Chérie, calme-toi, calme-toi.

— Depuis que Bouboule est née, elle me le fait payer ! Mais moi, je l'avais mérité ce diamant, j'ai suffisamment souffert comme ça ! Et doublement même ! Si seulement, si seulement ce n'était pas elle qui avait...

Madame Bouchon s'étrangle, un sanglot la secoue, elle se tait.

— Alice, ma chérie, la voix du père se fait douce, rassurante, arrête, tu te fais du mal. Peut-être est-il temps qu'on en parle avec Bouboule justement ?

— Ah, non !

— Il faudra bien qu'un jour elle le sache. C'est quand même elle la première concernée dans cette histoire. Allez, viens dans la cuisine, on va se faire un bon café avant que les enfants se réveillent.

La mère renifle, se mouche un grand coup, se lève, emboîte le pas à son mari.

— Tu sais, plus j'y réfléchis – la voix de monsieur Bouchon se perd dans le couloir –, plus je me demande si ses problèmes ne viendraient pas de là, pour notre Bouboule.

— Et mes problèmes à moi, ils viennent d'où à ton avis ?

Louise en a assez de ne pas comprendre. C'est la deuxième fois qu'on parle d'elle d'une manière bizarre. De quels problèmes s'agit-il ? C'est quoi cette histoire de diamant ? En quoi cela la concerne-t-il ? En quoi est-elle responsable ? Et qu'est-ce que les jumeaux viennent faire là-dedans ? Il y a trop de jumeaux dans cette histoire, trop de questions auxquelles une seule personne peut répondre.

Elle fonce chez Pépé Célestin. Ce dernier ne bouge plus de sa chambre où il reste confiné jusqu'à un léger mieux hypothétique. Il y flotte une odeur de médicaments et de tabac froid désagréable, mais la gamine n'en a cure. Elle remonte avec douceur le plaid qui a glissé sur le sol et s'installe du mieux qu'elle peut à côté du vieil homme.

— Dis, Pépé, pourquoi Papa et Maman paient toujours cher un diamant à Tante Irma depuis que je suis arrivée ? Et depuis que je suis arrivée où d'abord ?

Pépé pousse un petit gloussement ponctué d'une quinte de toux.

— Ahhh, nous y voilà, nous y voilà…

— Nous y voilà où, Pépé ? Allez, raconte, s'il te plaît, raconte, supplie Louise qui exige des réponses.

Depuis la découverte de l'identité du poilu, depuis les conciliabules à mots couverts volés aux parents, elle veut comprendre, elle veut mettre des mots, des images, sur les zones d'ombre. Aujourd'hui, hors de question de laisser l'ancêtre se défiler, elle veut que quelqu'un lui décortique les informations qu'elle a glanées. Pépé se cale sur ses oreillers, expectore dans l'effort, crache dans le carré de tissu sanguinolent qui lui sert de mouchoir, c'est pathétique.

— Nous y voilà, nous y voilà…

— Tu l'as déjà dit, nous y voilà, mais où Pépé ?

— Fallait bien que ça sorte un jour ou l'autre cette histoire de diamant.

Autre quinte de toux. Louise lui tapote gentiment le dos, il paraît que c'est comme ça qu'il faut faire si on veut éviter que la personne s'étouffe. Il ne faudrait pas que Pépé passe l'arme à gauche juste au moment où elle va en apprendre un peu plus.

— Quand ta maman s'est retrouvée enceinte de toi, commence Pépé sur le ton qu'on prend pour raconter des histoires à dormir debout aux enfants sages, son papa, ton grand-père donc, pas moi, moi c'est Pépé, le papa de ton papa, faut pas confondre, tu me suis ?

Louise acquiesce, les digressions de Pépé, elle connaît, il lui suffit d'être patiente.

— Le Louis donc, cet enfoiré de mari de Suzanne…

— Qui n'est pas le papa de Parrain.

Là, Pépé, ça lui en bouche un coin. Pour le coup, le voilà muet, ce qui est assez rare. Il en profite pour cracher un peu de sang dans le mouchoir, la petite est impressionnée, mais elle se rassure comme elle peut en se disant que ça n'arrive qu'aux vieux.

— Comment tu sais ça, toi ?

— Ben, c'est toi qui me l'as dit ! Le papa de mon parrain s'appelle Fernand, il est mort au champ d'horreur, et il a demandé à son amoureuse, sa Suzanne adorée, de lui donner le même prénom que le sien. Même que je l'ai lu.

— Finalement, je me demande à quoi ça sert les secrets de famille si tout le monde est au courant.

— C'est quoi des secrets de famille, Pépé ? élude la petite.
— C'est quand on ne dit pas tout aux petites filles curieuses qui posent trop de questions. Voilà !
— Tu sais, moi aussi j'ai des secrets, Pépé, je te les dirai un jour si tu veux.

Le vieil homme se dérobe. Il ne sait pas combien peuvent peser les secrets d'une petite fille, mais il sait qu'il n'est jamais bon de rajouter des secrets aux secrets, à la longue ça risque de peser trop lourd.

— Bon. Je peux continuer ? Ton grand-père Louis, qu'il aille au diable celui-là !
— Pépé, tu l'as déjà dit.

Oui, bon. Louis, que tu n'as pas connu puisqu'il est mort avant ta naissance... *kof, kof...* il est tombé malade, très, très malade, il allait mourir. Comment on écrit mourir, Bouboule ?
— Avec un seul R, Pépé, parce qu'on ne meurt qu'une fois.
— Bravo, ma chérie, t'es la meilleure, dommage qu'il n'y a que moi pour le savoir.
— Toi aussi tu es le meilleur, Pépé, dit doucement l'enfant en déposant un baiser léger sur le front parcheminé. Alors ?
— Eh bien, il n'avait qu'une petite-fille, Brigitte, ta grande sœur donc. Et hop ! Voilà qu'un jour Irma et ta maman tombent enceintes, en même temps, sauf que pour Irma c'était pour un peu plus tard, la naissance, je veux dire. Le Louis, il attendait un petit-fils avec impatience. Moi, je préfère les filles, les garçons c'est de la chair à canon. Il avait promis d'offrir un diamant, un vrai, pas un faux, à la première qui lui donnerait un héritier avant qu'il meure, un garçon quoi.
— C'est quoi un garçon néritier, Pépé ?

— Un héritier, avec un H non aspiré pour une fois, c'est rare. Un héritier, c'est celui qui va hériter, comme son nom l'indique.

— Oui, mais ça veut dire quoi hériter, s'impatiente Louise.

— Ça veut dire que, quand tes parents meurent, tout ce qui leur appartient te revient, à toi et à tes frères et sœurs si t'en as, bien sûr.

— Même le diamant?

— Même le diamant.

— C'est quoi un diamant, Pépé?

— C'est un caillou.

— Un caillou?

— Une pierre précieuse, si tu préfères. On en fait des bijoux pour les très belles dames qui coûtent très cher.

Célestin fait une pause, parler autant le fatigue. Louise respecte un temps le silence de l'aïeul parti une fois de plus dans une douce rêverie où les belles dames coûtent très cher. Mais la patience n'étant pas son fort, elle le presse de nouveau.

— Et alors? Et alors?

— Eh bien, il n'en a pas eu le temps, le pauvre. Ça allait de plus en plus mal pour lui. Alors, avant de mourir, il a anticipé.

— Ça veut dire quoi anticiper, Pépé?

— T'arrêtes pas d'en poser des questions, toi! Ça veut dire qu'il s'est dit que tu allais être un garçon, sans savoir que t'allais être une fille, tu comprends? Donc, il a donné le fameux diamant en question à ta maman et vous êtes arrivés.

— C'est qui vous?

— Ben, tu es née, quoi, mais après la mort de ce pauvre vieux. Même si je ne l'aimais pas, c'était pas son heure.

— Et alors, et alors, s'énerve Louise qui sent qu'elle touche au but.

— Ben, le problème, c'est que tes cousins sont arrivés juste après toi, deux garçons d'un coup, mais c'était trop tard. C'est ta maman qui a eu le caillou, et bernique pour l'Irma qui ne lui a jamais pardonné. Elle a toujours dit qu'elle aurait même dû en avoir deux à cause des jumeaux, la garce! Qu'elle le lui ferait payer un jour à ta mère. Point final. Je ne l'ai jamais aimée l'Irmaaaaaaaaaaa... *tchoum*!!!

Le vieil homme se mouche en trompetant comme s'il voulait évacuer un gros bouchon de son cornet à pistons, essuie son nez, pose une main ratatinée sur la tête de l'enfant.

— Ah, ton parrain, il en a fait une grosse de bêtise, oui, deux d'un coup, il a fait fort. Il s'en mord les doigts maintenant.

Voilà pourquoi la tante demande des sous aux parents quand elle va en vacances chez eux. Finalement, il y a parfois des questions qui reçoivent par des circonvolutions inattendues des réponses satisfaisantes.

— De toute manière, si l'autre avait vécu, l'Irma elle aurait rien eu à dire, conclut Célestin.

Le vieil homme se mord la langue, mais un peu tard, alors il se tait, fait semblant de se plonger dans un profond sommeil pour donner le change. Le silence s'éternisant un peu trop, Louise secoue le faux endormi, mais pas trop fort, juste assez pour l'obliger à refaire surface et donner une réponse à l'impensable question qu'elle ose enfin poser, un énorme point d'interrogation qui n'attend qu'une unique réponse, qui ne viendra pas.

— Pépé, t'as perdu ta langue? C'était qui l'autre que si il avait vécu, la tante elle aurait rien eu à dire?

— Rien, rien, Petite, c'est de l'histoire ancienne tout ça, on oublie. À chacun ses secrets. Allez, laisse-moi maintenant, je suis fatigué.

Les révélations de Pépé sur les histoires anciennes et leurs secrets de Polichinelle ont permis à Louise de comprendre pourquoi Irma ne les aime pas, elle et sa mère. C'est à cause d'elle, Louise. Le poids du désamour de sa tante lui incombe. Que cette dernière ne supporte pas sa nièce lui importe peu, elle en a pris son parti, mais qu'elle pourrisse la vie de sa mère, par contre, ce n'est pas acceptable. Cela mérite qu'on s'y attarde. Mais, patience. Depuis que Madeleine a prononcé cette sentence, « *Tout vient à point pour qui sait attendre* », elle l'a faite sienne.

27

OÙ LOUISE DÉCOUVRE L'ENFER...

Quand les fleurs des seringas embaument les porches des églises et qu'elles font les fières dans leurs robes blanches à dentelles, toutes les familles avec enfants en âge d'y participer se préparent dès le début de l'année pour le grand évènement : La Communion. Dans le nord du Nord, si on ne fait pas La Petite et La Grande, les conséquences ne tardent pas à se faire sentir. Le père, parfois la mère quand elle travaille, mais c'est rare, est assuré de se retrouver remercié pour ses bons services. Dans le nord du Nord, on ne plaisante pas avec l'église, on ne s'en affranchit pas, on fait avec.

Dans la classe de l'ex-mademoiselle Belbic, toutes les filles vont au catéchisme, sauf Louise et son amie Nicole. Chez les Bouchon, on n'y croit pas au Bon Dieu. Chez Nicole non plus d'ailleurs. « *T'inquiètes, Petite,* lui a dit Célestin pour la rassurer, *tes copines ne se posent pas de questions, elles font ça pour la montre, la chaîne, la médaille en or et les mouchoirs brodés.* »

Grâce à monsieur Plume qui a le bras long à cause de son amitié avec monsieur le Maire, monsieur Bouchon peut donc continuer sa formation sans craindre d'éventuelles représailles, merci, Monsieur Plume. « *Ce n'est pas que le bras long de monsieur Plume soit à minimiser*, reconnaît Pépé Célestin à contrecœur, car il n'aime pas le bonhomme qui fait de l'ombre à son gendre, *simplement il faut des exceptions pour confirmer les règles.* »

— Tu l'auras un jour ta montre, Petite, je te le promets, a chantonné Pépé dans son tire-jus. *Malpeste, mignonne, contentons nos désirs, en ce monde n'a du plaisir qui ne s'en donne…*

— Célestin, taisez-vous, a grondé la bru.

Quand Louise fit sa crise d'appendicite, c'était un vendredi en plein cours de géométrie sur les ronds, les losanges et les carrés, la remplaçante de mademoiselle Belbic, mise au parfum de la présence de certains éléments indésirables dans la classe, n'a d'abord pas réagi. Mais quand la petite effrontée du fond de la classe se vida de sa bile sur ses cahiers, il lui fallut bien accepter l'évidence, ce n'était pas de la simulation. Elle l'envoya un peu trop tard chez madame La Directrice. Laquelle prit tout son temps avant de l'expédier chez les sœurs à la clinique *Sainte-Marie Machin Chose*. Résultat, de simple, la crise tourna en péritonite et Louise faillit bien y passer. Cela fait, on avertit la famille.

Monsieur Bouchon, tout juste rentré de son école parisienne, furieux, vint tirer sa fille d'entre les griffes des bonnes sœurs en cornettes. Puis, en digne fils de Célestin qui ne fait pas dans la dentelle quand il s'agit de religion, fonça dire son fait à madame la Directrice.

— Qui vous a permis de confier ma fille à ces Saintes-Nitouches ? Si elles avaient quelque chose de sacré, ces satanées bonnes femmes, ça se saurait !

— Restez poli, Monsieur Bouchon, je vous en conjure, un peu de respect pour ces saintes femmes qui consacrent leur vie à Dieu pour sauver les âmes perdues. Comme celle de votre fille.

— Qu'elles laissent l'âme de ma fille en paix ! Qu'elles s'occupent de la leur.

— Monsieur Bouchon, voyons !

— Et de celles de leurs amis les curés, ces mal froqués. On les connaît ceux-là avec leurs mains baladeuses, ça leur évitera de faire des bêtises avec les enfants qu'elles leur confient !

— Oooooh !!!

— Qu'elles aillent s'amuser au paradis, ou ailleurs si ça peut leur fait plaisir, mais qu'elles fichent la paix à ma fille !

— Monsieur Bouchon, Monsieur Bouchon, vous ne savez plus ce que vous dites !

— Qu'elles aillent brûler en enfer, là au moins on rigole, termine le père en claquant la porte qui craque sur ses gonds.

— Eh bien, allez-y, si vous trouvez l'enfer si rigolo, Monsieur Bouchon ! Hurle madame la Directrice, face à l'huis outragé.

La secrétaire qui passait juste là, comme par hasard, n'en a pas perdu une miette. Horrifiée, elle s'empressa d'aller répéter à sa copine la prof de gym les insanités proférées par monsieur Bouchon : « Tu sais pas quoi, Josiane ? Le père de la petite, tu sais, la petite grosse aux cheveux rouges qui ne sait pas monter à la corde, et bien lui et sa famille, c'est tous impies et compagnie qui crachent sur les crucifix et après dans la soupe. »

L'effet boule de neige a ceci de surprenant, c'est qu'il est rapide et qu'il n'a pas le temps de fondre. L'effet peut même se transformer très rapidement en traînée de poudre qui met le feu aux esprits frileux qui n'attendent que ça pour réchauffer leurs indignations mal placées.

Après quinze jours de convalescence heureuse au creux de son lit douillet, Louise reprit le chemin du lycée. Manque de bol, l'effet boule de neige avait eu le temps de contaminer les pires éléments de la classe, les trois poupées Barbie imbues d'elles-mêmes, copies conformes en réduction de leurs mères.

Elles s'empressèrent de lui expliquer, en usant de la manière forte, que quand on va au catéchisme et qu'on est mort, on gagne son paradis, mais que si on n'y va pas, qu'on ne fait pas sa communion et qu'en plus on n'est pas baptisé, comme Louise, on perd le paradis et on va direct en enfer.

Profitant d'une absence inhabituelle de sa protectrice et amie Nicole, elles la soumirent à leurs petits jeux pervers pendant la récréation. Elles l'entraînèrent sans ménagement jusque dans un coin éloigné de la cour à l'abri des regards indiscrets et lui bandèrent les yeux. Après lui avoir baissé sa petite culotte jusque sur les chevilles, elles lui susurrèrent, dans le creux de l'oreille de leur voix de têtes de poupées vicieuses :

— Bouboule t'es qu'une grosse mèr-deu, Bouboule t'iras en enfê-reu, Bouboule tu f'ras plus la fiè-reu, Bouboule devant Lucifê-reu!

Psalmodiant leur horrible petite comptine, elles la firent tourner sur elle-même comme une toupie jusqu'à ce qu'elle finisse par tomber par terre. Avant de la lâcher, elles la menacèrent des pires horreurs qui allaient lui arriver dans l'enfer :

— Si tu rapportes, en enfer, les diables te mettront toute nue, ils te plongeront dans l'eau bouillante et tu éclateras comme une tomate pourrie. Boum !

Abandonnée dans les graviers comme un gros tas de merde, Louise sanglota, silencieusement de honte, de rage aussi. De grosses larmes mêlées de morve dégoulinaient dans son cou sans qu'elle puisse les retenir. À l'horrible petite comptine vint se rajouter l'énigmatique petite phrase de son père où il était question d'aller brûler en enfer. Elle était face à quelque chose qu'elle ne comprenait pas et qui l'épouvanta.

De retour chez elle, très angoissée, elle alla chercher de l'aide auprès de sa mère, ne la trouva pas, puis de son père, ne le trouva pas non plus – décidément les adultes ne sont jamais là quand on a besoin d'eux. Célestin ronflant dans son fauteuil à roulettes, elle se tourna vers Mémé Suzanne.

— Dis, Mémé, c'est quoi l'enfer, et c'est qui Lucifer ?

Mémé qui, par miracle, était dans une de ses phases de lucidité aiguë posa son livre, poussa ses lorgnons sur son front, leva les yeux au ciel où elle cherche toujours l'inspiration, sembla l'avoir trouvée et asséna d'un ton péremptoire :

— L'enfer, c'est là où on va quand on est mort et qu'on a fait plein de bêtises, comme toi, qu'on n'est pas gentil, comme toi avec Madeleine, et qu'on se tient mal à l'école, comme toi.

Louise accusa le coup. Il était rare que sa grand-mère lui fasse la morale et termine ses phrases sans bafouiller. Se méprenant devant l'air stupéfait de sa petite-fille, la vieille dame, mal inspirée continua sur sa lancée. Elle se voûta, baissa la tête, fronça les sourcils, plissa les yeux, un méchant rictus déforma sa bouche, *on dirait une poupée de chiffon mal essorée après un passage dans la machine à laver*, se dit Louise impressionnée.

— Dans l'enfer, c'est tout rouge, il y a un grand trou noir avec des flammes énormes, et tout au fond il y a Lucifer, c'est lui le chef de l'enfer, c'est un diable noir très rouge et très laid, il a des cornes, des pieds fourchus et un nez crochu, et du poil au menton comme Célestin.

Puis, joignant le geste à la parole, elle asséna l'estocade :

— Il attrape les pas gentils, *couic*, il les embroche, *couic*, comme Madeleine avec les poulets pour les rôtir dans le four, *couic*, et il les jette dans le trou, ils se tordent, ils deviennent tout rouges, leur sang gicle partout, ils crient, mais on ne les entend pas parce qu'ils sont morts, et *couic*, ils meurent.

Si Mémé Suzanne avait voulu faire peur à sa petite-fille, elle n'aurait pas pu faire mieux. Son horrible tirade sema la terreur dans l'esprit de Louise. Elle se sentit tout à coup très mal. Déjà que ce n'est pas drôle de mourir, si en plus on doit mourir deux fois et si, en plus du plus, l'Autre était Lucifer, ou du moins apparentée vu ce qu'elle fait subir aux pauvres volailles qui ne lui ont rien fait, alors là, pour le coup, il y a de quoi perdre pied.

L'inquiétude ne la quitta plus, mais la curiosité l'emportant sur la peur, elle voulut en savoir encore plus. Elle trouverait forcément les réponses à ses tourments dans le petit livre que toutes les filles lisent au catéchisme. Le lendemain même, elle en subtilisa un au hasard dans un casier et, le soir venu, une fois couchée à l'abri sous les draps, sa lampe de poche coincée entre les dents, elle entama la lecture du livre interdit dans la famille Bouchon.

Elle commença par les images, réservant les textes pour plus tard, elle ne vit que des corps nus, suppliciés, soumis à de multiples sévices. Elle fit l'erreur de s'attarder sur les visages tordus par la souffrance, bouches hurlantes sur des cris silencieux, et soudain arriva ce qui devait arriver : une brusque nausée la saisit, elle eut juste le temps de filer le plus discrètement possible aux vécés pour se soulager dans la cuvette. *Mais pourquoi,* se demanda-t-elle en se réfugiant au creux du lit, *pourquoi obliger des enfants à regarder de telles horreurs, pourquoi les petites bêtises de rien du tout qu'ils commettent en toute innocence les enverraient-ils brûler en enfer ?*

Seul Pépé Célestin qui sait tout, qui voit tout, entend tout, a toujours réponse à tout, seul Pépé Célestin qui est un puits de connaissances sans fond qu'on voudrait le remplir on ne pourrait même pas, pouvait la rassurer.

28

… ET L'ARRANGE
À SA SAUCE

Le vieil homme somnole dans son fauteuil à roulettes au coin de la fenêtre donnant sur le boulevard. « *Il est en rémission, mais ne vous leurrez pas*, a dit le docteur en rajoutant prudent : *Je ne veux pas vous donner de faux espoir, Monsieur Bouchon, mais le charbon a fait de gros dégâts. Ça, plus les cigarettes et le gin, entre parenthèses je ne vous félicite pas, vous auriez dû mieux le surveiller, je suis désolé de vous le dire, mais votre père n'en a plus pour très longtemps.* »

Il en a de bonnes, le carabin, il ne sait pas encore ce qui l'attend, il est jeune, il n'a pas la moindre idée de ce que gérer de vieux parents représente, il n'a pas, à sa connaissance, de vieux père à tête de mule, ni de vieille mère à tête à l'envers.

« *Foutu pour foutu, autant continuer à en profiter un max* », a grommelé l'irascible qui ne se fait plus d'illusions depuis longtemps.

Les mains du vieillard reposent sur son plaid, paumes ouvertes comme deux coquilles vides en attente d'offrande.

Un bout de mégot à moitié consumé a commencé à faire son trou dans le tissu laineux. Ça pue le vieux et le cramé, un soleil rasant parsème la vitre de millions de particules poussiéreuses et de crottes de mouches tenaces, auréolant les cheveux en bataille de l'aïeul d'une couronne argentée, creusant son profil en clair-obscur. Une mèche rebelle un peu plus vaillante que les autres se dresse au sommet de son crâne comme un grand doigt d'honneur adressé à l'ombre inévitable, arrogante et sûre d'elle, qui rôde en attendant son heure.

L'enfant, éblouie, embrasse d'un seul regard le visage usé, strié de rides profondes de part et d'autre des ailes du nez comme des rigoles sur un chemin de terre après la pluie, comme une toile d'araignée qui s'agrandit quand les rides se rejoignent pour se marier à celles qui partent des coins de la bouche et des yeux. Après avoir récupéré le mégot et l'avoir jeté dans la tasse à café débordant de cendres, elle secoue fermement son grand-père. Son nez ne coule plus, il ne tousse plus, il ne se mouche plus, tout danger de projections désagréables est écarté. Elle attaque d'emblée, pas question de finasser. Il y a urgence et elle a besoin de réponses.

— Dis, Pépé, c'est quoi l'enfer ?

Le lumineux tableau s'estompe, le modèle à la Vermeer se chiffonne, le vieux débris plisse les paupières, ses yeux délavés qui en ont tant vu font lentement le tour de la pièce avant de s'arrêter sur la petite silhouette à contre-jour qui se tortille d'impatience devant lui.

— Ah, Petite, c'est toi ? Qu'est-ce que tu as ? Si t'as envie de pisser, ne te retiens pas, tu sais que ce n'est pas bon pour…

— Mais non, Pépé, j'ai pas envie, je veux savoir : c'est quoi l'enfer ?

Célestin, définitivement réveillé, ouvre grand ses yeux couleur de cendre.

— T'as toujours de drôles de questions, toi, qui c'est qui te demande ça?

— Ben, la maîtresse, c'est dans les livres, tu sais, ceux qui…, murmure Bouboule d'un petit air par en dessous sans achever sa phrase.

— Ben dis donc, mon colon, l'école c'est plus comme avant, enfin bon, c'est plus mon problème maintenant. Tu lui diras à ta maîtresse qu'il y a des choses bien plus importantes à enseigner aux enfants, aux petites filles en particulier, des choses de leur âge quoi.

Ah bon? Parce qu'on n'apprend pas la même chose aux garçons et aux filles, première nouvelle, songe Louise tandis que Célestin s'accorde une petite pause. La bouche arachnéenne du vieil homme forme un drôle de petit rictus qui se termine en virgule au coin droit de la commissure des lèvres. Il prend son temps avant de répondre :

— Il y a plein de choses bizarres que les adultes aiment à tenir secrètes, Petite. L'enfer, tiens, par exemple. Dans l'enfer, en particulier, il y a des livres interdits au commun des mortels.

— C'est quoi un commun des mortels, Pépé?

— Quelqu'un d'ordinaire comme toi et moi, Petite, enfin je m'entends, t'es loin de l'être ordinaire, je veux dire, bref, que seuls les initiés peuvent lire.

— C'est quoi des initiés, Pépé?

— Ah, tu m'embrouilles à la fin avec toutes tes questions!

— Oui, mais pourquoi on les tient secrètes les choses bizarres dans les livres particuliers, hein, Pépé?

— Parce que dans ces bouquins remplis de choses bizarres, il y en a de tellement honteuses et horribles qu'il est interdit de les regarder sous peine d'en mourir.

— Alors, ça veut dire que je vais mourir, murmure Louise.

— Mais non, voyons, c'est ce que d'aucuns veulent nous faire croire. Qui peut dire ce qui est honteux et ce qui ne l'est pas ?

Célestin ricane en branlant sa tête de vieux à qui on ne la fait plus. Ça fait un drôle de bruit pas très agréable à entendre. D'entre ses lèvres pincées sortent quelques mots chuchotés :

— Moi, j'ai mon petit enfer à moi.

— Pépé, les livres du catéchisme, ils sont dans l'enfer ?

Le vieil homme fait un bond dans son fauteuil, postillonne un rugissement qui ressemble plus au feulement que crache Lilliput quand on lui marche sur la queue par inadvertance et manque de se faire mal en retombant sur son postérieur osseux.

— Ces inepties ? Alors là, plutôt deux fois qu'une ! Si leur *nondedieu* d'mes fesses, leur Seigneur à la noix, cet empaffé de saigneur sanguinaire qui en a envoyé plus d'un se faire trucider pour des prunes, si ce Polichinelle à barbe avait eu la mauvaise idée d'exister, ça fait longtemps que les pauvres couillons comme moi lui auraient flanqué un coup d'pied au cul, c'est moi qui t'le dis !

Et Pépé de redresser sa carcasse et d'hurler un « Nom de Zeus ! » catarrheux qui, s'achevant dans une quinte de toux déchirante, le plie en quatre dans son fauteuil. Il ne bouge plus. Louise, inquiète, on lui a dit de ménager son grand-père qui n'en a plus pour très longtemps, se plie sous le nez du vieillard, un poil folâtre échappé d'une de ses narines caverneuses oscille doucement. *Ouf, il respire encore.*

Pour le coup, elle est bien d'accord avec lui, un livre pareil rempli d'hommes et de femmes à moitié nus en train de se faire éventrer ou crucifier, leurs yeux tournés vers des cieux tourmentés, ça ne devrait pas être mis entre toutes les mains, ni même exister du tout. *Zut!* Elle a oublié de lui demander qui était ce Lucifer et si l'Autre pourrait bien en être un de Lucifer. Et qui c'est ce Zeus?

Une fois seule dans sa chambre, elle s'étend sur le lit, reprend le livre interdit, le feuillette un instant, lit deux, trois inepties auxquelles elle ne comprend rien, le fourre sous le matelas, ferme les yeux. Son imagination débordante prend le relais, les mots dansent, se chevauchent au grand galop, se percutent, se mélangent en un grand n'importe quoi, *l'enfer* devient *l'an fer*, *fer blanc* contre *verre lent*, se contracte, se métamorphose, devient *ver*, se tortille à *l'envers*, qui s'écrit en *vers* ou en *prose*, ou en *droit*, retourne à *l'envers*, s'oppose à *l'endroit*, devient *petit envers, petit endroit*.

L'évocation du petit endroit lui donne envie de faire pipi. Une fois installée sur le trône, elle se plonge dans un abîme de réflexion : *et si au lieu d'aller au petit endroit, on allait au petit envers? Auquel cas ça risque de faire de drôles de dégâts.* Tout à coup, elle imagine Madeleine à l'envers au petit endroit, elle glousse, ne peut retenir un éclat de rire hystérique.

— Dis donc, c'est quoi c'ramdam? T'as pas des devoirs à faire, toi par hasard, au lieu de t'amuser à faire je sais pas quoi dans les vécés? hurle Madeleine du fin fond du couloir.

Louise, inconsciente du danger, tout imprégnée d'images grotesques de l'Autre dans des postures inversées, chantonne bêtement la petite ritournelle de ses tortionnaires arrangée à sa sauce en moins de temps qu'il n'en faut pour additionner un et un :

— Madeleine t'iras à l'envè-reu, Madeleine tu f'ras plus la fiè-reu, Madeleine au fond des ouatè-reu!

— Que j't'y prenne à te moquer de moi, tu vas voir si j't'attrape !

La femme excédée arrive à fond de train, ouvre à la volée la porte des petits coins, et fait une apparition fracassante, le fer à repasser à la main, échevelée, les joues rouges dégoulinantes de sueur, tel un diable sorti de sa boîte.

— Si t'arrêtes pas tout d'suite, j'te jure que j't'enferme à double tour dans l'placard à balais, attends voir ce soir quand les parents vont rentrer, j'vais leur dire que tu t'touches, ça va être ta fête ! J'en ai marre à la fin des fins, c'est l'enfer sur terre avec toi, tu veux que j'te dise, t'es un enfer à toi toute seule ma pauv'fille !

L'apparition infernale de l'Autre lui a coupé le sifflet. Louise se sent ridicule avec sa petite culotte tirebouchonnée sur les chevilles. Elle ne fait plus la fière, c'est le cas de le dire. Que l'Autre parle de l'enfer n'est pas un scoop, mais ce qu'il y a de très préoccupant, c'est que l'enfer et elle, Louise, ne feraient qu'un. De retour dans sa chambre, l'enfant est parcourue d'un long frisson, un froid glacial la fait claquer des dents, une sueur soudaine l'inonde, la fièvre monte, une vague de chaleur l'enveloppe, une marée rouge la submerge, ça y est, elle va mourir, elle se coule tout habillée sous l'édredon, que la mort vienne, elle s'en fout, plus rien n'a d'importance. Elle abandonne la partie.

Le soir venu, monsieur Bouchon, un peu surpris que Louise ne vienne pas manger, fit part de son inquiétude à son épouse. Celle-ci, penchée sur un manuscrit à corriger de toute urgence pour le lendemain, chassa l'importun d'une main désinvolte : « *Ça n'y paraîtra plus demain, c'est vrai qu'elle est un peu pâlotte, mais une petite diète ne lui fera pas de mal, après une bonne nuit, tu verras, tout ira mieux.* »

Une fois de plus, la nuit de Louise fut très agitée, mais cette fois-ci la Chose resta tapie au fond du placard, laissant la voie libre à plus fort qu'elle. La petite fille se réveilla à plusieurs reprises, suant l'angoisse, pour vérifier qu'il n'y avait pas sous son lit d'horribles abominations qui s'y seraient glissées. Mais à chaque fois qu'elle replongeait dans le sommeil, de nouveau les cauchemars épouvantables l'assaillaient.

Plusieurs fois au cours de la nuit, monsieur Bouchon avait tenté de calmer sa fille, sans résultat. Il s'était finalement installé à son chevet en attendant le matin. Au réveil, Louise refusant avec la dernière énergie de sortir de sous son édredon, il fallut appeler le médecin qui diagnostiqua une méchante rougeole. L'homme de l'art leur conseilla de mettre en pratique une technique ancestrale héritée du savoir-faire des grand-mères : habiller de rouge le malade et son environnement. Madeleine eut pour mission de remplacer toute la literie, de changer les rideaux et de vêtir l'enfant de la robe de chambre du père Noël.

Une fois seule, chancelante, Louise se leva et contempla son reflet avec horreur dans la glace. Elle ne se reconnut pas. Elle n'était plus qu'un grotesque pantin arborant les stigmates honteux des suppliciés barbotant dans les chaudrons infernaux. De retour sous l'édredon cramoisi, elle se fit la promesse de ne plus jamais porter de rouge, qu'elle ne supporterait jamais plus la vue d'une seule goutte de sang, et que le mot *rouge* serait définitivement banni de son vocabulaire.

Les propos incohérents et inquiétants qu'elle tint par la suite dans ses délires nocturnes amenèrent ses parents à la presser de questions quand enfin elle émergea d'un sommeil comateux. Elle raconta les misères que lui faisaient subir certaines élèves de sa classe, lâcha les noms, en rajouta juste un tout petit peu, c'était si bon de voir Maman pour une fois s'inquiéter, de l'avoir enfin auprès de soi, de sentir sa main douce sur sa joue, son haleine fraîche lui frôler le front, son parfum l'envelopper toute entière. Elle raconta tout, les moqueries, les accusations, les menaces, les humiliations

Monsieur Bouchon piqua une grosse colère et demanda audience à madame la Directrice. Laquelle se fit tirer l'oreille, elle commence à en avoir plus qu'assez des Bouchon et de leur fille incontrôlable. Cependant, devant la menace du père de déposer une plainte pour harcèlement moral, elle convoqua les intéressées avec leurs parents. La sanction arriva quelques jours plus tard, renvoi pour trois jours à titre d'exemple pour le motif suivant : mauvais esprit de camaraderie aggravé de suspicion de persécution gratuite. Quand elle apprit la bonne nouvelle, Louise fut à deux doigts de remercier qui vous savez jusqu'à ce que, insidieusement, la crainte des représailles, le rapport de force étant en sa défaveur, la replonge dans l'angoisse.

Petit à petit, une idée machiavélique germa dans un coin de sa tête. Elle la couva le temps de sa convalescence, la laissant prendre forme et s'épanouir jusqu'à la guérison totale. Dès que sa fille put enfin tenir sur ses jambes encore un peu flageolantes, madame Bouchon l'abandonna aux mains de Madeleine et reprit son travail chez Plume&Plume. L'Autre garda prudemment ses distances, la rougeole, ça a mauvaise réputation. Pendant les heures de sieste de plus en plus fréquentes et longues de Célestin, Louise, sans interlocuteur pour passer le temps, se mit tranquillement à farfouiller dans la chambre de ce dernier. Elle finit par tomber, caché sous ses vieux costumes sentant la naphtaline, sur l'enfer personnel du vieil homme : un carton rempli de revues licencieuses expédiées par la poste sous enveloppe anonyme. En emprunter subrepticement quelques-unes fut un jeu d'enfant. Elle prit tout son temps, il est toujours bon de s'informer des choses de la vie, avant de choisir quatre reproductions artistiques particulièrement licencieuses, c'est-à-dire franchement pornographiques.

Quelques coups de ciseaux dans les publications du collège à destination des parents que sa mère donne à Madeleine pour ses épluchures, quelques subtiles copiés-collés agrémentés d'une mise en scène savante, quelques commentaires équivoques pimentant le tout, et le tour fut joué. Les quatre protagonistes posant dans des tenues suggestives particulièrement osées ont maintenant chacune le même visage, celui de madame la Directrice en personne. Louise admire ses œuvres, elle en viendrait même à décider de les garder, mais non, finalement, elle leur a prévu un autre avenir, grandiose celui-là.

Le premier jour de son retour au lycée, il lui fut facile de se glisser dans la classe pendant l'heure de la récréation. Sur le bureau de la maîtresse intérimaire, les petits livrets du catéchisme, chacun portant le nom de sa propriétaire bien en évidence en haut à droite de la couverture, sont empilés prêts à être emportés par le catéchumène qui vérifie une fois par semaine, le jeudi généralement, que les devoirs religieux ont bien été faits.

Louise est au comble du bonheur, ses petits cadeaux emmèneront ses tortionnaires tout droit griller en enfer.

29

LA TARTE À
LA MIRABELLE

Les tortionnaires eurent beau se défendre en accusant leur souffre-douleur, l'auteur, faute de preuves, ne fut pas démasqué. Louise en fut légèrement contrariée. Elle espérait une reconnaissance de ses œuvres d'art, lesquelles ne furent bien évidemment pas appréciées à leur juste valeur. Pour protéger sa fille, monsieur Bouchon qui avait quelques certitudes quant à l'identité de l'artiste décida de l'envoyer quelque temps chez son beau-frère. Il prit comme prétexte la santé de Louise que l'épisode rougeole avait mise à mal. Irma se fit un peu prier, mais l'appât du gain étant le plus fort, elle fit contre mauvaise fortune bon cœur quand elle reçut un chèque on ne peut plus confortable.

Fernand accepta sans poser de questions. Il adore cette petite fille, si drôle, si pétillante de vie, débordante d'imagination, tout le contraire de ses jumeaux. Les deux garçons, un copié-collé impeccable, un recto verso sans faute, ont l'âge de Louise à quelques jours près. Ce sont deux costauds un peu mous qui tiennent à la fois de leur père, un véritable titan, et de leur mère à la stature XXL. La délicate créature qui a séduit Fernand du temps de sa folle jeunesse s'est transformée en gorgone charpentée comme une lanceuse de disque, tout le contraire de sa belle-sœur qu'elle ne manque jamais de dénigrer sans se gêner devant sa nièce en s'adressant à son mari : « *Ta sœur ? Elle ne mange rien, elle a peur de grossir, elle passe son temps devant sa coiffeuse à se tripoter, elle se pâme devant une ride comme si la fin du monde allait arriver, c'est une coquille vide sans cervelle, elle a un petit pois dans la tête, avec elle un et deux font et feront toujours quatre.* »

Ce qui est pure médisance, quoi que.

Un jour, c'était l'année dernière, avant la découverte de l'existence de Trompe-la-mort, Louise s'était aperçue avec effarement que Tante Irma pouvait bien avoir raison en ce qui concernait les capacités de sa mère à compter juste. C'était lors d'un repas dominical, au moment du dessert, où chacun apporte son grain de sel à l'édifice du commérage.

— Il paraît qu'avant les jumeaux, Irma était l'une des plus belles femmes de la Côte et que les hommes tombaient comme des mouches à ses pieds.

— Difficile à croire, on ne peut pas dire que ça lui ait réussi.

— Pour ça, les grossesses, ça vous donne dix ans de plus.

— Parlez pour elle, regardez-moi, et pourtant j'en ai porté quatre, et en plus je travaille, alors, qu'elle ne la ramène pas !

— Avec les deux affreux, elle en a pris pour vingt ans ! Ah ! ah ! ah !

Que sa mère puisse confondre trois avec quatre, voilà qui l'avait étonnée au plus haut point.

La garde-robe de Tante Irma, contrairement à celle de sa belle-sœur, se réduit en tout et pour tout à deux tenues. Six jours sur sept, elle traîne en survêtement, « *c'est*, dit-elle, *plus pratique* ». Le septième jour, jour de son Seigneur et Maître, elle troque son uniforme pour une sévère robe noire et des bas assortis, puis elle emprisonne ses cheveux courts et prématurément blancs dans une résille rehaussée de perles brillantes, seule fantaisie qu'elle s'accorde de toute la semaine. Pourquoi, avec tout l'argent qu'elle possède, ne fait-elle rien pour s'arranger reste un mystère.

Tous les dimanches, flanquée de part et d'autre de son imposante personne de ses deux fistons revêtus de leurs petits costumes satinés, bleu pour Paul, gris pour Pierre, simple, mais efficace façon de les différencier, elle fend la vie tel un lieutenant de vaisseau, larguant dans son sillage les infidèles, les mécréants, les hérétiques, dont font partie son mari, sa nièce, et ses voisins. Comme un capitaine avec ses sémaphores, elle brasse du vent en permanence de ses grands bras d'échassier.

Après avoir épousé un multimillionnaire miraculeux gagnant d'un jeu de hasard populaire, Irma n'a jamais rien fait de ses dix doigts, sauf égrener un chapelet et surveiller l'argent de son mari, autant dire qu'elle peut se la couler douce. Pour occuper et fatiguer un mari insatiable au début de leur mariage, Irma lui donne son argent de poche pour la semaine, une forme de salaire confortable en contrepartie d'une paix royale et de petits travaux divers. Le septième jour de la semaine, jour de prière, l'homme à tout faire de la maison a quartier libre. Il peut alors s'adonner à son vice préféré, la pêche, tandis qu'Irma s'adonne au sien, maître chanteuse au sein du chœur de la paroisse.

Amour, tendresse, douceur sont des notions qui sont totalement étrangères à madame Martinet. Louise la craint, l'appelle Tante, la vouvoie et évite, si possible, de la regarder droit dans les yeux. Ce que Irma prend pour de la sournoiserie chez sa nièce n'est en fait qu'un réflexe de prudence légitime, avec les gorgones, il faut se méfier si on ne veut pas mourir pétrifié, il ne faut pas les regarder au fond des yeux, Pépé Célestin, dans sa grande sagesse, l'a prévenue : « Tu fais profil bas, Petite, et elle te fichera la paix. »

Quand elle séjourne chez son parrain, six jours sur sept, Louise doit se plier aux tâches qu'Irma lui réserve. Ce ne sont pas des obligations au dire de Tante, ce sont des occupations. Le matin à la fraîche, petits travaux de jardinage, l'après-midi quand le soleil tape, sieste obligatoire suivie des devoirs de vacances et des cartes postales pour la famille, après le goûter, un peu de ménage, puis retour au jardin quand l'ombre s'installe, ramassage et cueillette des fruits et des légumes de saison, le soir, enfin, à la veillée, dénoyautage des mirabelles pour la confiture, équeutage des haricots verts pour les conserves d'hiver.

Le septième jour, réservé en principe au repos de l'âme et du corps après une semaine d'occupations obligatoires, elle pourrait être en droit de faire la grasse matinée. Eh bien, non, car le jour du Seigneur tout le monde se lève aux aurores, la messe est à huit heures.

Parmi les occupations potagères, il y a celle de gratouiller les plates-bandes pour ramasser les larves de hannetons et les jeter sans se faire voir des voisins par-dessus le mur dans le jardin d'à côté parce que madame Martinet n'aime pas les voisins et qu'elle devient toute blanche quand on les évoque. Pourquoi ? C'est un mystère que Louise se promet d'élucider un jour. Mais ce qu'il y a d'amusant, c'est que parfois, une larve, puis deux, puis trois font le grand saut en sens inverse, accompagnées d'éclats de rire joyeux.

Autre occupation obligatoire que Louise déteste par-dessus tout, faire la sieste. Tous les jours, même le dimanche, sans discuter. Interdiction de lire ou d'écrire, interdiction de laisser les volets ouverts ou la lumière allumée, interdiction de bouger et de parler. Drôle d'occupation que cette perte de temps, alors que dehors dans les jardins merveilleux de Parrain, il y a tant de choses à voir, à sentir, à écouter, à vivre. La sieste, c'est du rien, la sieste c'est du vide, la sieste, c'est une petite mort entre parenthèses.

Si la vie chez Tante Irma est faite d'une succession d'obligations, elle est aussi faite d'une succession de devoirs.

Par exemple, les repas. Qu'ils soient dominicaux ou pas, ils sont un hymne aux *fais pas ci, fais pas ça*. Avant de commencer à manger, on doit se laver les mains, faire attention à ne pas faire de bruit en tirant sa chaise, dire le bénédicité debout en baissant la tête et en croisant les mains, si on n'y croit pas on se doit de faire semblant, ce que fait son oncle en lui lançant un clin d'œil complice. Quand on mange, on doit se tenir bien droit sur sa chaise sans poser les coudes sur la table, attendre que les grands soient servis avant d'être servi, on ne se sert pas soi-même, on doit demander la permission pour prendre la parole, on ne doit pas parler la bouche pleine, on doit fermer la bouche quand on mastique et se l'essuyer avant d'y porter son verre, quand on a complètement fini son assiette, on doit garder les mains sur la table en attendant que les autres aient terminé la leur, pas question d'en redemander, et quand le repas est terminé, on doit demander la permission de quitter la table avant d'aller faire la sieste obligatoire.

On pourrait croire que la vie chez les Martinet ne vaut pas la peine d'être vécue, ne nous y trompons pas. Tout ce que la tante a pu inventer pour punir sa nièce de venir chez elle n'arrivera jamais à gâcher le plaisir de celle-ci d'être avec son parrain. Ce qu'Irma n'a pas encore réalisé, c'est que les années passant, l'enfant craintive grandit, qu'elle a appris à se battre et que la révolte gronde sous sa rondeur enfantine.

Car cette année, tout allait changer : Louise allait entrer en résistance.

À peine arrivée, elle fonça dans le jardin pour sauter sur la balançoire suspendue à la plus grosse branche d'un pin parasol. Irma eut beau s'époumoner pour la rappeler à l'ordre, rien n'y fit. Se griser d'odeurs, de couleurs, de lumière, de chants d'oiseaux, du grésillement des cigales, elle en a tellement besoin ! Elle se laissa osciller doucement, uniquement poussée par un vent chaud amoureux du plaisir des enfants. Sourde aux appels de sa tante, elle fila dans le verger où Oncle Fernand a planté des arbres fruitiers que les abeilles viennent lutiner au printemps. Elle est prudente, quand les fruits tombent les guêpes se régalent, il faut faire attention où on met les pieds. Dans les glycines sous la tonnelle, ça bourdonne, dans les eucalyptus et les catalpas, dans les mimosas odorants, ça stridule à tue-tête. Tout autour de ces jardins lumineux, des allées paresseuses s'étirent, couvertes de petits graviers blancs qui rentrent dans les trous des sandales, ça fait un peu mal, mais c'est une sensation qu'elle garde précieusement au creux de sa mémoire une fois de retour chez elle.

Le premier jour, lors de la sieste obligatoire, pour bien marquer son opposition aux règles établies, Louise punaisa au-dessus de la table de nuit une feuille de papier sur laquelle

elle a écrit en lettres capitales de toutes les couleurs de l'arc-en-ciel : *Il est interdit d'interdire*.

La guerre est déclarée.

Allongée sur son lit, les bras croisés sous la tête, elle savoure le silence. Les petites brumes matinales se sont dissipées, accordant leur place au soleil. On serait tellement mieux dehors, elle n'en peut plus de cette immobilisation forcée dans la pénombre sans lire, elle qui adore se gorger de mots. En prenant mille précautions, elle entrouvre la fenêtre puis le volet, cligne des yeux, la lumière du midi est aveuglante.

Dans le jardin d'à côté, les voisins papotent, elle entend leurs rires monter au-delà du mur, ils ont l'air si gais. Elle a soudain une furieuse envie de partager cette gaîté. En deux temps trois mouvements, sans bruit, elle s'habille, enfile des sabots, la terre est encore un peu humide, se faufile dans le jardin, escalade l'échelle et jette un œil par-dessus le mur de séparation. Les voisins, aussi nus et luisants que des larves de hannetons, se prélassent sur la terrasse. Deux lézards dorés, entrelacés comme seuls les amoureux savent le faire, qui prennent un bain de soleil.

Ils sont tellement beaux, Louise est éblouie.

— Hé là, regardez qui voilà! Bonjour, Mademoiselle Hanneton.

— Euh…, salut!

Confuse d'avoir été repérée, mais ravie de ce premier contact, Louise redescend de son perchoir. Le « *Mademoiselle Hanneton* » si joliment lancé lui convient.

Après la sieste, pendant le goûter, elle dit comme ça, l'air de rien, qu'elle était sortie marcher dans le jardin parce qu'elle avait un peu mal à la tête, mais que c'était passé, alors elle en avait profité pour jeter quelques larves par-dessus le mur pour faire plaisir à Tante, puis elle ajoute innocemment, histoire de voir sa réaction :

— Et j'ai vu les voisins, par-dessus le mur.

Irma a un hoquet.

— Ils étaient comment ?

— Ben, ils étaient beaux.

— Et…, c'est tout ?

— Ben oui, ma Tante, c'est tout.

— Je suis sûre qu'ils faisaient des choses dégoûtantes, évidemment, toi, tu ne vois rien.

— Irma, ma douce, tu vois le mal partout, temporise l'interpellé.

Louise ne comprend pas pourquoi Parrain appelle tout le temps sa femme *ma douce*, alors que, s'il y a un qualificatif qui ne lui convient pas du tout, c'est bien celui-là. Tout comme elle ne comprend pas ce qu'il y a de dégoûtant à rire et à être joyeux.

— On en discutera plus tard. Et toi, Bouboule, file au jardin au lieu de te tourner les pouces.

— Irma, ma douce, voyons, intervient Parrain avec précaution, la petite a besoin de repos, elle pourrait peut-être…

— Ce n'est pas une raison pour en profiter et traîner à ne rien faire.

Chez Tante, on ne reste pas inactif. Rêver, paresser, lambiner, autant de mots qu'elle n'a pas intégrés à son vocabulaire. Chez Tante, c'est bien simple, on ne perd pas son temps, on le gagne. Surtout le dimanche.

— Bouboule, j'ai préparé un fond de tarte, lance Irma avant de partir direction l'église. Tu le garniras avec les mirabelles que la voisine m'a apportées hier.

— Y'a déjà des mirabelles, Tante, balbutie la fillette prudente, sentant venir une obligation dont elle se serait bien passée.

— Ne dis pas d'âneries, bien sûr que non, elles sont en bocaux. Quand t'auras fini, tu ne touches à rien, ton oncle mettra le four en route quand il rentrera. Et ne mets pas trop de sucre, c'est mauvais pour les dents. Lave-toi les mains et arrange-toi un peu, ma mère vient manger ce midi. Surtout, vérifie bien que les mirabelles soient toutes dénoyautées, j'ai pas envie que ma mère se casse une dent.

Grand-mère Odile, la maman de Tante, est une toute petite femme menue autant que sa fille est costaude, mais ses cheveux blancs comme neige et son petit air fragile de vieille dame sont un leurre. Pépé Célestin lui a raconté qu'un jour qu'il pleuvait, elle avait été agressée par un petit voyou qui en avait après son sac. La vieille dame l'avait repoussé à coups de parapluie, puis elle l'avait pourchassé jusque sous une porte cochère où elle l'avait acculé prête à lui faire la peau, ce qui serait arrivé au pauvre bougre si des passants ne l'en avaient empêchée en la ceinturant avec force. Le petit voyou s'en était tiré avec un œil au beurre noir et une joue à moitié arrachée.

— Ah! Et puis tu feras aussi un coup de ménage dans les chambres par la même occasion. Ça t'occupera. Et que ton lit soit fait quand on rentrera.

Louise a parfois la désagréable impression d'être la bonniche de Tante. Pourquoi ne l'a-t-elle jamais dit, et pourquoi n'a-t-elle jamais dit qu'Oscar la chatouille là où il ne faut pas quand il n'y a personne pour le voir, pourquoi ne s'en est-elle jamais plainte? Peut-être pense-t-elle que c'est tout simplement normal et qu'elle doit l'accepter, peut-être se dit-elle aussi qu'elle se heurtera à un mur d'incrédulité? N'est-elle pas la reine des histoires sans queue ni tête auxquelles personne ne prête attention ?

Tout en se pliant à ses obligations ménagères, elle ronge son frein seule dans la grande maison vide, Parrain est parti pêcher aux aurores avec ses copains, quand sa femme est à l'église avec la doublette, il en profite. Louise aimerait qu'il l'emmène avec lui, mais Tante ne veut pas. Elle dit que c'est dangereux, qu'elle est trop petite, qu'elle pourrait se noyer, qu'elle les gênerait. Que Parrain lui obéisse le doigt sur la couture de son pantalon met Louise hors d'elle.

N'en pouvant plus, elle file au jardin passer sa rage sur les larves de hannetons en se disant qu'au moins elle est dehors et que ça fait passer le temps agréablement tout en profitant du soleil. Les larves de hannetons, c'est rigolo, c'est gros, blanc et gras, presque jaune tellement c'est gras, quand on en pose une dans le creux de la main, elle se met en boule, ça chatouille drôlement, à y regarder de plus près, on dirait un gros haricot, et quand elle fait le dos rond dans la lumière du soleil, on dirait presque une mirabelle.

Tout le monde s'est régalé, le sauté de lapin aux pruneaux était délicieux, il faut reconnaître que Tante est un fin cordon-bleu. Parrain est content de sa pêche, il raconte avec force moulinets, comment il a enfin attrapé « ce putain de brochet qui m'a fait chier pendant des heures », « Enfin, Fernand, pas devant les garçons », s'offusque la tante qui fait semblant d'ignorer que son mari le fait exprès pour la provoquer. *Pauvre Parrain*, pense Louise en son for intérieur, *incapable de faire front. On dirait Papa.* Que la femme de l'un soit une gorgone en survêtement ou que la femme de l'autre soit une fée des grèves en escarpins, ça ne change rien à l'affaire, tous deux font profil bas.

Grand-mère Odile adore son gendre. Il l'a soulagée du poids de son unique progéniture, cette anomalie de la nature, elle lui en sera éternellement reconnaissante. Pour lui faire plaisir, parce qu'elle sait que Parrain préfère les gâteaux du commerce aux desserts faits maison, elle ramène tous les dimanches une spécialité de son pâtissier, un amalgame de biscuits en superposition précaire, rehaussé de crème chantilly parsemée de pépites de chocolat, traditionnellement baptisé un *fallaitpas* à cause des « Oh, *mais fallait pas belle-maman* », formulés par son gendre tous les dimanches.

Après le fromage, Tante envoie Louise chercher le *fallaitpas* et la tarte aux mirabelles.

— Tu la découpes avant, le couteau est sur la table de la cuisine, claironne Irma.

— Oui Tante, bien Tante, à vos ordres Tante, comme vous voulez, Tante, murmure Louise en s'exécutant pour une fois de bonne grâce.

— Mhmmm, ça sent rudement bon, susurre la grand-mère quand Louise dépose la tarte sur la table. Servez-m'en donc une bonne part, ma fille.

Tante distribue à chacun sa part caramélisée à souhait, sauf à Parrain qui préfère l'amalgame, grand bien lui fasse. Louise refuse poliment, une fois n'est pas coutume :

— Non merci, Tante, j'ai suffisamment mangé, c'était très bon.

Elle sait se tenir à table et être polie à bon escient, Irma n'insiste pas, trop heureuse, il y en aura plus pour ses petits chéris. Elle enfourne une première bouchée avec gourmandise, ses lèvres se froissent sur la cuillère à dessert, elle devient toute pâle, vire au vert, puis au rouge. Parrain, qui ne remarque plus rien depuis longtemps, est toujours à raconter sa pêche :

— Faut dire que cette fois-ci, j'ai changé leur menu... Miam, excellent, belle-maman votre *fallaitpas*, je me régale, j'ai enfilé des larves de hannetons, les truites ont adoré !

Irma a un haut-le-cœur, porte la main à la bouche, se lève brusquement et fonce en direction de la salle de bain, suivie de près par les frères siamois.

— Mhmmm, j'en reprendrais bien un petit morceau, dit grand-mère Odile de sa voix délicate de vieille dame gourmande, c'est délicieux, ça croque sous la dent, c'est tout simplement divin, c'est toi qui as fait ça, petite ?

— Oui, grand-mère Odile, dit Louise d'une voix suave en lui tendant une autre part.

— Tu me donneras ta recette, ma petite chérie ?

— Bien sûr, grand-mère Odile ! C'est facile, tu sais, j'ai tout simplement amélioré l'ordinaire.

30

LES ÉPHÉLIDES

Inutile de préciser que la prestation culinaire de Louise eut pour effet son renvoi immédiat au bercail. Elle vécut son retour anticipé comme une véritable injustice, la punition lui semblant totalement disproportionnée. Madame Bouchon, quant à elle, n'apprécia pas du tout que sa belle-sœur se débarrasse de sa cadette avant la fin des vacances, fini sa tranquillité. Louise en prit donc doublement pour son grade. Petite consolation, la plaisanterie plut beaucoup à son grand-père. Après avoir entendu les exploits de sa petite-fille, le vieux grigou partit d'un rire homérique, qui se termina par une quinte de toux effroyable, et applaudit des deux mains, ce qui obligea monsieur Bouchon à intervenir, assez mollement il est vrai.

— Papa, voyons, comment veux-tu qu'on y arrive ?
— Si vous pensez que les bêtises de votre imbécile de petite-fille sont dignes d'intérêt, grinça madame Bouchon dans tous ses états, comment voulez-vous qu'elle nous obéisse ?

Continuez sur cette voie et c'est la maison de retraite qui vous pend au nez, Célestin.

Le beau-père avait fermé son clapet, la menace venant de sa bru devait être prise au sérieux.

Au grand soulagement de Louise, il n'y eut pas de véritable sanction. Dès son retour, elle fut consignée comme d'habitude dans sa chambre, avec l'ordre absolu de ne pas en sortir et qu'on verrait plus tard. Elle avait fait quelque chose d'assez inhabituel, elle en était consciente, Tante et les siamois avaient vomi tripes et boyaux, mais personne n'avait été vraiment malade et grand-mère Odile avait adoré, où était le problème ? Parrain avait ri sous cape tout en affichant un air sévère limite désapprobateur, mais elle avait aperçu dans ses yeux une fugitive lueur d'amusement, elle en était sûre.

Les vacances de Pâques finies, Louise retourna donc en classe. Tout revint à la normale, mis à part l'absence prolongée de Nicole. Monsieur Bouchon continua sa formation, et madame Bouchon se plongea à corps perdu dans un travail qui l'accaparait au-delà du raisonnable. On oublia peu à peu l'épisode de la tarte aux mirabelles. Louise s'en était tirée à bon compte, mais elle sentait, pointée au-dessus de sa tête, l'épée de la dame au drôle de nom qui s'abattrait sur elle au prochain faux pas.

Quand elle était revenue de son séjour aux *Martinets*, elle constata, à sa grande satisfaction, en montant sur la balance et en se contemplant dans la glace, qu'elle avait retrouvé ses joues roses et, le plus important, qu'elle avait perdu quelques kilos. Elle en conclut qu'il suffisait de tomber malade pour maigrir, qu'il n'était donc pas nécessaire de se priver pour garder la ligne. Mémé Suzanne la félicita sur sa bonne mine et lui tint tout un long discours de femme à femme, comme quoi elle était sur la bonne voie, que si elle persévérait dans ses efforts elle serait bientôt une vraie jeune fille, que des métamorphoses magnifiques allaient se manifester sous peu, que c'était une question de temps et de patience.

C'était la première fois que quelqu'un la félicitait *vraiment* de son apparence physique. Et pour la deuxième fois de sa vie, Louise se sentit *vraiment* belle.

Un matin, après le départ de sa mère, elle fila dans la salle de bain, prit soin de fermer la porte à clé, se déshabilla et se regarda dans la glace. De face, de profil, et même de derrière, ce ne fut pas facile, mais en se contorsionnant elle réussit à avoir une vue d'ensemble satisfaisante. Ce qu'elle vit ne lui plut pas vraiment. Que sa peau laiteuse reste laiteuse et que sa tignasse rouge et crépue reste rouge et crépue, soit, le temps ne pouvait rien y faire. Que ses fesses et ses jambes dodues, son ventre de bébé bien nourri n'aient pas bougé d'un iota, passe encore. Mais que les deux petits boutons qui lui servent de poitrine soient toujours aussi minuscules et que sa zezette soit toujours aussi lisse sans l'ombre d'un poil, c'était à désespérer. Les métamorphoses annoncées par Mémé Suzanne n'avaient pas l'air d'être pressées de se manifester.

Puis elle fit ce qu'elle n'aurait jamais dû faire, elle monta sur la balance. Catastrophe! Depuis son retour au bercail, elle avait récupéré quelques-uns de ses grammes perdus. Elle se renferma alors dans un mutisme protecteur et se précipita sur la nourriture pour vaincre le mal par le mal. Attitude provocatrice, destructrice, qu'elle réussit à surmonter, non pas grâce à Victor qui affirme l'aimer telle qu'elle est, mais grâce à son amie de cœur.

Nicole, de retour pour très peu de temps, lui fit découvrir d'autres appétits que ceux de l'estomac. Elle lui apprit les libertés du corps en jouant à un corps à corps exaltant, lui répéta qu'elle était belle, que quand on se savait belle on le devenait encore plus, elle lui expliqua qu'être différente était une qualité qui n'était pas donnée à tout le monde, elle lui affirma qu'elle l'aimait comme elle était, et surtout qu'elle ne change pas, sauf, peut-être, perdre quelques-uns des grammes récupérés, que ce ne serait pas plus mal et qu'elle se sentirait encore mieux dans sa peau.

Elle lui enseigna aussi quelques rudiments de musique en lui permettant de pincer sa guitare, cadeau qu'elle avait reçu pour ses dix ans, et lui confia avec précaution qu'elle allait partir pour suivre ses parents loin, très loin, dans une île du Pacifique, mais avant, qu'elle allait lui donner ses livres préférés qui lui ouvriront des horizons insoupçonnés allant bien au-delà du canal et de ses péniches paresseuses. En retour, Louise lui donna à lire, chose qu'elle n'avait jamais faite même avec Victor, les petites comptines et les poèmes qu'elle écrit en cachette dans son cahier à spirale rouge. Nicole les trouva tellement beaux qu'elle l'encouragea à en écrire d'autres. « Un jour, tu deviendras une belle et grande poétesse que le monde admirera et encensera. Je te promets que je reviendrai te chercher. »

Et Nicole s'envola vers d'autres cieux, la laissant orpheline du deuxième grand amour de sa vie.

Louise fit des efforts et reperdit quelques kilos. Elle aurait pu s'en satisfaire s'il n'y avait ces myriades de confettis qui polluent sa peau. Elle en a partout, sur le visage, sur les oreilles, les lèvres, et jusque dans le cou. Elle en a même sur tout le corps, dans le dos, sur les bras, sur les jambes, et, misère de misère, même sur les fesses !

« *On appelle ça des éphélides, ma chérie,* lui dit Mémé Suzanne à qui elle se confia un jour de profonde déprime, en rajoutant d'un air malicieux : *parce que ce sont les fées justement qui t'ont fait ce cadeau, petite Rose-Mousse. Ce sont les petites étincelles de leurs baguettes magiques qui se sont échappées quand elles se sont penchées sur ton berceau. Toutes les petites filles n'ont pas cette chance-là, tu sais.* »

De la chance, de la chance, elle en a de bonnes Mémé Suzanne. Un cadeau empoisonné, oui, dont elle se serait bien passé.

« *Il faut savoir sortir du moule, ma petite chérie*, avait rajouté la vieille dame devant l'air dubitatif de sa petite-fille. *Ce sont tes différences qui te feront avancer dans la vie, crois-en mon expérience. La mienne bien sûr, pas celle de ton pépé, ce vieux grigou.* »

Célestin et Suzanne, deux vieillards qui font du sur-place en se regardant en chien de faïence, lui dans son fauteuil à roulettes et elle dans sa tête. *Ils reculent dans la vie, et moi je piétine,* se lamente Louise. Cependant l'image des étincelles racontée de façon charmante par l'aïeule lui plut. Elle en tira même une certaine fierté. *C'est ma particularité*, finit-elle par se dire pour se rassurer, *tout le monde n'en a pas des particularités*.

L'état de grâce fut de courte durée. Il prit fin le jour de la visite médicale, ce rendez-vous annuel où on vous pèse, vous mesure, vous ausculte votre intimité devant tout le monde. Pour son malheur, elle avait enfilé, mal réveillée, une petite culotte, certes propre, mais usée au mauvais endroit. Elle attendit dans une angoisse indescriptible le moment où elle allait passer, en priant que tout se déroule bien.

Une fois déshabillée et à sa place dans le rang, elle sentit comme des milliers de petites flèches acérées, les regards fixés sur ces drôles de petits confettis qui lui parsèment la totalité du corps. S'ensuivirent des chuchotements curieux, des ricanements nerveux, des gloussements hystériques, les enfants, au contraire des fées, ne font pas de cadeaux.

« Silence dans les rangs ! », s'époumona la remplaçante de mademoiselle Belbic, elle-même en petite tenue, cependant chastement protégée par une grande serviette nouée autour de son corps professoral.

Ce fut son tour de monter sur la balance. Face au mur, les bras maintenus de force le long du corps par l'infirmière qui ne comprenait pas le drame qui se jouait sous ses yeux, Louise connut la deuxième honte de sa vie. Les rires fusèrent, s'amplifièrent, se propagèrent dans le rang à la vitesse de la lumière, à travers les trous de la petite culotte élimée, au demeurant d'un blanc irréprochable, les confettis clignotaient comme de petites étoiles en plein firmament. L'institutrice remplaçante crut bien faire en faisant un petit speech sur les éphélides, mais le mal était fait.

Pendant la récréation qui suivit, les filles tout excitées ne se privèrent pas de décrire, à qui voulait bien les entendre, les *effets laides* de la rouquine du fond de la classe.

— C'est mes fées qui m'ont fait un cadeau, tenta de se défendre la pauvre enfant au bord des larmes.

— Les fées, c'est comme le père Noël, ça n'existe pas, asséna une plus informée que les autres.

— Et puis d'abord, quand on a des taches, on les lave, renchérit une autre plus réaliste.

Comme si elle n'avait pas assez de tares, en voilà une supplémentaire qui lui tombait sur le dos, des taches ! Habitée d'une colère refoulée à grand-peine, dès son retour de l'école, Louise fila chez Mémé Suzanne pour lui raconter sa honte et lui dire que, merci bien, le coup des fées et de leur baguette magique, elle pouvait se le garder. Que par contre, si les mêmes fées pouvaient d'un autre coup de baguette magique faire disparaître ces taches, qu'elles ne se gênent pas, elle est preneuse.

« C'est quoi cette histoire de trous, fut la réponse de l'aïeule qui était justement en train de chercher sa tête pour y combler ceux qu'elle a à l'intérieur. Si elles ne sont pas contentes de pas avoir de trous, qu'elles viennent me voir, tes petites copines, j'en ai des trous à revendre moi, y a qu'à demander ».

Il fallait s'y attendre, Mémé n'est pas dans un bon jour, ça lui arrive de plus en plus souvent, il paraît que ça fait ça vieillir, on perd son ciboulot et on le cherche partout. Louise attendit alors le retour de sa mère pour lui rapporter l'incompétence de Madeleine en matière de tri du linge, il fallait que quelqu'un paie. Sans même prendre le temps d'ôter manteau, gants, chapeau et foulard, madame Bouchon a aussitôt hurlé en direction de l'annexe :

— Madeleine ? Vous êtes encore là ? Madeleine !

— Oui, Madame, gémit la pauvre femme qui est sur le point de rendre son tablier, la journée a été rude, elle a hâte de poser sa carcasse fourbue sur une chaise.

— Madeleine, c'est quoi cette histoire de trous dans une culotte, vous allez me trier toutes les affaires de la petite, et en vitesse, c'est compris ? Je ne veux pas passer pour une mauvaise mère ou pire, pour une pauvresse !

Louise en espérait un peu plus de sa mère, quelques paroles réconfortantes, un baiser de consolation, mais non, on ne change pas une madame Bouchon qui ne pense qu'à sa réputation de mère de famille exemplaire.

Monsieur Bouchon, dès qu'il fut informé, partit dans un discours de géniteur responsable, soucieux de l'éducation de sa fille : « Il faut toujours tirer profit d'une leçon, même si elle est cuisante, ma petite chérie. Il faut que tu apprennes à gérer tes affaires toute seule, comme une grande. Tu verras plus tard, crois-en mon expérience, tout le monde en passe par là, l'expérience, c'est en prenant de l'âge qu'on devient sage. »

Louise n'est pas pressée de devenir sage, par contre, elle trouve que c'est dur d'attendre des métamorphoses qui tardent à venir.

31

JEUDI, JOUR DE LESSIVE

Si la semaine des quatre jeudis existait, la vie serait totalement autre. On pourrait alors se la couler douce sans avoir à supporter le grand nettoyage hebdomadaire du linge de la famille qui, allez savoir pourquoi, a justement lieu le seul jour où il n'y a pas école, le jeudi.

Dans l'annexe, la grosse lessiveuse fume en menant un train d'enfer. Louise a cherché refuge dans le creux de son fauteuil préféré. Les grandes oreilles du vieux meuble l'isolent du vacarme sans l'en protéger totalement, mais à force de concentration, elle arrive à tisser les fils de ce qu'elle nomme ses réflexions métaphysiques.

Prendre de l'âge, ça veut dire vieillir, mais pas forcément gagner en sagesse. À quoi ça sert de vieillir quand on perd la tête en même temps que le corps lâche? Vieillir, ce n'est pas aller de mieux en mieux, c'est aller de pire en pire. Mémé, avec ses rides qui s'effilochent en éventail dans ses décolletés, ses chevilles enflées, les sillons qui bordent ses lèvres et les poils qui hérissent son menton, en est une preuve vivante. Pépé aussi n'est pas en reste avec son gros ventre, ses yeux rouges remplis d'eau et sa bouche édentée. Le tableau est pathétique. Et puis, il y a cette odeur si caractéristique, un peu sucrée et écœurante, propre à chacun, qui l'assaille quand elle rentre dans leur chambre.

Elle se souvient qu'un dimanche après-midi, on avait sorti les albums photos remplis de portraits de Mémé Suzanne. Chacun y était allé de son petit commentaire : « *Mon Dieu comme elle était jolie quand elle a épousé Louis…* », « *Oooh, mon Dieu, regardez sa taille comme elle était fine…* », « *Suzanne, vous n'avez pas du tout changé, vous êtes toujours aussi jeune !* » Louise ne pouvait en croire ni ses yeux ni ses oreilles, ça n'était tout simplement pas possible. Mémé et Pépé sont nés vieux avec leurs rides et leurs dentiers, sinon elle s'en souviendrait.

N'empêche, elles étaient bien jolies à regarder les dames sur les photos, avec leurs cheveux relevés en chignons et leurs tailles de guêpe enrubannées. Papa expliqua qu'à cette époque, la mode les obligeait à porter des instruments de torture qu'on appelait des corsets, réduisant leur taille au diamètre d'un gros cigare, mais qu'heureusement aujourd'hui les femmes s'en étaient libérées. Louise ne le crut pas une seconde. Maman, qui ne porte pas de corset, a une taille aussi fine que celles de toutes ces poseuses pomponnées.

Elle s'était alors posé plein de questions. Comment sera-t-elle quand elle sera vraiment vieille ? Et ce *mon Dieu* qu'on évoque à tout bout de champ, à quoi peut-il bien servir ? Il pourrait intervenir et faire en sorte que les gens ne vieillissent pas, ne souffrent pas, et ne meurent pas, sauf quelques-uns parce qu'ils l'ont mérité, mais non, il ne fait rien, il doit être vieux depuis le temps qu'on en parle. Mais lui, allez savoir pourquoi, il a de la chance, il paraît qu'il ne mourra jamais parce qu'il est immortel comme les blaps. Tandis qu'il y en a qui n'auront jamais cette chance puisqu'ils mourront un jour, même si ils sont gentils et qu'ils ne veulent pas mourir. Comme Fernand le poilu ou Albert, par exemple, qui n'étaient même pas vieux quand ils sont morts. La vie est injuste.

Et pourquoi le verbe mourir peut-il prendre le nombre de R qu'il veut quand ça lui chante et échapper ainsi en toute impunité à la règle générale qui est qu'on ne meurt qu'une fois, il ne manque pas d'air celui-là, et pourquoi elle, Louise, devrait-elle respecter les règles quand d'autres ont le droit de ne pas le faire ?

Elle en arrive à la conclusion que décidément vivre pour vieillir et finalement mourir, ça n'a rien d'intéressant, qu'elle ne laissera pas faire l'inéluctable, qu'elle ne perdra pas le contrôle de sa vie, quand…

— Bouboule ! Bouboule !

Louise sursaute. Et voilà, pas moyen d'être tranquille dans cette maison !

— Bouboule, t'es sourde ou quoi ! J'ai besoin de toi, viens ici.

Ça vaaaa, ça vaaaa, j'arriiiive !

Dans l'annexe, l'essoreuse chauffe, ça sent bon le savon et la lavande, les fils à linge ploient sous le poids des lourds cotons qui s'égouttent à même le plancher. La tâche que lui confie Madeleine, lui tendre les pinces à linge quand elle le lui demande, n'est pas fatigant, mais Louise rouspète pour la forme.

— J'en ai marre, c'est toujours moi qui fais tout dans cette maison !

Elle trouve qu'il y a de l'abus, mais il est inutile d'insister, elle connaît la chanson, Brigitte révise son brevet et Junior est trop petit, l'Autre ne les sollicite que rarement, quand il y a besoin d'une aide à quatre mains, c'est toujours les deux plus grands ou alors les deux plus petits qu'on appelle à la rescousse. Pas moyen d'y échapper, l'intercalaire est de toutes les corvées.

— Va faire couler de l'eau dans la baignoire, attention, de l'eau froide, hein, pas d'la chaude !

Ah, tiens, changement de programme, ce n'est pas l'heure du bain pourtant. Louise aimerait bien savoir ce que la bonne mijote, mais mieux vaut obéir sans poser de questions, l'Autre peut avoir la main leste et le coup de torchon cinglant. La baignoire est presque pleine quand Madeleine arrive, le cheveu en bataille, des auréoles de sueur sous les bras, un gros bidon blanc à la main.

— Qu'est-ce que tu vas faire avec ?
— J't'en pose des questions ? Allez, aide-moi !

Louise rechigne, mais elle s'y colle, plus vite elle aura fini, plus vite elle aura la paix. Elle aide comme elle peut Madeleine à sortir de la lessiveuse un lourd paquet de draps et les dépose péniblement dans la baignoire. Quand elles ont fini, Madeleine se saisit du gros bidon blanc, verse le contenu sur le tas de linge, roule ses manches jusqu'au-dessus des coudes, touille rapidement avec ses mains, les rince en vitesse sous l'eau froide du robinet. Une odeur inconnue, désagréable, irritante, agresse les narines de Louise.

— Ça pique les yeux ce machin, c'est quoi ?
— La r'voilà avec ses questions, j'te jure ! C'est d'la javel.
— À quoi ça sert ?
— Tu m'énerves, Bouboule, à tout chercher à savoir. C'est quoi ça ? C'est quoi ci ? À quoi ça sert ? C'est pour quoi faire ?
— C'est-quoi-de-la-javel, martèle Louise, ça-sert-à-quoi ?

— Ça sert à enlever les taches, répond l'Autre, et maintenant j'veux plus t'voir, du balai !

Par l'entrebâillement de la porte de sa chambre, Louise surveille Madeleine. Elle est partie ranger le linge sec dans l'annexe et faire le ménage dans la chambre des deux vieux, ça va l'occuper un bout de temps. Sans bruit, elle se faufile dans la salle de bain, se déshabille rapidement et plonge au milieu du linge dans lequel elle s'enfouit en fermant les yeux de toutes ses forces. Si elle reste assez longtemps, ses taches finiront bien par disparaître. L'eau est froide, l'odeur la fait suffoquer, ça commence à piquer désagréablement, des milliers de petites aiguilles la transpercent, elle devient pelote d'épingles, mais elle tient le coup, car, comme l'a dit Mémé Suzanne : « *Il faut souffrir pour être belle.* »

Puis elle perd la notion du temps.

Beaucoup plus tard, émergeant du néant, il lui semble entendre la voix de sa mère qui houspille Madeleine :

— Madeleine, enfin, ma fille, vous avez perdu la tête ou quoi ?

— C'est pas moi, m'dame, j'vous jure, sanglote la pauvre femme tout en aidant sa patronne à bouchonner la gamine qui renaît à la vie.

Tout en se disputant, les deux femmes la frictionnent tellement énergiquement qu'elle a l'impression qu'on l'a fourrée dans l'essoreuse.

— Bien sûr que je sais que ce n'est pas vous, je ne suis pas idiote, Madeleine ! Allez, je sais bien de quoi ma fille est capable, malheureusement.

Louise est consternée, elle n'attend plus rien de sa mère, son indifférence, son manque de cœur la blessent, jusqu'où devrat-elle aller pour éveiller en elle ne serait-ce qu'un soupçon de compassion ? Elle tente une parade, elle hoquette :

— Si, c'est elle, elle voulait aller plus vite, elle en a profité pour me donner mon bain.

— Bouboule, ça suffit ! Arrête de mentir tout le temps ! Quant à vous, Madeleine, je vous préviens…

Louise n'entend plus rien, se fait molle, toujours à moitié inconsciente, elle jette un œil sur les morceaux de peau qu'elle aperçoit entre chaque friction. Sa peau est toute rouge, ça pique, ça brûle, et les taches sont toujours là.

Avant de replonger dans le noir, elle a juste le temps de se dire que les adultes sont décidément tous des menteurs, sa mère la première.

32

LES BONNES ET LES
MAUVAISES NOUVELLES

— Louise, il faut que je te parle.

Adossé au chambranle de la porte, monsieur Bouchon, bras croisés, l'air sévère, regarde sa fille de toute sa hauteur. Quand son père l'appelle Louise, la gamine sait que l'heure est grave.

— Ma petite fille, écoute-moi bien pour une fois. Nous avons, ta mère et moi, plusieurs choses d'importance à te dire.

L'homme visiblement mal à l'aise décroise les bras, fourre nerveusement les mains dans ses poches, y triture fébrilement un trousseau de clés, le change de poche, recroise les bras, prend une grande inspiration, se lance.

— Premièrement, dans deux mois c'est les grandes vacances, tu vas aller comme prévu chez ton parrain. Irma est d'accord.

Chouette, se dit Louise, soulagée.

— À condition que tu présentes tes excuses à ta tante en arrivant, Irma n'a pas oublié l'histoire de la tarte.

— Mais Pap…

— Tais-toi! Je te le demande expressément, je compte sur toi. Deuxièmement, comme tu le sais, ta maîtresse est très malade, elle est en congé longue maladie, elle ne reviendra pas avant un bon bout de temps, si elle revient.

Rien que des bonnes nouvelles! Louise se retient de sauter de joie, fini les punitions, terminé les devoirs idiots, aux oubliettes la maîtresse à lunettes!

— En attendant, sa remplaçante va rester.

Zut, c'était trop beau. Monsieur Bouchon change de pied, pousse un profond soupir, se forge une mine grave, se frotte le front d'une main lasse comme s'il voulait faire traîner le temps avant d'aller au fond des choses.

— Troisièmement, j'ai bien peur que tu aies ta part de responsabilité dans toutes ces malheureuses histoires. La directrice m'a rapporté de mémoire ton petit essai poétique sur la houille. Mais qu'est-ce qui t'a pris d'écrire ce truc?! Et pourquoi? Tu peux me le dire?

— Ben, j'm'en souviens plus, ça fait longtemps.

Monsieur Bouchon laisse passer quelques secondes, respire un grand coup, réprime un sourire en coin sous une grimace qu'il espère sévère, ouvre une parenthèse dans son troisièmement :

— Pour une enfant de ton âge, c'est plutôt, comment dire, osé, mais bien tourné.

Louise n'en attendait pas plus de la part de son père. Son appréciation, même dite à mots couverts, est un cadeau inespéré. Mais le paternel a retrouvé tout son sérieux de paternel, c'est lassant à la fin les parents, il faut toujours qu'ils jouent leur rôle de grandes personnes à fond, ils ne savent plus s'amuser.

— Quatrièmement, et c'est beaucoup plus grave…

Monsieur Bouchon sort de sa poche une feuille d'écolier quadrillée pliée en quatre, la brandit à hauteur des yeux de Louise qui sent que le quatrièmement ne va pas lui plaire.

— Ce qui me préoccupe au plus haut point, c'est ça! Madame la Directrice a trouvé ça, en rangeant les affaires de ta maîtresse dans son bureau après son départ... précipité.

Monsieur Bouchon prend son temps, il déplie le bout de papier en se raclant la gorge et commence à lire à haute voix en arrondissant ses lèvres sur les O majuscules, les amplifiant, respectant ainsi la forme manuscrite choisie par sa fille. Je lis :

Mon Oncl'Oscar était acteur dans le pOrnO.
CanardO c'était son pseudO,
On l'appelait aussi double zérO, son plus grand rôle, gigOlO...

— Ben, c'est vrai, non? C'est Pépé qui me l'a dit d'abord, même que c'était dans *Le Gigolo vous salue bien*, le film où...

— Et voilà! Je me doutais bien qu'il y était pour quelque chose ce vieux cochon. Va falloir que je lui en touche un mot!

— Oui, mais...

— Je peux continuer, s'il te plaît? « *Oncl'Oscar le cradO n'est pas bO...* blablabla...
l'Obaise...,, je te signale au passage que ta mère ne l'a pas lu, voir comment tu écris certains mots elle en ferait une jaunisse,
l'Obaise en prOmO, l'Ogre du gOre,
l'hOmO kilOs en trOp est grOs...
le retraité des platOs fait maintenant des rOnds dans l'O... blablabla...
c'est un cOstO cradO qui n'aime pas l'O...

— C'est vrai qu'y sent pas bon, Oncl'Oscar.

— Je te l'accorde... « *qui sent l'O de COlOgne...* » Ah!, voilà : « *quand il me prend sur ses genoux, qu'il me fait des chatouilles...* »

Monsieur Bouchon respire un grand coup, il a visiblement du mal à terminer.

« ... *tout le monde n'a pas la chance d'avoir un tonton pOrnOgraphe.* » Point final. C'est quoi cette histoire de chatouilles, Louise ?!

— ...

— Louise, regarde-moi ! C'est quoi cette histoire ??? Qu'est-ce que tu es encore allée inventer ?

Et voilà, elle le savait, c'est elle qui va dérouiller, et pas ce gros dégoûtant. On va encore dire qu'elle invente des histoires pour faire son intéressante comme pour le noyé du canal, comme pour le coup de la Javel. Vite, vite, en disant une demi-vérité, elle peut encore s'en sortir.

— C'est à cause de la maîtresse, c'était un devoir pour de faux sur ceux qu'on aime ou qu'on n'aime pas, Papa.

— Bon sang, Louise, ne dis pas n'importe quoi !!! Tu dois arrêter de raconter des histoires. Ou alors c'est quelqu'un qui t'a fourré ces idées dans la tête, c'est ça ?

C'est ce qu'on appelle un dialogue de sourds. Qu'est-ce qu'elle avait dit : qu'on crie la vérité ou qu'on l'écrive on ne vous croit pas. Si elle ne trouve pas, et vite, un mensonge, un bon, un vrai, un qu'on ne pourra pas dire de lui qu'il est aussi gros que celle qui le profère, ça va encore chauffer pour son matricule. Elle respire un grand coup et lâche la plus grosse bêtise qu'elle trouve et qu'elle regrettera toute sa vie.

— C'est Victor.

— Ah, le petit salopard ! J'en étais sûr, j'aurais dû m'en douter !

— Mais, Papa, écoute, il a rien...

— Tais-toi ! J'en ai assez entendu. J'ai vu son père hier soir. On a parlé, je lui ai dit que son fils avait une mauvaise influence sur toi. Il m'a dit que de toute façon ils allaient déménager. Tu ne verras plus ton petit copain !

— C'est pas mon petit copain, c'est mon fiancé.

— Ahhhhhh…, je le savais, je le savais ! Il t'a touchée ?

— Ben…

— Tais-toi ! Je ne veux plus rien entendre ! C'est un grand malade, ton Victor ! D'ailleurs, il l'est vraiment malade, on parle de tuberculose, et la tuberculose, c'est contagieux. Je ne veux plus que tu ailles le voir, compris ?

Si seulement son père la laissait parler, mais non, tout ce qu'il sait dire c'est « *Tais-toi, tais-toi, je ne veux plus rien entendre !* » comme s'il ne voulait pas ou qu'il n'en était pas capable. Louise a sacrifié Victor, il est trop tard pour revenir en arrière. Oncl'Oscar ? Elle l'a d'ores et déjà déprogrammé. La tuberculose ? Elle ne sait pas ce que c'est. Mais que Victor s'en aille, que Victor la quitte, elle ne s'en fiche pas du tout. Cela voudrait dire qu'elle ne le reverrait plus jamais ?

Elle doit trouver le moyen d'aller le voir avant qu'il parte, pour lui expliquer, pour lui dire qu'elle était obligée, lui dire combien elle regrette, il comprendra, il lui pardonnera, l'amour, ça sert à ça, pardonner.

Monsieur Bouchon roule le chiffon de papier entre ses mains, le fourre dans sa poche, triture son trousseau de clés, cherche un nouvel appui sur son autre jambe.

— Ma chérie, écoute-moi, je t'en supplie.

Louise le regarde parler, les yeux pleins de larmes, il est tout là-haut comme dans un brouillard. Elle n'écoute plus, ses oreilles ont fermé les écoutilles. Seule importe l'horrible nouvelle : Victor va partir.

— Il y a deux sortes de gens. Il y a ceux qui choisissent la ligne droite, c'est la plus rapide, celle qui va droit au but sans embûches ni mauvaises surprises, apparemment tu n'en fais pas partie.

Et voilà la leçon de morale qui commence, elle n'y coupera pas, autant le laisser aller jusqu'au bout.

— Et puis, il y a ceux comme toi, et c'est tout à leur honneur, qui empruntent les chemins de traverse. Tu sais, les chemins de traverse, ce sont de petites routes sinueuses remplies de creux et de bosses.

Monsieur Bouchon sort les mains de ses poches, le trousseau de clés au bout de l'index pour accompagner sa démonstration d'un geste souple et élégant comme s'il suivait le vol d'une mouche. Le trousseau de clés cliquette joyeusement.

— Contrairement aux autres qu'on peut ranger dans la catégorie des pistes cyclables ou des pistes de décollage, les chemins de traverse sont parsemés d'embûches, ils ouvrent sur tous les dangers. On peut tomber, on peut s'y faire mal, très mal même.

Tout à coup, monsieur Bouchon quitte l'encadrement de la porte auquel il était resté jusque-là appuyé et vient s'asseoir à côté de sa fille sur le petit lit. Quelques secondes de silence, puis il lui fait face, joint les dix doigts de ses mains autour de son trousseau dans un geste de supplication.

— Et moi, je ne veux pas que ma petite fille se fasse mal. Alors, s'il te plaît, ma chérie, fais un effort, un tout petit effort, on ne te demande pas la lune, juste un tout petit morceau de lune. Tout ce qu'on te demande, ma petite chérie, c'est d'écouter et d'obéir, ne serait-ce qu'un tout petit peu. Prends modèle sur ta sœur.

Et voilà! Encore la fourmi travailleuse. Dans le cœur de Louise, la révolte gronde. *Et moi, je suis qui, moi, je ne suis qu'un vilain petit canard, je ne suis qu'un misérable insecte, je ne suis qu'une raconteuse de mauvaises histoires qu'on ne veut jamais croire, je suis une cigale qui chante et qui danse?*

Monsieur Bouchon pousse un gros soupir comme si d'avance il se résignait, comme s'il savait que c'était peine perdue, que tous ses beaux discours ne serviraient à rien, et en cela il n'a pas tout à fait tort. Puis il reprend d'une voix plate sur le mode constat :

— Madeleine va nous quitter.

Alors là, pour une bonne nouvelle, c'est plutôt une bonne nouvelle, qui met du baume au cœur et adoucit la mauvaise.

— Elle va s'occuper de Junior jusqu'aux grandes vacances, le temps qu'on trouve une place chez une nounou. Nous allons trouver des solutions pour Pépé et Mémé.

Monsieur Bouchon respire un grand coup, ferme les yeux, prend son courage à deux mains, se lance.

— En ce qui te concerne, ta maman et moi...

L'homme hésitant sent l'enfant se contracter, il se racle un grand coup la gorge, s'agrippe à son trousseau comme à une bouée de sauvetage, poursuit d'une voix précipitée :

— Nous avons pris une grande décision. Si tu ne fais pas d'effort, quand tu rentreras de chez ton parrain, en septembre, tu iras en pension.

Ça y est, c'est dit. Tout en prononçant ces mots, monsieur Bouchon, anticipant la réaction inévitable de sa fille, l'entoure de ses grands bras puissants, le trousseau de clés s'enfonce dans le cou de l'enfant qui pousse un cri.

Aïe, Papa, tu m'as fait mal!

Blanche comme un linge, Louise se dégage brusquement, se lève, fait un bond en arrière, trébuche contre le coin de son bureau, atterrit durement sur le postérieur, se cogne la tête sur l'angle du sommier, et tombe comme une poupée de chiffon sur le parquet.

Le père, affolé, la récupère, s'assied sur le lit en la serrant fort dans ses bras, lui tapote les joues, lui masse la tête avec ses grandes mains chaudes, leurs deux cœurs battent à l'unisson, celui du père tout contre celui de sa fille. Pas de sang, ouf, c'est déjà ça, mais il se sent terriblement coupable.

— Ce n'est rien, mon bébé, ce n'est rien, une grosse bosse, c'est tout, ce n'est pas grave, rien n'est grave, n'aie pas peur, Papa est là, je suis là.

Le père chantonne en la berçant doucement, la main enfouie dans la crinière sauvage de son enfant. Louise ne bouge pas, elle ose à peine respirer, les bras de l'homme sont enveloppants, réconfortants, elle se pénètre de la chaleur de son corps, elle voudrait que ça dure toute la vie.

— On ne peut pas toujours rêver, ma petite fille. Danser, jouer, s'amuser, faire des bêtises, tout cela n'a qu'un temps. Si tu faisais un effort, ne serait-ce qu'un tout petit effort, chérie, peut-être arriverais-je à convaincre ta mère de revenir sur sa décision, si tu me promets ?

Oui, bien sûr qu'elle promet, que peut-elle faire d'autre. Elle en a fait des efforts, mais personne n'a voulu les voir. Sa mère, tout ce qui l'intéresse, c'est être belle, être admirée, être aimée sans aimer, c'est chanter, rêver, et danser jusqu'à en perdre la tête, et mentir surtout. Tout ce qu'on lui interdit de faire. Pourquoi cela semble être si facile pour certaines personnes de recevoir sans rien donner en retour ? De son enfant intermédiaire, de son entre-deux dérangeante, Maman ne veut rien attendre, ne veut rien recevoir, ne veut rien comprendre.

Louise le sent, au plus profond d'elle-même. Elle ne sera jamais qu'une intermittente dérangeante.

33

LE JEU DU
SOUS-MARIN

Recroquevillée tout au fond du vieux fauteuil au cuir distendu, Louise rumine. Le départ annoncé de l'Autre et l'imminence des vacances prochaines chez Parrain n'arrivent pas à effacer les mauvaises nouvelles. La menace de la pension la tracasse, mais ce n'est encore qu'un avertissement. C'est le départ de Victor qui l'anéantit, l'imaginer loin d'elle la terrifie, car Louise et Victor sont les deux doigts d'une même main. Louise sans Victor ? Une future handicapée de la vie, voilà ce qu'elle sera quand Victor ne sera plus là.

Que Madeleine s'en aille, Louise ne peut que s'en réjouir, et le plus tôt sera le mieux. L'Autre n'a jamais aimé Victor parce que c'est un *bronzé*, et ça, Madeleine ne peut pas lui pardonner, parce que son fils Albert qui était sapeur dans l'armée est parti faire la guerre dans un pays où les bronzés sont légion et qu'il n'en est pas revenu.

De penser à la disparition prochaine de son fiancé, lui amène les larmes aux yeux. Elle doit l'empêcher de partir, elle doit lui faire comprendre que ce n'est pas parce qu'elle l'a sacrifié pour sauver sa petite personne qu'il doit disparaître de sa vie. Elle doit lui dire que ce n'est pas parce qu'il est malade qu'il doit l'abandonner pour partir se soigner au soleil. Elle doit le persuader qu'elle peut s'occuper de lui, que dans le nord du Nord, il y a aussi du soleil, et que si ça n'est pas vraiment vrai, elle l'imaginera rien que pour lui. Elle l'écrira et le lui chantera. Il lui faut voir Victor de toute urgence pour lui dire que jamais plus elle racontera des mensonges à son sujet.

Malgré la consigne parentale et la crainte de nouvelles représailles, profitant d'une accalmie chez les Bouchon, Louise se faufile dans l'appartement d'à côté, ni vu ni connu.

— Mon père et sa copine préparent le déménagement, claironne Victor qui apparaît en tenue d'Adam dans le couloir. On va partir!

Louise s'attendait à trouver un Victor abattu, plein de rancœur, prêt à en découdre avec elle. Pas du tout! Certes, elle est surprise par son apparence, sa poitrine s'est creusée, les muscles de ses bras et de ses jambes ont fondu, mais la rondeur et la belle couleur de pain d'épice de son postérieur témoignent de son désir de vivre.

— J'allais justement m'entraîner. Tu viens?

Le garçon à l'aise dans sa nudité disparaît dans la salle de bain en laissant la porte grande ouverte. Pour réaliser son rêve, être un jour plongeur en apnée et en eau profonde, Victor s'entraînait en plongeant dans le canal, mais c'était avant sa chute malencontreuse et ses conséquences désastreuses. Maintenant, il s'entraîne chez lui dans la salle de bain. Il appelle ça le jeu du sous-marin.

— Puisque tu es là, tu vas m'aider. Je t'explique.

Victor lui donne la procédure à suivre : il se pince le nez, il aspire de l'air un grand coup par la bouche, il la referme, il plonge, et Louise lui maintient fermement la tête de ses deux mains pour l'empêcher de remonter. L'important, c'est qu'elle compte tout haut le temps qu'il tient.

— Avant d'aller chez Maman, poursuit le garçon en s'installant dans l'eau, il faut que je batte mon record de plongée en apnée, Maman, elle va être fière de moi!

Et comme si de rien n'était, comme si la maladie n'était qu'invention de grandes personnes pour l'empêcher d'agir, le garçon entre dans la baignoire pleine à ras bord. *Il n'a pas l'air si malade que ça, finalement*, constate Bouboule en contemplant le corps du garçon. Il a même l'air content de partir, ce qui la chagrine terriblement, elle qui pensait le trouver complètement anéanti. Comme si l'imminence de leur séparatio future lui était totalement inconnue, ou pire, étrangère.

Elle était venue pour lui dire qu'elle s'en voulait d'avoir menti, de l'avoir accusé à tort, qu'elle regrettait vraiment, elle voulait l'entendre dire qu'il l'aimerait toujours malgré son mensonge, elle voulait l'entendre dire qu'il comprenait, qu'il ne lui en voulait pas, elle voulait lui dire qu'elle ne voulait pas qu'il s'en aille et que si il s'en allait, elle partirait avec lui, loin, très loin, et que le monde les oublierait. Apparemment, Victor s'en fiche. Tout ce qui l'intéresse, c'est de battre son record et de retourner vivre chez sa mère.

Il n'y a pas de place pour un troisième objectif.

— Mais avant, tu jures et tu craches que tu vas m'aider, je me donne deux essais, pas plus.

Louise jure, crache, Victor plonge. Son derrière s'offre à sa vue, on dirait deux grosses pommes de glace au caramel appétissantes à souhait. Les deux mains fermement croisées sur la tête du garçon, elle compte à mi-voix tout en admirant ses fesses dorées. La tête de Victor tente une remontée. Louise appuie plus fort, le record est presque atteint, mais finalement, c'est elle qui capitule. Elle écarte les mains, le plongeur émerge, rouge comme une tomate, en soufflant comme un phoque. Déterminé à faire une ultime tentative comme un taureau qui fonce dans le mur sans se poser de question quitte à se fracasser la tête, il exige de Louise qu'elle respecte le contrat. Il se doit d'aller jusqu'au bout.

— T'as juré craché, cochon qui s'en dédit.

Et Victor replonge.

Que Victor mette en doute son engagement vexe Louise. Alors, de ses deux mains réunies, elle appuie de tout son poids sur sa tête. Elle compte. Des sentiments confus l'assaillent, Victor ne doit pas partir, Victor ne peut pas partir, Victor ne peut pas la laisser seule, Victor est là pour la protéger, elle est là pour l'aider à se soigner, elle est là pour l'aider à battre son record. Victor et elle, c'est pour à la vie à la mort, ils se le sont promis.

Le garçon se débat, mais elle tient bon. Pour se donner du courage, elle entame entre ses dents, lèvres crispées sur l'effort, une petite rengaine à sa façon, qu'elle répète comme une petite prière incantatoire :

Victor, Trompe-la- mort, c'est toi le plus fort,
Victor, matamore, t'auras ton record,
Victor, Trompe-la-mort…

Soudain, le garçon jaillit hors de l'eau comme une torpille, sa tête percute violemment le lourd robinet de la baignoire en plein milieu du crâne, là où l'os est si fragile. Il émet un petit cri, s'étale dans un grand fracas d'éclaboussures au cœur de la baignoire. Louise reprend sa pression, elle a promis, cochon qui s'en dédit! On verra bien! Un léger soubresaut, puis deux, puis rien. Plus rien que les belles fesses dorées à fleur d'eau, émergeant de la surface. Louise écarte ses mains en éventail, l'inquiétude arrive, insidieuse, sa petite rengaine *Victor c'est toi le plus fort...* meurt doucement au bord de ses lèvres.

À genoux sur le lino de la salle de bain, elle ne sait plus ce qu'elle doit faire. Elle suit des yeux les jolies arabesques vermeilles qui s'enroulent autour de ses doigts et vont s'étirer paresseusement dans l'eau maintenant tiède. Un peu de sang s'échappe d'un petit trou au sommet du crâne.

« Victor ? », murmure la fillette en se penchant doucement vers le naufragé, « Victor ? Victor!! Victor!!! »

Victor ne répond plus.

Victor ne bouge plus.

Son postérieur non plus.

Driiiing!!!

Quelque part dans l'appartement, un réveil se déclenche. Affolée, Louise fait un bond en arrière, trébuche et tombe sur le carrelage. La sonnerie grelotte dans un silence de mort, puis s'arrête. Elle se redresse, son cœur bat la chamade. Il y a de l'eau partout. Elle est trempée. Tout à coup, elle a très froid. Son cerveau ne fonctionne plus. Si elle a fait quelque chose de mal, elle l'a déjà oublié. Combien de temps reste-t-elle prostrée, elle ne le saura jamais. Le temps s'est arrêté, tout comme de battre le cœur de Victor s'est arrêté.

Plus tard, comme un automate, elle essuie du mieux qu'elle peut l'eau qui a dégouliné sur le carrelage, elle vérifie calmement que tout est en ordre, puis elle jette un dernier coup d'œil aux belles fesses couleur pain d'épice de Victor, quitte l'appartement, referme doucement la porte derrière elle, surtout ne pas alerter la Grosvilain qui ferait à coup sûr un foin d'enfer. Elle rentre chez elle, change de vêtements, dépose ceux qui sont mouillés dans la panière à linge sale, veut rejoindre sa chambre, croise Madeleine dans le couloir, Madeleine qui lui demande d'où elle vient, si ça va, parce qu'elle fait une drôle de tête, Louise n'entend pas. Le regard fixe elle passe devant la femme inquiète sans la voir et va s'enfermer dans sa chambre.

« J'vous jure, les mômes d'aujourd'hui, ni merci, ni rien, j'vous apprendrai la politesse, moi ! Ça oui, une bonne guerre qu'il leur faudrait, ça leur apprendrait la vie, c'est moi qui vous l'dis. »

Pendant le repas, pressée de répondre aux questions des adultes surpris de son mutisme inhabituel, Louise se mure dans un silence obstiné.

— C'est ses hormones qui la tracassent, ose l'infâme cousin, à qui Papa cloue aussi sec le bec en lui rappelant que c'est peut-être le dernier repas qu'il prend à la table des Bouchon et qu'il en profite, car d'ici peu il ira voir ailleurs si la cantine est aussi bonne que chez sa cousine.

L'oncle riposte que c'est toujours la même chose, qu'on ne l'aime pas, à cause de son métier, monsieur Bouchon lui dit :

— Continuez comme ça et c'est la porte tout de suite et sans délai !

La cousine réplique :

— Et avec quoi on va payer le loyer, tu y as pensé au loyer ?

Mémé Suzanne, qui connaît un regain d'énergie, chevrote qu'il faut laisser les hormones s'exprimer au grand jour.

— Maman, arrête de dire n'importe quoi, lui répond sa fille.

Brigitte ricane qu'il n'y a pas de quoi en faire tout un plat, qu'elle est passée par là, et Junior braille un grand coup histoire de participer à la conversation.

Silence radio du côté de la chambre de Pépé Célestin. Il a dû piquer du nez dans son fauteuil à roulettes, il dort, ou il est mort, tout le monde s'en fout.

34

LA FUGUE

Victor, Tromp'la mort, tu étais le plus fort, mais un jour t'as eu tort.
Savais-tu que le tort tue ? La mort est venue, et moi j'ai tout perdu.
Coup tordu, coup du sort, qui a raison, qui a tort, qu'importe.
Puisque Victor est mort. Des remords ? Le silence sera
Louise lâche son stylo, éteint la lumière. Sur sa poitrine, elle a posé, là où son cœur continue à battre, son cahier rouge à spirale ouvert à la page du poème qu'elle vient d'écrire à la mémoire de Victor. Ça fait *boudoudoum, boudoudoum, boudoudoum* tout doucement contre sa peau. Les cinq doigts de sa main ont perdu les cinq doigts de la main de Victor. Elle est seule maintenant, elle est orpheline de son frère de cœur.

La pénombre a envahi la chambre. Quand le silence traîne sur la ville, la nuit, et qu'il coiffe les rues de lourds chapeaux noirs, l'absence de toute vie la remplit d'angoisse. Elle a hâte que le matin arrive, avec les chants d'oiseaux dans les marronniers, les pas qui résonnent sur les pavés, les portes qui claquent dans l'appartement, les voitures qui klaxonnent. Le matin, c'est la vie qui recommence.

Mais elle a peur de se réveiller un jour sans avoir vu le temps passer et de découvrir dans la glace le reflet d'une étrangère qui n'a rien à voir avec ce qu'elle était, même si ce qu'elle est aujourd'hui ne lui plaît pas vraiment. La menace de la métamorphose la terrifie.

Doucement, le sommeil la gagne, quand soudain une petite voix venue du fond de sa conscience lui glisse, sournoise :

— *Tu es seule maintenant, à quoi ça te sert de vivre ?*

— *À grandir,* répond Louise.

— *Grandir,* chuchote la voix, *c'est changer, c'est vieillir, et vieillir, ça veut dire mourir.*

— *Je m'en fiche de mourir, personne me regrettera.*

— *Personne,* répond la voix, *tu es sûre ?*

— *Tous ils m'ont quittée, ils m'ont abandonnée.*

— *Alors, puisqu'ils sont partis, pars toi aussi,* propose la voix.

— *Partir aussi c'est mourir.*

— *Il y a bien pire que la mort,* chuchote la voix, *l'absence…*

Non, jamais elle ne grandira. Les chemins de traverse, c'est maintenant qu'elle va les emprunter, avec leurs creux, avec leurs bosses, avec des trous grands comme ça, même s'ils font mal parfois et qu'ils sont la cause de tous ses dérapages. Elle n'a pas de remords, elle aura juste, en partant, le regret de ne pas avoir été jusqu'au bout. Les parents ne voient rien, ils ne se doutent pas de ce qui les attend. Mais les yeux ne servent pas à voir, n'est-ce pas, ils servent à pleurer.

Sa décision est prise, elle va partir. Avant de s'assoupir pour de bon, elle a une pensée pour Bobo qui est orphelin lui aussi. Elle ne peut pas le laisser seul, quand elle s'en ira, elle l'emmènera avec elle. Cette perspective la rassure et l'aide enfin à s'endormir.

— Deeeeeebout la d'dans, c'est l'heure !

Quand monsieur Bouchon est entré dans la chambre pour tirer sa fille du lit, la petite forme pelotonnée sous les couvertures n'a pas bougé.

— Allons, debout, grosse paresseuse, remue-moi ce popotin, tu vas encore être en retard.

Les mots détestables n'ont eu aucun effet, ce qui a mis la puce à l'oreille au paternel. D'habitude, sa fille se recroqueville avant d'extraire de dessous l'oreiller une tignasse tout emmêlée à travers laquelle elle regarde l'intrus d'un œil torve. Monsieur Bouchon s'approche et tire sur le drap d'un coup sec.

— Allez hop ! Au trot, et qu'ça saut...

Le *saute* reste coincé dans sa gorge. À la place de Louise, un gros polochon tortillonne au creux du matelas.

— Chérie ! Chériiiiiiiiiiiie !

— Quoi... ?

— Bouboule est partiiiiiiiiiiiiiie !

— Déjà ? s'étonne madame Bouchon, on aura tout vu !

— Non, pas *déjà*, elle est partie-partie, partie tout court, répète le père un peu plus fort, les mots ont quand même du mal à passer.

— Quoi ?! Mais c'est pas vrai ! La sale gosse, elle a mal choisi son jour, j'ai une réunion urgente ce matin, la barbe à la fin, chaque matin, c'est pareil, il y a toujours quelque chose qui fait qu'on ne peut pas se préparer tranquillement dans cette maison ! Et les autres, ils en sont où d'abord.

Une serviette entortillée autour de la tête, le visage luisant de crème de jouvence, Alice Bouchon se presse derrière son mari raide comme un piquet. Il tient dans sa main droite – l'autre, perplexe, étant occupée à se frotter la nuque –, une feuille de papier à petits carreaux visiblement arrachée d'un carnet à spirale. Madame Bouchon se dresse sur la pointe de ses jolis pieds chaussés de mules à pompons, pour mieux lire au-dessus de son épaule.

« *Cher Papa, Chère Maman,*

Je suis partie de mon plein gré d'ici. Ne vous en faites pas. J'ai tout ce qu'il faut en vêtements et en nourriture et autres. Ce n'est pas parce que je ne vous aime plus, mais parce que c'est moi qui fais toujours tout dans cette maison, Brigitte et Junior ils ne font jamais rien. C'est pas juste. Oncl'Oscar m'embête tout le temps, Madeleine me tape même quand je n'ai rien fait, et la nouvelle maîtresse me déteste.

Je m'en vais d'ici parce que vous ne vous aimez plus et que vous voulez vous débarrasser de moi. Et aussi parce que personne ne me croit quand je dis la vérité. Et aussi parce que Victor n'est plus là et que j'y suis pour rien.

Ne vous inquiétez pas, j'ai tout ce qu'il faut pour vivre et je ne suis pas seule. Vous pouvez avertir la police, mais ne la lancez pas à mes trousses, sinon il en sera fini pour moi. Péesse : Je rends à Pépé le dessin qu'Angèle lui a volé. »

— Elle écrit pas mal notre fille, il n'y a pas une seule faute d'orthographe, dit Alice Bouchon qui n'a pas encore bien saisi la gravité de la situation. C'est assez joliment tourné, je l'admets, cependant, il y a quand même quelques grosses erreurs grammaticales, je dirais « *peut mieux faire* ».

— Tu lui en demandes toujours trop, elle n'a pas encore dix ans. Rassure-moi, tu ne lui as pas dit que Victor était mort ?

— N'importe quoi !

Les époux Bouchon, côte à côte, restent un moment silencieux, perdus chacun dans leurs pensées.

— Dis donc, reprend le père en fronçant les sourcils, où on en est avec ce vieux cochon d'Oscar ?

— Tu sais bien qu'elle invente toujours des histoires.

— Ça fait je ne sais pas combien de fois, au moins cent fois, que je te dis qu'il n'est pas clair ton cousin.

— Il faut toujours que tu exagères ! Et ce n'est pas *mon* cousin, c'est *un* cousin par alliance, autant dire par obligation.

— Cousin ou pas cousin, c'est terminé, il ne mettra plus les pieds ici, s'insurge monsieur Bouchon. Et puis qu'est-ce que ça veut dire « *je ne suis pas seule ?* » Avec qui elle est partie ? Et c'est quoi cette histoire de dessin ?

— Moi, je te dis qu'elle s'est cachée.

— Je te l'avais dit que la menace de la pension n'était pas une bonne idée.

— Ne te mets pas martel en tête, elle va sortir de sa cachette quand elle aura faim. En attendant, il faut parer au plus pressé, répond l'épouse pragmatique. Tu donnes sa bouillie au bébé, on attend que Madeleine arrive, on lui confie les parents et Junior. Moi, j'ai un rendez-vous.

Monsieur Bouchon est inquiet. Jusqu'à maintenant, Louise se contentait de s'absenter l'après-midi juste pour deux ou trois heures, mais elle est toujours revenue. Personne n'a jamais cherché à savoir ni où elle allait ni ce qu'elle faisait dans la mesure où, invariablement, comme le dit justement son épouse, la faim la ramenait au bercail à l'heure du goûter.

Mais là, c'est la première fois qu'elle disparaît en prenant la peine d'écrire. Il y a des mots qui tracassent monsieur Bouchon. Tout en donnant la becquée à son fils, en enfilant chaussettes et pantalon entre chaque cuillère de bouillie, il se demande où elle a bien pu aller se cacher et surtout avec qui. Tout à coup, il réalise qu'elle a pris « *tout ce qu'il faut pour vivre* », donc elle n'a pas prévu de rentrer tout de suite. Il s'agit bel et bien d'une vraie fugue.

— Bouboupatiavébobo.

Perdu dans des acrobaties périlleuses de becquée, d'habillage et de réflexions anxieuses, le père n'a pas tout de suite prêté attention aux balbutiements de son fils.

— Bouboupatiavébobo, chantonne un peu plus fort le pitchoune.

Papa en lâche la cuillère de stupéfaction. Ce sont les premiers mots de Junior qui jusqu'à maintenant ne balbutiait que quelques vagues *putinputinputin* ou *pinponpinponpinpon* en poursuivant Lilliput.

— Chérie! Chériiiiiiiiiiiie, vite, viens vite!

— Quoi encore, Jean? Je ne suis pas prête, gémit madame Bouchon en pointant son joli nez poudré à la porte de la cuisine.

— Junior parle! Il parle! Allez, vas-y, bébé, répète à maman.

— Bouboupatiavébobo, bouboupatiavébobo, s'égosille le petit ravi qu'on fasse attention à lui.

— C'est bien, mon bébé, dit Maman en extase devant son rejeton surdoué en le couvrant de rouge à lèvres. Bon, moi, j'y vais.

— Ça veut dire quoi ce charabia, Junior? demande le pauvre père déboussolé en continuant à lui donner la becquée.

Répétant machinalement *bouboupati, bouboupati, bouboupati*, il saisit tout à coup la portée de ce salmigondis enfantin. Mais oui, mais c'est bien sûr, Bouboule est partie!

— Et elle est partie où, mon bébé? s'énerve Papa en secouant Junior qui part dans un long hurlement de sirène en postillonnant sa bouillie sur le tailleur de sa mère revenue en quatrième vitesse en entendant son fils hurler.

— Mais enfin, merde, tu ne peux pas faire attention, Jean, crie la mère énervée au point d'en oublier son langage châtié.

— Parce que maintenant, ça va être de ma faute ?

— Tu ne sais pas y faire, ce n'est qu'un bébé, qu'est-ce que tu dis, mon trésor, reprend-elle doucement, elle sait y faire avec l'enfant, n'est-elle pas une bonne mère ?

Fier de sa nouvelle performance et de l'intérêt qu'on lui porte, Junior y va de sa chansonnette, le menton dégoulinant de bouillie, en tapant joyeusement avec la cuillère que son père a lâchée et qu'il a récupérée.

— Boubou pati avé bobo boubou pati avé bobo, boubou pati avé bobo.

C'est gagné, il y en a partout, la mère n'a plus qu'à se changer, et Madeleine qui n'est pas encore arrivée, à tous les coups elle a passé la nuit chez son amoureux, allez savoir lequel. Branle-bas de combat, les portes claquent, tout le monde crie, les vieux s'agitent, se manifestent chacun à leur façon, Junior s'époumone de plus belle, plus il y a de bruit, plus il aime, plus il braille.

Penchée au-dessus de la rambarde de la cage d'escalier, madame Bouchon hurle à pleins poumons :

— Madelèèèèèèène

La voisine affolée se précipite en déshabillé coquin sur le palier :

— C'est quoi ce chambard ?

Monsieur Bouchon la renvoie dans ses foyers :

— Vous, occupez-vous de vos fesses !

La grosse blonde paresseuse tourne les talons d'un air outré,

— Allez aider, c'est comme ça qu'on vous remercie.

On n'est pas loin de l'incident diplomatique quand, enfin, Madeleine arrive.

Alice Bouchon passe le témoin à son mari : « C'est ta fille, tu t'en occupes », donne les consignes à la bonne, et fonce, pas question d'être en retard chez Plume&Plume, revient, demande quand même à son mari de la tenir au courant, aurait-elle soudain mauvaise conscience, puis tourne les talons et disparaît.

Planté sur le palier, monsieur Bouchon se demande une fois de plus ce qu'il a bien pu faire au Bon Dieu pour en arriver là, mais il y a plus urgent. De retour dans la cuisine, il se répète les mots de son fils « *avé bobo…* », avec Bobo peut-être ? Oui, mais ce serait qui ce Bobo ? Bobo ou Toto d'ailleurs, les premiers mots du bébé sont forcément déformés. Totor ! Victor ! Bien sûr, où avais-je la tête, ce ne peut être que lui. Il fonce à l'appartement C, tambourine sur la porte, monsieur Maloud n'est pas encore parti, il va droit au but, les salamalecs c'est pour plus tard.

— Monsieur Maloud, Victor est là ?

— Mais… Victor n'est plus…

— Je dois lui parler, Monsieur Maloud, c'est très grave, je cherche ma fille.

— Mais, mais…

— Où sont ma fille et votre fils ? hurle monsieur Bouchon en attrapant son voisin de palier par le col de sa chemise.

— Monsieur Bouchon, Victor est…

— Écoutez-moi bien, si jamais Victor…, menace le père sans achever sa phrase.

— Mon fils est mort, sanglote le pauvre cuisinier avant de refermer doucement la porte.

Oh, la gaffe!!! « Je… je… », bafouille monsieur Bouchon, en adressant sa confusion à la porte close. Comment a-t-il pu oublier une chose pareille, il est navré, terriblement navré, mais les excuses, il verra ça plus tard, tant pis pour monsieur Maloud, Madeleine a peut-être une idée? En prenant mille précautions, monsieur Bouchon passe le nez par la porte de la cuisine.

— Madeleine, par hasard…

— Par hasard, Madeleine elle sait rien, par hasard Madeleine elle voit rien, par hasard Madeleine elle entend rien, le hasard, elle connaît pas, répond Madeleine sans même daigner se retourner.

Les dommages collatéraux du fiasco de Noël, associés aux incidents fâcheux qui ont suivi, ont fait de gros dégâts.

Soudain, le père se tape le front, mais oui, mais c'est bien sûr, le dessin! Évidemment que les deux vieux parents sont dans le coup! Il fait irruption dans l'annexe. Mémé Suzanne est encore couchée, elle attend Madeleine la tête bien calée sur l'oreiller, elle chantonne. Ça ne va pas être facile, il va falloir y aller en douceur, surtout ne pas la brusquer, sinon elle va chercher sa tête toute la journée. Son gendre s'assied à côté d'elle et lui touche légèrement le bras :

— Suzanne, youhou, Suzanne, vous savez où est Bouboule? On la cherche partout et on ne la trouve pas. Elle vous a dit quelque chose? Suzanne, réveillez-vous, bon sang!

— Ah, c'est vous, mon gendre, s'étonne la vieille dame en ouvrant un œil, qu'est-ce qu'il vous arrive?

— Je cherche Bouboule et je voudrais savoir qui est Bobo, ou Toto…

À l'évocation du nom de Bobo, Mémé ouvre le deuxième œil.

— Qu'est-ce qu'il a fait, Bobo ?

— Vous le connaissez ? C'est qui Suzanne, ce Bobo ? Il est avec Bouboule..., dites-moi, où sont-ils ? Je vous en supplie !

La vieille dame laisse échapper un petit rire léger comme un soupir.

— Ne vous inquiétez donc pas, mon gendre, si ma petite Rose-Mousse est avec son Bobo, ça veut dire qu'elle n'est pas loin, Bobo ne lui fera aucun mal, il est si mignon, il est si gentil. Ah ! et puis vous direz à Madeleine, moins de sucre dans mon café au lait, hier elle en a trop mis, le petit personnel n'est plus ce qu'il était, enfin.

Et hop, la voilà qui replonge doucement dans une somnolence bienheureuse. Monsieur Bouchon, hors de lui, visualise un immonde individu abusant de sa fille quelque part il ne sait où. Il respire un grand coup, fait quelques exercices de relaxation du diaphragme, attrape la vieille dame par les épaules, plus question de prendre des gants, il la secoue sans ménagement, et tant pis pour sa tête, on la retrouvera bien quelque part.

— Pour la dernière fois, je vous en conjure, où sont Bouboule et cet enfoiré de Bobo ? Mémé, si vous ne répondez pas maintenant et tout de suite, je vous préviens, plus de chocolat avec le café !

Finalement, les vieux, c'est comme les enfants, un peu de chantage, ça ne fait pas de mal, ça soulage, et parfois, mais pas toujours, ça marche.

— À... à... à la ca... ca... à la caca... à la cave !

— À la cave ? Mais, on n'y est pas descendu depuis des années !!! Je ne sais même plus où sont les clés. Mémé ? Mémé ? Et merde !

L'aïeule est retournée dans un monde parallèle, il ne pourra plus rien en tirer. Monsieur Bouchon sent peser sur ses épaules un couvercle fait du plomb le plus noir, il va craquer, il craque, il en a marre. Marre de ces deux vieillards cacochymes qui mettent un temps fou à mourir rien que pour l'emmerder. Marre de son adorable femme qui ne pense qu'à sa petite personne. Marre de penser que peut-être elle aurait une petite ou une grande histoire avec Plume son directeur de mes deux. Marre de l'obèse qui…, il n'ose même pas l'imaginer. Il en a marre de cette maison de fous, marre des Noëls ratés, marre de son travail et des formations stériles, marre de l'appartement, marre de l'hiver, marre de la vie, marre de sa vie, marre, marre, marre à la fin!

— Merde, merde, et re-merde, merde, merde, merde!

Le chapelet de la seule et unique injure suffisamment forte de son vocabulaire de père de famille attentif à ne pas donner le mauvais exemple à sa progéniture le suit dans la cage d'escalier. Il court, il dégringole, il vole, se précipite sur la porte de la loge.

Fermée.

Alfred, et l'autre là, la Germaine, ils sont où ces deux-là ? Ils auront de ses nouvelles, on les paie pour quoi faire ? Il se rue dans les couloirs du sous-sol, se heurte aux poubelles, glisse sur une flaque d'il ne sait pas trop quoi, mais ne veut pas le savoir, arrive enfin à la porte du 81, la fracasse, prêt à étrangler le « *si mignon, si gentil Bobo* ».

Personne.

Désespéré de tant d'échecs, le pauvre père s'écroule à genoux dans le couloir, murmurant sa litanie, « merde, merde, merde ». Puis il se tait, à court de mots. Il écoute le silence des caves entrecoupé de *glouglous* dans les tuyauteries, du *tacatacatac* des ordures dégringolant dans les vide-poubelles, des *taptaptap* des ratasses se faufilant le long des murs. Il reste un long moment ainsi, attentif à cette vie souterraine qu'il a exclue depuis longtemps de son quotidien, cherchant à comprendre comment il en est arrivé là, quand il perçoit un tout petit soupir.

Se levant avec précaution, il glisse la tête derrière la porte à claire-voie, plisse les yeux, adapte sa vision, et là, nichée dans un espace aménagé avec tout le nécessaire vital pour un séjour prolongé – matelas, couverture, bougies, provisions de bouche, eau, bouquins, papiers, crayons, etc. –, sa fille dort avec, vautré au creux de son ventre, un énorme rat musqué d'une laideur infernale, orphelin d'un œil et d'une patte.

Monsieur Bouchon pousse un hurlement à réveiller les morts, la ratasse lui file entre les jambes sans demander son reste, l'homme blanc comme un linge tombe le cul par terre en faisant tomber une pile de livres posée en équilibre sur un gros carton faisant office de table de chevet. Louise se réveille en sursaut, se frotte les yeux, et balbutie d'une voix ensommeillée :

— Ben papa, qu'est-ce que tu fais là ?

35

OÙ LOUISE FAIT D'UNE PIERRE DEUX COUPS AVEC LA MEILLEURE INTENTION DU MONDE

L'appartement n'est plus ce qu'il était, rempli de cris, de rires et de chamailleries, tressautant de bruits de portes claquées, traversé de musique sauvage et de miaulements déchirants. Lilliput et Junior s'évertuent à faire du huit-pattes dans le couloir, c'est à celui qui fera le plus de bruit, mais ça n'amuse plus personne.

Le nez collé à la fenêtre de sa chambre, Louise soupire. Les gris du ciel et de la terre se confondent et font du noir dans sa tête. Quelques rares parapluies aux couleurs parfois tropicales, mais c'est rare tellement les gens se complaisent dans leur sombre uniformité, tentent sans succès de trouer la limaille. Même les feuilles de marronniers naissantes ont l'air déjà mortes et enterrées.

C'est tout bonnement déprimant. Quittant son poste d'observation, elle va se réfugier sous l'édredon, depuis ce matin un mal sournois lui taraude le bas du ventre, lui met le cœur au bord des lèvres. Elle est inquiète, elle sent confusément que quelque chose de pas bon se prépare, ces derniers temps des petites phrases à mots couverts ne lui ont pas échappé :

— Notre fille grandit plus vite que prévu, il faut la préparer à ce qui l'attend, prévient monsieur Bouchon, sinon ça risque de déclencher encore des problèmes.

— On a le temps, rien ne presse, élude madame Bouchon.

— C'est pas une maladie, ça arrive à tout l'monde, bougonne Madeleine.

— Elle fait son intéressante, ironise Brigitte.

— Les métamorphoses, les métamorphoses, chantonne cette vieille folle de Suzanne en errance dans le couloir à la recherche de sa tête.

Il n'y a pas que Louise à être inquiète, les parents aussi le sont, chacun à leur manière. La mère, parce que la gamine va rater son année scolaire, si elle continue à aller en classe en pointillé la rentrée en sixième risque d'être compromise et adieu l'internat. Le père, parce qu'il a peur pour sa cadette qui n'a plus d'étincelles dans les yeux. Croyant atténuer sa peine, il lui avait menti, il lui avait raconté que Victor avait dû partir plus tôt que prévu. Son pieux mensonge n'avait fait qu'aggraver les choses. Il continue tant bien que mal sa formation, mais le cœur n'y est plus. Sa femme qu'il aime plus que de raison a la tête ailleurs, pas dans le même ailleurs que celle de Mémé Suzanne, mais c'est pire, et Célestin n'est pas loin d'aller voir ailleurs s'il y est.

— Le cancer ronge votre père de l'intérieur, a dit le docteur de famille. Ses jours sont comptés, préparez-vous au pire.

— Il l'a bien cherché, a ricané Alice Bouchon en tordant sa jolie bouche. À forcer sur le gin et les cigares bon marché… Tant mieux, il arrêtera de mettre de mauvaises idées dans la tête de la petite.

Le docteur a détourné les yeux, gêné, monsieur Bouchon a sorti son mouchoir de sa poche et s'est mouché un grand coup en s'essuyant discrètement les yeux. Un homme, ça ne pleure pas.

Maintenant, quand Louise rentre du lycée, elle file dans sa chambre sans prendre son goûter. Elle se réfugie dans le travail, elle ne veut voir personne. Quelle importance désormais, elle n'a plus aucune raison de se faire la belle. Le 81 a été vidé, sa serrure changée, l'intervalle entre les tuyauteries comblé, le rat borgne est parti se réfugier derrière ses poubelles. Son œil rescapé reste vigilant, il le sait, il le sent, c'est là que sa petite maîtresse le retrouvera si elle le cherche.

Elle a bien essayé de confier son désarroi à Pépé Célestin, lui seul aurait pu la comprendre, mais il va très mal, il ne sort plus de son lit, il n'est plus que l'ombre de lui-même. Quand Louise passe devant sa chambre, si la porte est entrouverte, elle glisse un coup d'œil inquiet en se pinçant le nez. La tête du vieil homme disparaît dans l'oreiller, luisante, jaune, craquelée comme une vieille peinture. Les rares cheveux qui lui restent flottent comme des vermicelles sur le haut de son crâne, ses yeux ont sombré depuis longtemps dans le creux de leurs orbites. Un tuyau fixé à une potence lui rentre dans le creux du bras droit. « *C'est pour la morphine* », a dit le père à sa fille qui découvre qu'il y a différents types de morts.

La solitude et l'ennui étant plus insupportables que le mal de ventre et les nausées, il lui faut bouger, quitter son lit pour ne pas devenir légume. Sur la pointe des pieds, Louise se faufile dans la chambre de son grand-père pour lui tenir compagnie, lui aussi a besoin de compassion. Malgré l'odeur et l'apparence du vieil homme qui l'incommodent, elle escalade son grand lit et s'assied à côté de lui en faisant attention à ne pas coincer le tuyau qui le relie à la vie. Elle scrute le visage ridé de gris. La peau est tendue et pincée sur le nez, le front dégarni est couvert de petites perles de sueur.

— C'est quoi un cancer, Pépé ?
— Une saloperie de crabe, Petite.
— Le docteur dit qu'il te ronge, mais ça n'a pas de dents un crabe.
— Il me grignote de l'intérieur.
— Et pourquoi t'as un crabe à l'intérieur, Pépé ?
— Parce que c'est comme ça, Petite.
— Mais t'es plus gros qu'un crabe, Pépé, et puis toi t'as des dents, c'est toi qui devrais le grignoter, pas lui.

Elle doit se pencher tout près de la bouche du vieil homme pour l'écouter tellement la voix est faible.

— Il y a des crabes qu'on ne peut pas croquer, Petite, ils sont plus forts que toi, un jour tu comprendras.
— Moi, je veux comprendre tout de suite, Pépé.

Ce qu'il y a d'énervant avec les adultes, c'est qu'ils sont persuadés que les enfants ne doivent pas savoir parce qu'ils sont trop petits et donc qu'ils ne peuvent pas comprendre. C'est ridicule. Parce que les enfants écoutent aux portes, ils finissent par savoir, ils finissent par comprendre, parfois de travers, parfois trop tard. Et ça fait mal.

En se pinçant le nez, Louise s'approche encore plus du vieillard jusqu'à loucher. Il est de plus en plus vieux, des milliers de rides lui sillonnent le visage comme un filet de pêcheur, et il y a plein de trous dans sa peau qui forment des petits cratères.

— T'es vieux, Pépé, hein, t'as quel âge ?
— L'âge de mourir, Petite.
— Il y a un âge pour mourir, Pépé ?
— Quand c'est l'heure, c'est l'heure.
— Et comment on fait pour mourir, Pépé ?
— On meurt sans savoir qu'on meurt.

Louise est inquiète, ce sont des réponses qui n'en sont pas vraiment et elle veut des vraies réponses. Elle doit se pencher encore plus près malgré l'odeur de cette bouche édentée qui exhale une haleine fétide.

— Et c'est quand l'heure, Pépé ?
— Quand la Grande Faucheuse arrive.
— C'est qui la Grande Faucheuse ?
— La mort.
— Elle est comment la mort, Pépé ?
— Elle n'est pas belle à regarder.
— Et comment tu sais que t'es mort ?
— C'est quand t'es plus là et que tout le monde t'oublie.
— Moi, je t'oublierai jamais, Pépé !

Un sourire flotte sur les lèvres pincées du vieil homme. Dans le fond de ses yeux, l'esprit pétille, c'est bien la seule chose qui semble encore vivante dans ce corps en cours de disparition.

— Et toi, Pépé, quand tu seras mort, tu m'oublieras ?
— Toi ? Ça ne risque pas !

Louise est rassurée. Quand il ne sera plus là, Pépé Célestin pensera toujours à elle, et ça, c'est un sacré réconfort.

— Dis, Pépé, quand on est mort, est-ce qu'on peut savoir, enfin, je veux dire, quand on est mort, est-ce qu'on sait qu'on est mort ?

— Quand on est mort, on est mort, un point c'est tout, on se rappelle même plus qu'on a existé.

— Alors pourquoi est-ce qu'on vit, Pépé, si c'est pour tout oublier, ça sert à quoi alors la vie ? C'est triste.

— Quitte à être mort, autant oublier qu'on a vécu...

C'est plus un gargouillis qu'autre chose, mais elle a compris le sens des mots. S'il y a quelque chose qui n'est pas capable de nous rendre tristes, ce serait bien quelque chose qu'on a oublié. Oui, mais, le simple fait de savoir qu'on a oublié quelque chose, ça peut aussi rendre triste. Tout se complique dans sa tête, ça va trop loin tout ça, autant en rester aux questions simples, ça rassure.

— Quand on est mort, on va où, Pépé ?

— Personne ne sait.

— Tu as peur de mourir, Pépé ?

Un long silence, puis les lèvres de l'aïeul se plissent sur un rictus édenté, il articule difficilement, lentement, avec application voire avec conviction :

— Tout le monde a peur de mourir, Petite, murmure le vieillard avant de sombrer.

Louise sent confusément que son grand-père va bientôt disparaître. À qui posera-t-elle ses questions quand il ne sera plus là ? Et elle, quand elle mourra, qui lui dira où elle ira si Pépé n'est plus là pour le lui dire ? Personne à la maison ne pourra remplacer Pépé. Les parents sont bien trop occupés par leurs problèmes de couple, de travail et d'argent, les petits soucis et les gros tracas ont une fâcheuse tendance à mettre des œillères même aux plus aimants, et Mémé passe son temps à chercher sa tête qui déraille, ne reste plus que Madeleine.

Manque de pot, c'est justement l'heure où l'Autre part en promenade avec Junior pour prendre l'air avant le retour de ses patrons. La brave femme en profite pour couvrir le petit garçon, qu'elle aime comme s'il était la chair de sa chair, de gâteries et s'offrir par la même occasion un petit remontant avec ses copines. Louise se précipite dans le couloir pour lui poser la question qui la tracasse avant qu'elle ne disparaisse.

— Madeleine, quand on meurt, on va où ?

— Ah, te voilà toi ! J'pensais qu'tu faisais la grève de la famille.

— Oui, mais, Madeleine, on va où quand on est mort ?

— T'en poses des drôles de questions, toi ! Ben, on te met dans un cercueil, on t'enterre, les vers te mangent, il reste plus que les os et les dents, quand il vous en reste, ha ! ha ! ha !

— Madeleine, t'as peur de mourir ?

— Tu m'embêtes avec tes questions ! Du balai, j'ai pas qu'ça à faire !

Louise s'éloigne en hochant la tête d'un air entendu, elle a bien compris que l'Autre a peur de mourir, sinon elle aurait répondu par la négative au lieu de ne rien dire.

Après leur départ, elle retourne dans la chambre de Célestin, elle a encore tant de questions à lui poser, mais le vieillard dort toujours. C'est alors qu'un courant d'air inhabituel l'alerte. La porte d'entrée de l'appartement est restée ouverte, ça arrive parfois quand on ne fait pas attention. En passant devant le salon pour aller la fermer, elle aperçoit l'Oncl'Oscar avachi dans le fauteuil aux grandes oreilles, sa saucisse à pattes vautrée sur ses énormes cuisses. Les blaps, c'est bien connu, se faufilent partout, mais comment il a fait celui-là pour rentrer, et depuis combien de temps est-il là ? L'Autre ayant mal fermé la porte ou tout simplement omis de la fermer, il en aura profité pour se faufiler et récupérer quelques affaires oubliées avant son départ forcé. Ou alors, ou alors… Et si l'Autre avait jeté son dévolu sur l'obèse et sur son portefeuille aussi gros que lui ? Rien de plus facile pour elle que de profiter du marasme ambiant dans la maison. Elle le sait bien pourtant que le vicieux est interdit de séjour.

« Attention, Madeleine, tu vas tomber sur un os, ce ne sont pas les madeleines rassies qui intéressent l'obèse des plateaux, je suis bien placée pour le savoir », murmure Louise en retournant dans la chambre de Célestin. Laisser l'immonde se vautrer dans son fauteuil préféré, quel culot ! Qu'il pose ses grosses cuisses écartées sur son entre-deux dégoûtant sur le cuir de son fauteuil préféré, quelle impudence !

Un morceau de soleil chatouille la fenêtre et les volets. Elle les ouvrirait si seulement elle le pouvait, mais elle est trop petite, il lui faudrait aller chercher l'escabeau dans la cuisine, mais l'Autre n'aime pas qu'on lui dérange ses affaires, dommage, un peu d'air frais ferait du bien au pauvre vieux. Surtout qu'aujourd'hui, ça sent rudement pas bon dans la chambre. Mais Madeleine rechigne à s'occuper du vieillard « parce qu'il sent mauvais », c'est ce qu'elle a dit à la voisine avec sa délicatesse habituelle.

— Il pue la mort, le vieux. Ça me fait peur, Madame Grosvilain, un jour je rentrerai dans sa chambre et je le trouverai… *couic* ! Si vous voyez c'que j'veux dire.

Penchée au-dessus de son grand-père, Louise le secoue pour le réveiller et reprendre la discussion là où elle l'a laissée.

Elle veut des réponses. Le petit somme semble avoir redonné un peu d'énergie à Célestin.

— Pourquoi elle pue, la mort, Pépé ? Et pourquoi Papa dit qu'elle est fine ? Et pourquoi Madeleine elle a peur de la mort et qu'elle le dit pas, Pépé ?

— La mort, c'est rien qu'un gros bordel qui fait peur à tout le monde, Petite. Elle n'est pas belle, elle sent mauvais. Si elle sentait bon, la mort ne serait pas la mort.

— La vie aussi elle pue, Pépé, dit-elle en se pinçant le nez.

— La mort, elle fait chier tout le monde, continue l'ancêtre sur sa lancée, elle pisse et elle chie dans les draps, la putain, elle se venge de la vie.

— Moi, j'ai peur de la vie, Pépé.

— T'as bien raison, la vie c'est rien qu'une garce, faut s'en méfier. La vie, la mort, toutes les mêmes, des putains.

L'aïeul est épuisé à parler trop, il sombre de nouveau, mais Louise n'en a pas fini avec ses questions, elle sent l'urgence.

— L'Autre, enfin, Madeleine je veux dire, elle dit qu'y reste plus rien que les os quand on est mort.

— Elle dit vrai.

— Elle a dit aussi que la peau et les os, on les enterre et qu'après, ce qu'il y avait dedans monte au ciel, direct au paradis si on a été gentil, direct en enfer si on a été méchant. Pépé, moi j'ai peur d'aller en enfer.

— C'est des conneries tout ça, c'est que des inventions pour t'obliger à faire ce qu'on te dit de faire, ce que tu ne veux pas faire.

Pépé Célestin hoche la tête. Peut-être que ça veut dire oui, mais peut-être que ça veut dire non. Alors, pour rassurer l'ancêtre, l'enfant dit avec force :

— Moi, je sais que t'iras au paradis après, parce que toi t'es le plus gentil de tous les pépés.
— Après, y'a plus d'après.
— Alors, il y a quoi après après, Pépé ?
— L'éternité.
— C'est quoi, Pépé, l'éternité ?
— Ça veut dire que ça dure plus longtemps que la vie.
— Alors moi, je veux mourir avec toi, Pépé !
— Tu dis des bêtises plus grosses que toi, Petite.

Louise pourrait se sentir vexée, mais ce qu'il y a de bien avec Pépé, c'est qu'il a toujours appelé un chat un chat. La voix du moribond se fendille, son souffle se fait court, sa respiration sifflante.

— T'as mal, Pépé ?
— … mal… morphine…
— Papa m'a expliqué que quand il y a trop de mort fine, on ne sent plus rien et on s'endort pour longtemps. Tu veux dormir, Pépé ?

Le malade hoche la tête, ce qui a pour résultat de lui provoquer une quinte de toux effroyable qui dure longtemps, longtemps. *Zut*, se dit Louise, *il va faire couic, dommage pour l'Autre qui ne rentre pas, elle va rater ça.*

— … coup de pouce sur la molette… m'endors… on n'en parle plus…
— Et si tu meurs pendant que tu dors, quand tu te réveilleras, le crabe sera parti, tu ne te souviendras de rien et tout recommencera ?

Une petite lumière s'allume au fond des yeux du vieil homme, un sourire étire lentement ses lèvres émaciées.

— T'as tout compris, mon ange.

Une larme coule au coin des paupières du vieillard, l'enfant l'essuie doucement avec le coin du drap.

— Il ne faut pas être triste, Pépé, je suis là.

— Je veux...

— Tu veux quoi, Pépé ?

Louise ne comprend pas ce que dit Célestin tellement sa voix est faible. Elle se penche tout contre la bouche qui sent si mauvais, écoute.

— ... mon ange...

— C'est Angèle que tu veux, Pépé ?

— Oui... bien fraîche...

— Tu as soif ?

— ... avec des bulles...

Les désirs de Pépé sont des ordres, si Pépé veut une Angèle bien fraîche avec des bulles, rien de plus facile. Elle saute du lit, s'éloigne, se ravise, revient, donne un coup de pouce sur la molette, quand Pépé se réveillera il ne se souviendra pas qu'il avait mal.

Elle file direction la chambre de Maman. Après avoir pris ses ciseaux de couture, elle découpe en tirant la langue un rond dans son fourreau noir pour soirées très chics, accroche tout autour avec des épingles à nourrice sa grande étole rouge, enfile le tout avec quelques difficultés, chausse ses escarpins, met du fard sur ses joues, du noir sur ses yeux et du blanc sur ses paupières, enfin elle relève ses cheveux et les enroule sur le haut de la tête avec les peignes à chignon de sa mère. Puis elle file dans le salon, cueille deux jolies coupes dans l'armoire, les remplit d'un liquide doré déniché dans le bar, les pose sur un plateau.

Elle repart en sens inverse, à petits pas précautionneux en oscillant dangereusement sur les talons vertigineux. Quand elle aperçoit Oncl'Oscar toujours là, avachi comme un gros crapaud endormi dans son trou bien humide et bien moite. Pour faire une farce à ce vieux libidineux qui n'a d'oncle que le nom, qui a toujours l'œil à l'ouest et les mains baladeuses, elle s'approche sans bruit, lui tapote le genou, pivote, prend la pose, se met à tortiller des fesses juste sous son nez en faisant gaffe à l'horizontalité du plateau.

L'obèse lève une paupière. L'autre suit. Un drôle de tic agite ses bajoues, son double menton est pris d'un tremblement convulsif, ses yeux s'écarquillent, sa bouche s'ouvre sur un puits noir béant comme sur le O muet d'un film en noir et blanc. Son nez se pince, ses bras se tendent, ses mains se crispent. Un hoquet soulève la lourde masse et le Canardo des plateaux retombe de tout son poids dans le fauteuil. Foudroyé. Si dans la rubrique du vice, Oncl'Oscar avait sa place, il vient de la perdre. Le chef-d'œuvre de Louise, un summum de perversion selon mademoiselle Belbic, a rempli son office.

Dans son innocence, Louise n'en a rien vu. Elle tangue en direction de la chambre de Pépé, les yeux rivés sur les coupes, s'approche doucement du lit. En la voyant apparaître, ondulante et vacillante sur les chaussures aux talons vertigineux, Célestin soulève ses mains dans un ultime effort. Ses bras s'arrondissent en un geste d'accueil pour que son rêve vienne s'y lover. Une larme jaillit, puis deux, puis trois, elles coulent maintenant sans retenue sur ses joues fripées, s'insinuent dans les profonds sillons, s'y perdent. Son Angèle, son seul et unique amour, enfin de retour pose le plateau sur la table de nuit, prend un verre et l'approche de ses lèvres en lui soulevant délicatement la tête.

— Tiens, Pépé, à ta santé !

Célestin boit littéralement des yeux le jeune visage si frais, si lisse, qui se penche. Le vieux mécréant entrouvre les lèvres, murmure le souffle court :

— Angèle... mon amour...

Le liquide doré lui coule sur le menton, sa tête se fait tout à coup plus lourde sur la paume de Louise.

— Pépé ?

Pas de réponse.

— Pépé ?!!

La bouche édentée s'ouvre sur un mot inachevé.

— ... la mol...

Louise repose la tête de l'aïeul sur l'oreiller et s'exécute, elle roule la molette en sens inverse. Pépé ne la quitte pas des yeux, mais il ne cligne plus des paupières. Elle passe une main devant le regard fixe. Rien. Elle secoue légèrement un bras décharné, léger comme une brindille. Aucune réaction. Pépé ne répond plus. Peut-être a-t-il avalé de travers ?

Il va se réveiller, c'est sûr. En attendant, elle siffle le contenu des deux verres, un à la santé de son grand-père, l'autre à la sienne, il paraît que ça donne un coup de fouet, ils en ont besoin tous les deux. Puis elle file ranger le tout dans l'armoire.

De retour dans la chambre, elle escalade le lit, se glisse sous le drap, se serre contre le corps du vieil homme pour le rassurer autant qu'elle se rassure. Sa tête s'alourdit, dodeline, elle lâche prise, son corps chavire dans un grand tonneau qui roule sur lui-même, l'entraînant dans un mouvement circulaire de manège de fête foraine. Ce n'est pas désagréable, mais ça lui met définitivement l'estomac à l'envers. Une grande fatigue la submerge. Elle ferme les yeux, tangue encore un peu, s'enfonce doucement, doucement quand, soudain, le hululement de la saucisse à pattes de l'obèse des plateaux l'extirpe de son état comateux.

Son corps est en sueur, sa joue sur l'oreiller est humide, elle frotte son visage, elle a pleuré. Son cœur bat la chamade. Tout d'un coup, prise de panique, elle se retourne, soulève le drap, ouf! Pépé est toujours là. Elle repose sa tête tout contre la tête du vieil homme, il est si froid, elle doit le réchauffer, elle se serre contre lui, ferme les yeux, elle est si fatiguée.

Elle n'a qu'une envie, dormir jusqu'au bout de sa vie.

36

OÙ PRENDRE SON PIED...

On n'a jamais su comment Oscar était rentré dans l'appartement d'où on l'avait chassé ni pourquoi il avait fait une attaque le jour même de la mort de Célestin. « *Excès de poids, sans doute* », a dit le médecin de famille, « *Nourriture trop riche, alcool, c'était à prévoir. Il s'en sortira, mais terriblement amoindri* », a-t-il conclu en signant une demande de placement dans un centre de rééducation.

Le cousin, hémiplégique du côté gauche, a hérité du fauteuil à roulettes de Célestin et Louise a retrouvé son fauteuil aux grandes oreilles après que Madeleine, sur ordre de sa patronne, l'ait entièrement désinfecté. Monsieur Bouchon se sentit soulagé d'un grand poids, il n'y avait plus de questions dérangeantes à poser à l'infâme.

Les funérailles de son beau-père passées, madame Bouchon mit de l'ordre dans les affaires de son cousin. L'ex pro du porno a laissé à sa cousine la gestion de ses avoirs, elle est aux anges. Elle confia la saucisse à pattes aux bons soins d'Alfred, « *Ça fera de la compagnie à Kiki, le chien d'Yvonne* », a-t-elle dit pour se donner bonne conscience. Lilliput a reposé son gros postérieur sur le canapé que le boudin orphelin avait annexé d'autorité après le départ de son maître. Parfois, il crache, on ne sait pas pourquoi, il fait le dos rond et file se réfugier dans le placard sous l'évier.

Madeleine est sur le départ. Monsieur Bouchon lui a signifié son congé après une remontée de bretelles mémorable sans consulter son épouse, une grande première. D'avoir retrouvé sa fille allongée à côté du corps sans vie de son père l'a mis dans une colère noire que sa femme a eu du mal à maîtriser. Madame Bouchon n'a pas mis son veto, elle a simplement exigé que la bonne reste jusqu'aux vacances d'été comme ils l'avaient prévu. Du coup, l'Autre n'ayant plus rien à prouver en fait un minimum et passe une grande partie de son temps à aider la cousine de Bretagne à remettre en ordre l'appartement de monsieur Maloud. Le pauvre homme a rendu son tablier, le lycée se débrouillera sans lui.

Quelque temps après ces tristes évènements, Mémé Suzanne a décidé à son tour de lâcher prise. Tout est allé très vite. Elle a commencé par perdre du poids, s'est divisée par deux, puis par trois, déjà qu'elle n'était pas bien grosse, elle avait tout de l'oisillon tombé du nid. Pour finir, elle a complètement perdu la tête, qu'elle a laissée quelque part entre chambre et couloir une nuit où elle déambulait complètement nue à petits pas menus en chantonnant « *Où je l'ai mise mise mise, ma tête grise grise grise...* » La même nuit, en plus de sa chemise elle a égaré sa tête avec le peu de raison qui y restait. Elle ne les a plus retrouvées.

Alors, sa fille Alice a capitulé. Par une matinée ensoleillée, la toute petite vieille dame a disparu dans le couloir étincelant d'une maison de retraite médicalisée cachée au fond d'une allée bordée de rosiers en fleur.

« *Mémé ne va pas bien* », ont dit monsieur et madame Bouchon un de ces soirs pénibles de retour de visite quand il faut porter le poids de la responsabilité, quand il faut faire avec la charge de la mauvaise conscience ressentie après avoir confié une vieille maman diminuée aux bons soins des médecins et des dames de service qui parlent fort à l'oreille des vieux, qu'ils soient durs de la feuille ou pas : « *Alors comment elle va ce matin ? Elle a encore fait pipi au lit ! Elle a rien mangé, la méchante. Oh, la vilaine qui s'est encore salie, et le bavoir ça sert à quoi ?* » Et ainsi de suite, il n'y a pas de pires paroles pour avilir l'être humain.

Le lendemain de la visite de sa fille et de son gendre, le petit oiseau tombé du nid avait trouvé la force de s'envoler pour de bon.

On ne s'est pas attardé sur la mort de Mémé Suzanne. Parce que, contrairement à celle de Pépé Célestin qui sentait le cigare et le gin de première classe, la mort de l'aïeule a laissé une odeur écœurante d'hôpital pour vieux qui se meurent en perdant la boule. Une odeur d'eau de javel, de plateaux-repas à moitié pleins, de couches pisseuses et de draps pollués empilés sur des chariots grinçants, croisant d'autres chariots grinçants dans des couloirs aseptisés aux murs ornés de photos niaiseuses arrachées aux calendriers des P&T.

Madame Bouchon opta pour un enterrement quatre étoiles pour sa mère, les frais d'obsèques furent exorbitants, mais l'héritage conséquent du cousin justifiait la dépense.

Depuis toutes ces disparitions, l'appartement flotte dans un silence pesant. Alice ne chante plus devant la glace, elle surveille de ses yeux verts la progression du temps, l'esprit ailleurs, du côté de chez monsieur Plume. Jean, condamné à vivre avec ses interrogations, ses soupçons, sa veulerie d'homme amoureux d'une femme qui ne l'aime plus, ne fait plus sauter Junior sur ses épaules en cavalant dans le couloir, Lilliput sur ses talons.

Madame Grosvilain et madame Bouchon ne sont plus amies. Depuis que le mari de cette dernière l'a renvoyée manu militari dans ses foyers en lui conseillant d'aller s'occuper de ses fesses, elle soigne son surpoids et ses rancœurs en grignotant les petits fondants au chocolat de son mari devant le noir et blanc de son poste de télévision. En solitaire. Sa jolie voisine est désormais interdite de séjour, elle tient à soigner sa réputation.

Une petite note joyeuse dans le marasme ambiant a atténué les chagrins. Brigitte a été brillamment reçue à son brevet. Pour la récompenser, et parce qu'ils avaient besoin de se retourner, ses parents l'ont autorisée, à sa grande joie, à partir en vacances chez sa meilleure copine.

Le côté positif dans toute cette histoire, c'est que tout le monde fiche une paix royale à Louise. Elle passe le plus clair de son temps au salon, vautrée dans le fauteuil aux grandes oreilles, ce fidèle confident qui sait garder les secrets et présente l'immense intérêt d'avoir des accoudoirs et des appuis-tête tellement vastes qu'on peut disparaître complètement de la vue des curieux. Elle peut y rester des heures entières à se reposer de ses insomnies, rares sont les nuits sans que Victor ne passe la visiter, il en vient même à détrôner la Chose. Parfois, Pépé s'invite dans son fauteuil, il s'assied sur un accoudoir à côté d'elle, lui soufflant dans le creux de l'oreille ses petites histoires inachevées, ses sous-entendus, ses points de suspension.

Elle se repasse jusqu'à l'obsession la petite phrase de sa mère, « *Moi, j'en ai porté quatre* ». Elle sait additionner un et un, et un et un, ça fait deux. Comme deux et deux font quatre. De petites additions en petites additions, elle en est arrivée à la conclusion qu'il y avait quelqu'un d'autre avec elle dans le ventre de Maman, un garçon peut-être, emprisonné à l'intérieur de son corps à elle. Car sinon, pourquoi c'est sa mère qui aurait reçu le diamant en récompense, et non Tante Irma ? Ce n'est pas grâce à elle, Louise, que Maman porte au doigt ce caillou somptueux, mais à cause du colocataire qui l'a obligée par elle ne sait quel tour de passe-passe à vivre leurs deux vies en une.

Lovée tout au fond du vieux fauteuil, Louise est fatiguée. Ressasser toutes ces pensées dérangeantes est épuisant. Alors qu'il serait si bon de s'abandonner aux plaisirs solitaires tout en ne pensant tout simplement à rien. Ce qui exige un état de concentration intense, faire le vide est un art difficile. Mais quand on y arrive, c'est fou comme la vie devient différente. Reposante.

Peine perdue. Sa pensée revient sans cesse vers cet autre, et les questions l'assaillent. Si ça avait été *lui* qui avait survécu à l'épreuve de la naissance, alors elle ne serait pas là à se dire que vivre est bien difficile. Cet autre a eu l'intelligence de s'effacer pour la laisser seule affronter la vie. Mais si c'était *lui* qui vivait à l'intérieur *d'elle* à son insu ? Voilà qui expliquerait que, parfois, elle fait des choses qu'elle-même ne s'explique pas. Mais peut-être aussi qu'*il* est *elle*, ou l'inverse, et que personne ne le sait, elle la première. Auquel cas elle serait un garçon et non une fille, ce qui changerait tout. Cette révélation la trouble au plus haut point, car si elle est un garçon, alors elle devrait avoir le zizi d'un garçon.

Elle a déjà exploré maintes et maintes fois cet espace chaud et moite qui est là niché au creux de son ventre en se demandant à quoi ça pouvait ressembler, et si toutes ses copines, Brigitte, ou même Maman cachaient la même chose entre leurs cuisses.

Pour en avoir une idée plus précise, elle avait emprunté une glace dans la coiffeuse de Maman pour examiner la chose dans l'intimité des toilettes. Elle avait eu juste le temps d'apercevoir, après quelques contorsions malaisées, quelque chose de vraiment surprenant avant que l'Autre ne la déloge. Dans l'impatience de la découverte, elle avait tout simplement oublié de verrouiller la porte. « Ah, mais, que j't'y prenne ! J'vais l'dire à ta mère qu'tu passes ton temps à l'tripoter, petite dégoûtante, petite cochonne, tiens, en voilà une de main pour t'apprendre ! »

Elle avait bien observé Victor quand il faisait pipi devant elle pour lui montrer qu'il était plus fort qu'elle puisqu'il pissait plus loin. Quand elle avait essayé de faire comme lui, force lui avait été de constater que ça ne sortait pas du tout de la même manière ni du même endroit, et que ce n'était pas pratique du tout pour les filles de faire pipi debout.

En y repensant, elle se dit que Victor profitait de la situation. Ce n'est pas parce qu'elle faisait la chose différemment qu'elle lui était inférieure comme il avait tendance à le lui faire remarquer. Quand on fait pipi, on fait pipi, un point c'est tout, qu'on soit debout ou accroupi, le résultat est le même. Il est indéniable que Victor avait quelque chose de plus qu'elle. Non, pas *de plus*, de *différent*, nuance. Elle se dit qu'à force de tirer sur le petit quelque chose qu'elle a au creux des cuisses, il finirait bien par s'allonger, surtout si, contre toute attente, elle est un garçon. Pour aider ce petit quelque chose à grandir plus vite, le mieux ne serait-il pas de lui donner un petit coup de pouce?

Le petit coup de pouce devient un petit coup de main expert. Petit à petit, une sensation de bien-être envahit Louise. Si c'est ça, être un garçon, c'est rudement chouette. Elle comprend pourquoi Victor prenait un petit air supérieur en parlant de son petit truc en plus. Maintenant, ce n'est plus seulement une sensation, c'est une onde délicieuse qui la traverse, la bouleverse. Elle ne peut plus revenir en arrière, un phénomène étrange est en train de se passer, qu'elle ne comprend pas bien, qu'elle ne peut contrôler, sa main est devenue un instrument qui ne lui obéit plus. Elle ferme les yeux, plus rien n'a d'importance, plus rien n'existe que ce petit bout d'elle-même qui l'emmène tout d'un coup loin, très loin, haut, très haut, très très haut, jusqu'à…

— …ahhhh!

Son cri la surprend autant que la main de Madeleine qui la projette violemment hors du fauteuil.

— Oh, la sale fille! Non mais! J'vous jure, on aura tout vu! À son âge, si c'est pas malheureux! File dans ta chambre! Et plus vite que ça! Attends qu'tes parents rentrent, tu t'expliqueras avec eux.

Le cœur de Louise bat comme un tambour fou. Jamais il n'a battu comme ça, même dans les pires situations. C'est tout juste si elle entend les hurlements de l'Autre. Elle est en plein désarroi. Elle s'est laissé surprendre, et par-derrière en plus, pendant que quelque chose d'inexplicablement délicieux et d'inachevé lui arrivait. Elle est mortifiée. La colère monte, oublié l'état de grâce où elle se trouvait. Allongée sur son lit, elle rumine sa honte, la mastique en grinçant des dents, le goût est amer. À force de volonté, elle reprend possession d'elle-même, se calme, réfléchit, un plan diabolique prend forme dans sa tête.

37

... N'A PAS LA MÊME SIGNIFICATION POUR TOUT LE MONDE

À pas de loup, elle sort de sa chambre silencieusement, elle quitte l'appartement sans se presser, descend les deux étages, pénètre au sous-sol, extirpe Bobo du conteneur à poubelles où il a trouvé refuge depuis la fermeture du 81, le fourre dans sa poche et rebrousse chemin. En passant devant la loge-placard à balais, elle détache la saucisse à patte de l'oncle obèse qu'Alfred est obligé d'attacher pendant la journée, sinon la pauvre bête dépressive hurle à la mort son maître disparu. Remonte, aussi tranquillement qu'elle les a descendus, les deux étages qui mènent à l'appartement A.

Puis elle prépare le piège.

Après avoir positionné le paillasson en équilibre précaire sur la première marche de l'escalier, elle glisse en dessous quelques solides marrons qu'elle garde toujours en prévision – parce que ça peut toujours servir, la preuve. Pour plus de sécurité, elle en éparpille quelques-uns sur les suivantes, se faufile derrière la porte d'entrée qu'elle laisse entrouverte en tenant fermement la saucisse par son collier.

Elle entonne doucement d'abord, puis de plus en plus fort, son hymne à la gloire de « *Madeleine-Madelon* », la saucisse, inquiète, se tortille et commence à hurler des *houhouhououou* suraigus, l'Autre surgit de la cuisine comme un diable hors de sa boîte, son balai à la main, Lilliput sur les talons.

« C'est quoi tout c'raffut ? Attends voir que j't'attrape », rugit Madeleine au bout du rouleau, elle n'en peut plus de cette gamine qui la rendra folle jusqu'au bout.

Alors, Louise libère Bobo, lâche la saucisse qui fonce sur Lilliput, qui saute sur Bobo, qui se faufile entre les jambes de Madeleine, laquelle pousse un hurlement strident, tente d'échapper à l'attaque en faisant de grands moulinets avec son balai, se prend le pied dans le paillasson, ose un rétablissement risqué, loupe son coup, dérape sur les marrons, et dégringole l'escalier jusqu'en bas des marches en un magnifique roulé-boulé spectaculaire.

Un silence de mort s'installe.

Louise se penche doucement au-dessus de la rampe d'escalier pour constater les dégâts. La saucisse a fait son affaire au chat, qui a fait son affaire au rat, qui a fait son affaire à Madeleine, qui a fait son affaire à la saucisse en l'écrasant de tout son poids.

Madeleine est sortie par où elle était entrée, à savoir la cage d'escalier. Louise est sereine, ce n'est pas sa faute si les caves sont remplies de rats, si les saucisses à pattes n'aiment pas les chats, si les chats n'aiment pas les rats, et si les rats font ce qu'ils peuvent pour sauver leur peau. L'Autre n'a pas eu de chance, voilà, c'est tout. Louise pousse un soupir attristé, la perte du rat Bobo la chagrine un peu, mais il faut savoir faire des sacrifices.

Après avoir remis tout en place, elle retourne se lover dans le vieux fauteuil aux grandes oreilles, elle a un travail à terminer. En reprenant tranquillement sa petite affaire, elle fredonne entre ses dents : « *Tu n'as pas eu de veine, Madeleine, tu n'auras plus de peine Madeleine…* » Quand les hontes d'enfant deviennent insupportables, il faut savoir s'en débarrasser.

Lilliput le rescapé – il est de notoriété publique qu'un chat sait retomber sur ses pattes – est remonté installer son popotin au milieu des coussins du canapé. Comme si de rien n'était, il reprend lui aussi sa toilette interrompue. Ses ronronnements de chat heureux accompagnent le silence.

38

À LA RECHERCHE DU K

Madeleine a été raccommodée, elle est partie en convalescence sans laisser d'adresse. Elle n'a rien dit, elle n'a pas porté plainte, à quoi cela lui aurait-il servi, les bonnes ont rarement voix au chapitre. Madame Bouchon, une fois de plus, sortit son porte-monnaie, et Madeleine promit d'enterrer l'histoire. Elle partit avec une jolie compensation financière, trop heureuse de quitter cette famille diabolique.

Après le départ de l'Autre, Louise aurait pu se sentir libérée. Mais elle se retrouva totalement seule face à un constat effrayant : avec Madeleine, elle a perdu le dernier interlocuteur avec qui batailler. Elle se réfugia dans un mutisme préoccupant qui amena ses parents à consulter une fois de plus le médecin de famille. Celui-ci posa rapidement un diagnostic on ne peut plus évasif : « *Ce sont simplement les métamorphoses qui tardent à venir qui gênent votre enfant aux entournures, rien de bien grave* », avant de leur présenter ses honoraires. Lui aussi n'aime pas trop cette famille à problèmes.

Monsieur Bouchon a terminé sa formation avec succès. Il est heureux de s'occuper de son fils et de sa cadette pendant que sa femme s'occupe de son avenir. Le lycée va bientôt fermer ses portes, les grandes vacances arrivent. L'été s'annonce bien, le soleil s'est enfin décidé à sortir de sa cachette, timidement d'abord, accrochant aux eaux sombres du canal des fulgurances lumineuses. Les noyés se font plus rares, le temps clément met les âmes en peine au repos.

Comme tous les dimanches matin, monsieur Bouchon est descendu acheter les croissants et le journal et présenter ses civilités à madame Grosvilain qu'on ne croise plus sur le palier, la fréquentation de la famille Bouchon étant jugée trop sulfureuse depuis quelque temps. Après avoir porté un petit café au lit à sa tendre épouse, une petite attention récemment improvisée dans le but de récupérer ses faveurs, il s'installe à la table de la cuisine en compagnie de Louise qui vient le rejoindre, la gamine a toujours été matinale. C'est un moment privilégié entre père et fille, fait de silence entrecoupé de petits bruits familiers, le frigo qui démarre, une goutte qui *ploque* dans l'évier, la cuillère qui heurte le bord de la tasse, Lilliput qui ronronne dans le placard sous l'évier, tous synonymes de quiétude. Le moment idéal pour lire le journal du dimanche, *la Voix du Canal*, réputé pour l'ineptie réconfortante de ses articles.

Tout d'un coup, monsieur Bouchon s'éjecte de sa chaise comme si on lui avait piqué les fesses, renversant au passage son bol de café, heureusement vide, qui va se briser sur le lino. Lilliput, prudent, file se réfugier dans le placard sous l'évier, en ce moment, tout peut arriver sans crier gare. Les yeux exorbités, le paternel fixe le journal, puis sa fille, puis le journal, puis de nouveau sa fille qui en oublie d'avaler sa bouchée de croissant, hésite un moment, et se précipite dans le couloir.

« Chériiiiiiiie!!! »

Qu'est-ce qui a bien pu bouleverser à ce point son père? *La Voix du Canal*, mis à part les ragots, les résultats sportifs, le programme du cinéma, les blagues illustrées et le jeu des sept différences, n'a pourtant rien de palpitant. Louise attrape le journal et, après un rapide coup d'œil sur la page en cours de lecture, tombe sur quelques lignes dans la rubrique des faits divers:

« Drame de la vie quotidienne

Avant-hier matin, une femme d'une quarantaine d'années a été retrouvée gisant inanimée sur le sol de sa cuisine par sa femme de ménage. Celle-ci a immédiatement alerté les pompiers qui ont réussi à la ramener à la vie. La porte du four de la gazinière était ouverte. Négligence? A-t-elle voulu se donner la mort? Une enquête a été ouverte.

Mademoiselle Belbic est institutrice au lycée de jeunes filles. C'est une enseignante efficace et respectée, en disponibilité pour des raisons de santé. »

Louise repose doucement le journal sur la table. Pourquoi se donner la mort alors que, d'après Pépé, c'est la mort qui choisit son heure? Que voilà une drôle de façon de dire les choses. Pourquoi se la *donner*, alors que la mort elle-même s'en chargera le jour venu? Et pourquoi son père a si violemment réagi? Pourquoi l'a-t-il regardée avec autant d'intensité, elle n'a pourtant rien fait de mal? D'ailleurs, depuis peu, elle use de tous ses talents, tour à tour obéissante, serviable, aimable, pour échapper à l'épée que la dame au drôle de nom pointe au-dessus de sa tête. Bien sûr qu'elle est triste pour mademoiselle

Belbic, mais sans plus, chacun n'est-il pas responsable de ses actes ? Alors, pourquoi se sent-elle aussi mal ?

Son père ne revenant pas, elle plie le journal avec application, lave son bol et ses couverts, essuie soigneusement la table quand, tout à coup, un spasme violent la secoue. Elle a tout juste le temps d'aller rendre son petit déjeuner dans l'évier. En regagnant sa chambre, elle entend les parents en conciliabule dans le salon. Ils chuchotent, impossible de comprendre ce qu'ils se disent. Une infinie tristesse la submerge, quand les adultes parlent entre eux à voix basse, leurs têtes à touche-touche, c'est signe que quelque chose de grave se prépare.

Quelques jours passèrent.

Le temps de constater amèrement que les tartines beurrées de confiture n'étaient plus synonymes de réconfort. Louise décida alors de jouer son ultime joker : entamer une grève illimitée de la tartine. Mais la grève, au lieu de l'arranger, aggrava son cas. Le médecin de famille rappelé en urgence auprès de cette enfant que, décidément, il n'arrive pas à comprendre, parla d'anorexie, de dépression, allant même jusqu'à évoquer de possibles tendances suicidaires. Louise tint bon.

Un soir, monsieur et madame Bouchon installèrent leur fille dans son fauteuil favori et prirent place en face d'elle sur le canapé. Assis à côté de son épouse sur le visage de laquelle il observe les stigmates de l'ennui d'une femme sur le départ, madame Bouchon est un livre ouvert tellement facile à lire, le père attaqua vaillamment :

— Chérie, ta mère a décidé…, on a décidé…, rectifie l'homme en se tournant vers son épouse comme pour s'excuser, de t'emmener voir un monsieur très gentil qui veut te

rencontrer pour discuter un peu avec toi. Il s'appelle monsieur Kipling.
— Comme l'écrivain ?
— Comme qui ?
— Ben, le copain du papa de Pépé, celui qui écrit des histoires pour les enfants, répond Louise surprise par l'ignorance de ses parents en matière de littérature enfantine.
Monsieur et madame Bouchon se regardent, interloqués. Leurs deux visages convergent, parfaitement synchronisés et consternés, en direction de l'enfant blottie dans son fauteuil.
— Non, c'est un autre monsieur Kipling, c'est une espèce de docteur, un pédopsychiatre, tu sais ce que c'est, un pédopsychiatre ?
— Oui, je sais, c'est quelqu'un comme Oncl'Oscar.
Monsieur Bouchon émet un gémissement pathétique, il est catastrophé. Plus rien ne l'étonne finalement.
— Non, ma chérie, c'est quelqu'un qui s'occupe des enfants qui sont un peu tristes et qui ne vont pas très bien, comme toi.
— Je ne suis pas triste, je vais très bien, se rebelle Louise qui ne supporte plus qu'on lui dise qui elle est et comment elle est sans qu'on lui demande son avis.
— Ça suffit ! tranche madame Bouchon qui jusque-là n'avait rien dit. Demain, après l'école, c'est comme ça, et on n'en parle plus.

Le lendemain, Louise aurait bien aimé le remettre à plus tard, les voilà tous les trois devant la porte du *Dr. K. Kipling - Pédopsychiatre.* C'est gravé sur une plaque qui brille comme de l'or au soleil. Pédopsychiatre doit être un métier qui rapporte.
Monsieur Bouchon se veut rassurant. Il lui demande d'appuyer sur le bouton de sonnette juste à côté de la plaque,

histoire de la mettre face à ses responsabilités. Ils pénètrent tous les trois dans une salle d'attente remplie de revues sérieuses pour les grands et de livres infantiles pour les petits. Des dessins d'enfants ornent les murs aux couleurs claires. De part et d'autre des grandes portes-fenêtres donnant sur un jardin rempli de fleurs, des voilages arachnéens balayent le parquet sentant bon l'encaustique.

Madame Bouchon retrousse son joli nez, elle flaire l'aisance discrète et légère du propriétaire, monsieur Bouchon se trémousse sur sa chaise, il flaire il ne sait pas encore trop quoi et ça l'inquiète, Louise fait la tête, elle flaire l'embrouille.

La voilà assise sur un petit siège confortable en face du double K. Installé bien à l'aise dans un fauteuil Voltaire tapissé de velours grenat, la jambe droite mollement croisée sur la jambe gauche, le pantalon au pli impeccable découvrant des chevilles fines habillées de soie, l'homme reste silencieux. Il attend en jouant négligemment avec un coupe-papier à la lame recourbée comme une petite faucille. Il est chauve, il affiche un sourire bonhomme, mais son regard est d'acier. Ses yeux froids la scrutent, pénètrent dans sa tête, fouillent son intérieur, violent son intimité. Un frisson la chatouille désagréablement entre les omoplates, descend le long de sa colonne vertébrale, instinctivement, elle serre les fesses, ferme les yeux, la bouche et les oreilles pour limiter l'intrusion.

Soudain, un froissement d'air, léger comme un battement d'aile, l'alerte. Elle rouvre les yeux, Pépé Célestin s'est infiltré dans le cabinet par la fenêtre ouverte et s'est assis à califourchon sur un des bras du fauteuil Voltaire. Il lui sourit en pointant l'index sur la poitrine de l'élégant docteur KK. La gravure de mode, costume croisé, cravate en accord avec les chaussures Richelieu, a oublié de fermer le troisième bouton de sa chemise d'un blanc immaculé.

Louise fixe intensément le bout de peau, dénudé, indécent, dans l'entrebâillement du vêtement, le petit confetti cligne de l'œil au rythme de la respiration de l'homme. Si ça se trouve, le fessier du double K est du même rose fragile, aussi dépourvu de poils que son crâne. L'image s'impose. Les yeux rivés sur ce bout de chair indécent, Louise pouffe dans ses mains. Le docteur KK, pris en défaut, remet fébrilement de l'ordre dans sa tenue. Trop tard, avec son autorité, il a perdu son mystère.

Le spécialiste de l'enfance à problèmes reprend vite le dessus, c'est un pro à qui on ne la fait pas. Ses yeux noirs la sondent, il parle, il cherche le dialogue. Il est clair qu'il en sait beaucoup trop long sur elle, sur sa vie, ses secrets, ça la trouble au plus haut point. Le travail du docteur KK consiste à remuer le caca qu'il y a dans la tête des gens. Particulièrement dans la sienne. Elle se sent prise au piège.

Tout à coup, le spécialiste se tait, joint les deux mains en prière devant sa chemise reboutonnée, reprend la pose de départ, une jambe mollement croisée sur l'autre, son Richelieu lacé croisé de cuir battant la mesure. Il attend.

Célestin, toujours dans la même position, fixe intensément sa petite-fille en faisant plusieurs fois de son doigt posé sur sa bouche le signe *motus et bouche cousue.* Louise a compris le message. Si le spécialiste des enfants à problèmes sait tout d'elle, pourquoi voudrait-il en savoir plus ? Adoptant la même pose que son vis-à-vis, mains jointes devant l'estomac, elle attend. Puis, tranquillement, calmement, elle plante ses yeux d'enfant innocent dans ceux de l'homme attentif, et constate d'une voix plate et fort civile : « Nous n'avons pas été présentés à ce que je sache, docteur caca. »

Le regard d'acier de l'homme vacille pour la seconde fois. Il s'attendait à tout, sauf à ça. Diable, la gamine a du répondant. Pépé applaudit silencieusement, Louise jubile intérieurement, ils ont tapé juste, ce soi-disant docteur n'est finalement rien d'autre qu'un fouille-merde. Elle aurait dû s'en douter avant même d'entrer dans ce bureau qui porte si bien le nom de cabinet. Elle ne se laissera pas humilier, le caca qu'elle a dans la tête lui appartient, personne n'ira fouiller dedans.

Le docteur se lève, l'entretien est terminé semble-t-il. Mais Louise ne veut pas partir sans avoir la réponse à la question qu'elle se pose depuis le début.

— S'il vous plaît, ça veut dire quoi le K de KK ?
— Kronos, mon enfant. Je suis le docteur Kronos Kipling

Ce disant, le double K jugeant l'entretien terminé se réserve le prochain pour aller plus loin, le cas se révèle diablement intéressant. Il se penche en souriant de toutes ses dents carnassières vers sa petite patiente et lui tend du bout de ses longs doigts raffinés de travailleur du ciboulot une papillote emballée dans du papier doré.

— Tiens, petite, tu prendras bien un bonbon.

Un hurlement écorche le silence feutré de la salle d'attente. Les Bouchon, affolés, se précipitent dans le cabinet du docteur Kipling. Celui-ci trépigne sur place en pressant sa main droite sur sa poitrine. Un peu de sang a taché la chemise au blanc immaculé au niveau du troisième bouton.

— Mais…, mais…, mais c'est qu'elle m'a mordu, elle est folle votre gamine ! Sortez-la d'ici, et fermez la porte, ça fait des courants d'air !

Célestin s'est envolé dans le jardin par la fenêtre, son travail est terminé. Il a fait ce qui devait être fait, tirer sa petite-fille des griffes de ce charlatan.

Monsieur et madame Bouchon, affolés, se sauvent en balbutiant des excuses, traînant Louise derrière eux. Une fois dans la rue la mère secoue sa fille sans ménagement :

— Qu'est-ce qui s'est passé ? Mais qu'est-ce que tu as fait ?

— Il m'a appelée petite, je suis pas sa petite ! Je suis la Petite que de Pépé ! Et puis vous m'avez toujours dit de jamais accepter un bonbon de quelqu'un que je connais pas !

Pour une fois, madame Bouchon n'a pas rectifié les erreurs de langage de sa fille. Louise glisse un œil par en dessous vers son père stupéfait, elle lui chuchote :

— Et tu sais pas quoi, Papa ? Le petit nom du docteur Kipling, c'est Kronos.

Monsieur Bouchon regarde sa femme, interloqué.

— Et alors ?

— Ben, Kronos il a coupé le zizi de son père, après il a mangé ses enfants. Et après il m'aurait mangée pour que je me taise. C'est Pépé qui me l'a dit !

39

CHANGER D'AIR

Le vieil appartement est devenu beaucoup trop grand pour la famille Bouchon. Les chambres des deux vieux parents ont été vidées du peu de ce qui restait de leurs vies. Elles ont été désinfectées et repeintes. Brigitte, de retour de chez son amie, ne veut pas s'y installer, pas plus que madame Bouchon qui fait la grève du lit parental.

— Ça pue la mort, dit l'une.

— Ça sent le vieux, dit l'autre.

Madeleine n'étant plus là pour s'occuper de Junior, il a fallu l'inscrire en catastrophe dans une crèche. Monsieur Bouchon dort sur le canapé du salon. Il envisage une nouvelle vie sous les Tropiques, persuadé qu'au soleil les choses s'arrangeront d'elles-mêmes. Depuis que monsieur Plume a divorcé et lui a proposé d'être son assistante, madame Bouchon a la tête ailleurs. Lilliput a perdu ses repères et passe son temps dans le placard sous l'évier de la cuisine. Il n'y a plus que les éclats de rire du petit Jean pour égayer l'atmosphère.

La cousine de Bretagne est partie rejoindre les Maloud père&fils. Les Grosvilain sont sur le départ, il y a des voisinages dont on a hâte de se débarrasser. Alfred, le jumeau diminué, orphelin d'une saucisse à pattes et d'une mère absente, a été placé en institution, il n'a plus personne à aimer. La loge et les appartements vacants du deuxième étage attendent de nouveaux locataires.

Tous ces départs, toutes ces disparitions, toutes ces absences ont laissé un grand vide. Les pépiements de Mémé Suzanne, les bons mots de Pépé Célestin, les hurlements de l'Autre, les feulements de Lilliput, les balbutiements de Junior, les cris d'orfraie de Brigitte, les empoignades des parents ne font plus vibrer les murs. Le grand appartement s'enlise dans un silence meublé de chuchotements derrière les portes closes. De conciliabule en conciliabule, de pourparler en pourparler, d'éventuelles solutions ont été suggérées à mots couverts par des parents fatigués de se battre. Maintenant, on parle de séparation et de possibles partages.

Louise va mal. Un matin, elle s'est réveillée avec une sensation bizarre au creux des reins comme une présence indéfinissable qui s'est accrochée à elle et ne la quitte plus. Même la perspective des vacances n'arrive pas à atténuer son mal-être. Sa solitude, sa nouvelle amie, lui tient compagnie.

Le médecin de famille et le docteur Kipling, consultés secrètement, suggérèrent un éloignement radical de la cellule familiale. Madame Bouchon a été la première à approuver leur conseil. Changer d'air ne pourrait faire que du bien à tout le monde, elle la première. Elle contacta son frère : Bouboule pouvait-elle séjourner pour une durée indéterminée aux *Martinets?* Oncle Fernand accepta immédiatement, il aime sa petite nièce aux cheveux rouges comme sa fille. Elle le console par sa seule présence d'avoir été privé du bonheur d'être père, il n'a pas vu grandir ses deux fils, deux avatars élevés dans l'ombre d'une bigote. Parfois, il se fait son cinéma et se demande, la question est plutôt séduisante, s'il en est vraiment le géniteur. Alors, si cela était miraculeusement vrai, il pourrait envisager sa vie autrement.

Louise est aux anges. Bonjour les chants d'oiseaux, bonjour les effluves odorants, bonjour les rires heureux des voisins gais, oublié le petit carré d'herbe couleur de béton deux étages plus bas parsemé de détritus et de crottes de chien, oubliés les sous-sols puant l'urine, oublié l'étier malodorant où flottent les noyés, oublié le lycée, envolée sa solitude. Elle va retrouver sa joie de vivre. La belle maison de Parrain, plantée au milieu de ses jardins odorants et luxuriants, lui ouvre grand ses portes.

Dès le premier jour des vacances, on la fourra dans le train en la confiant à une brave femme faisant le même trajet.

« Ne vous inquiétez pas, c'est une enfant adorable, son oncle, il s'appelle Fernand Martinet, l'attend à l'arrivée, elle a de quoi manger et boire dans son sac et de quoi s'occuper aussi, elle ne vous embêtera pas. Et toi, tu seras sage et gentille avec la dame, hein, Bouboule ? »

Louise écouta sans sourciller la litanie des recommandations habituelles « *tu écoutes, tu es sage, tu n'embêtes personne, tu obéis* », totalement inutiles, elle ne demande qu'une chose, qu'on la laisse en paix. Son avenir est sombre. Les conseils de famille ont abouti à une conclusion radicale : c'est la pension qui lui pend au nez à la rentrée prochaine. C'est sans appel. On cherche à se débarrasser d'elle comme elle s'est débarrassée des encombrants. Rien à dire, c'est de bonne guerre.

Assise sagement dans le compartiment, la tête appuyée contre le skaï poisseux de graisses capillaires, Louise regarde sans les voir les lambeaux de paysage défiler derrière la vitre poussiéreuse. Elle s'ennuie, fait semblant de s'assoupir pour ignorer la voyageuse qui lui fait face et qui lui sourit avec bienveillance. N'y arrivant pas, elle farfouille dans son sac, en sort son stylo et son petit cahier rouge à spirale qu'elle feuillette rapidement. Arrivée à la dernière page, elle ferme les yeux, l'inspiration arrive. Elle suçote son stylo, clique sur la boule rouge et se met à écrire avec application.

Au bout d'un certain temps de face à face silencieux, la femme du train prit sur elle de briser leur solitude. Elles échangèrent leurs prénoms, s'aperçurent qu'elles portaient le même, la coïncidence les rapprocha, elles devinrent les meilleures amies du monde le temps d'une parenthèse ferroviaire. Mise en confiance, Louise donna à lire à sa nouvelle amie le poème qu'elle venait d'écrire : « *les petites lampes de tes yeux se sont éteintes, Pépé…* »

La dame du train écrira plus tard à son amie de cœur Francette :

« *Ma chérie, figure-toi que j'ai fait une rencontre étonnante pendant mon voyage en train, une adorable petite fille aux cheveux rouges couverte de taches de rousseur, qui m'a fait rire aux larmes. Nous n'avons pas vu le temps passer tellement nous avons papoté. J'ai rarement vu chez une enfant de cet âge une telle maturité. Et talentueuse avec ça ! Ce n'est que plus tard que j'ai ramassé son petit carnet sous la banquette. L'avait-elle oublié ? L'avait-elle caché pour que je le trouve ? Pour que je le garde et le lise ? Toujours est-il que je ne m'en suis malheureusement aperçue qu'après son départ. Je dis bien malheureusement, car ce que j'ai lu m'a totalement sidérée. Et dire que je ne connais même pas son nom...* »

Le jour même de l'arrivée de sa nièce, sans prendre de gants, Irma posa ses conditions. L'épisode de la tarte aux mirabelles lui était resté en travers de la gorge.

— Elle viendra avec nous à la messe et à confesse, ça lui fera le plus grand bien, elle doit en avoir des vilaines choses à dire. Avec l'aide de Dieu, nous allons la libérer de ses mauvaises pensées.

— Irma, ma douce, murmure son mari, chut...

— Mais tu ne te rends pas compte, mon pauvre ami, à son âge, avoir un petit copain, un sale petit bourricot en plus, qui se livre à des jeux sexuels pervers! C'est dégoûtant! Ça ne m'étonne pas que ta nièce soit aussi perturbée.

Comment Tante parle de Victor! Et dans quels termes! Louise n'en revient pas, des jeux sexuels, que ne faut-il pas entendre! Et dans la bouche de cette bouffe-curé encore, comme si elle savait ce que c'est que l'amour, cette femme rigide comme un cierge de pâte qui a dégouliné, « *mais certainement pas de plaisir* », comme disait Pépé. C'est quoi cette histoire de messe qu'on fesse? Et que sait Tante de ses pensées? Louise est anéantie, son séjour commence mal.

— Irma, son ami est mort.

— Ce n'est pas une raison! Si ça se trouve, ils se touchaient.

Et alors, s'insurge Louise, il est où le mal? Qu'elle aille donc demander à ses deux avortons d'enfants de chœur ce qu'ils l'obligent à faire au fond du jardin, derrière la cabane à outils, quand ils sont seuls.

— Irma!!!

— Si ça se trouve, elle se touche encore, poursuit l'asséchée de l'amour.

— Irma, Louise n'ira pas à la messe, elle n'a rien à y faire, elle ne sait même pas ce que c'est.

— Elle apprendra vite, fais-moi confiance.

— Voilà ce que je propose, elle viendra à la pêche avec moi, un point c'est tout, d'accord fillette?

Louise n'en croit pas ses oreilles, elle est folle de joie, bien sûr qu'elle est d'accord, plutôt cent fois qu'une!

— Elle est assez grande maintenant, j'en prends la responsabilité.

— Si c'est ce que tu veux, mon pauvre ami, je te souhaite bien du courage.

— Alors, la discussion est close.

40

LA MÉTAMORPHOSE

Un petit vent frisquet descendant de la montagne, accompagné d'une bruine tenace, surprit tout le monde. Dans le jardin, l'atmosphère est laiteuse, les branches des arbres sont noyées dans une brume inhabituelle pour la saison et le silence ouaté du dehors semble avoir pénétré dans tous les recoins de la maison.

Louise se sent un peu patraque, elle a mal dormi, mais elle ne manquerait pour rien au monde la partie de pêche. Après avoir rapidement avalé un bol de chocolat chaud, elle est sortie dans le jardin en attendant le départ. Par précaution, elle a rempli ses poches de provisions de bouche supplémentaires, elle sait que vers le milieu de la matinée son estomac se manifestera, l'aventure aquatique ça creuse.

Elle s'amuse à effilocher le brouillard entre ses doigts tout en observant Parrain qui s'active aux derniers préparatifs. L'attirail de pêche a trouvé place dans le coffre de la Déesse 19 d'un blanc immaculé, sa dernière acquisition. Rien à voir avec la vieille P60 de son beau-frère, couleur vert d'eau, achetée d'occasion au marchand de vins et liqueurs du quartier des docks. « *D'occasion peut-être, mais version Grand-Large* », avait rétorqué monsieur Bouchon un rien vexé par les remarques désobligeantes de la boulangère qui se moquait de sa *Soixante pets déclassée*.

À peine sont-ils partis, quelques pâtés de maisons plus loin, Parrain s'arrête. Louise monte devant, et les gentils voisins qui attendaient discrètement sur le trottoir s'installent derrière en rigolant comme des baleines. « *Chut, c'est un secret entre nous, tu ne dis rien à ta tante* », a chuchoté Oncle Fernand. Elle est au comble du bonheur, Parrain lui a offert une jolie boîte sur laquelle elle pourra s'asseoir et où elle pourra ranger les appâts qu'elle confectionnera avec de la mie de pain roulée en boules comme il lui a montré, et les gentils voisins lui ont apporté en cadeau de bienvenue une petite canne à pêche à sa taille rien que pour elle. Pressé de questions, Parrain lui avait expliqué qu'être gai ce n'était pas forcément parce qu'on rit tout le temps. « *Ce sont des histoires de grands qui s'aiment autrement,* avait-il conclu, *tu comprendras plus tard, quand tu seras grande.* » Dommage que Parrain ne soit pas Pépé Célestin, s'était dit Louise, les adultes ont du mal à parler simplement des choses de l'amour.

La petite troupe s'ébranle direction les marais. Oncle Fernand règle l'autoradio, un petit plaisir qu'il vient de s'offrir, sur une fréquence jazzy et pousse le son au maximum. Le moteur ronronne, un souffle chaud envahit peu à peu l'habitacle. L'horizon effiloché de brumes défile derrière la vitre, avec son doigt Louise s'amuse à suivre les lignes zébrées à l'horizontale dans leur course. À l'arrière, les deux passagers sont silencieux, eux aussi savourent l'instant. Au bout de la route, d'autres copains pêcheurs les attendent. Ils auront préparé les lignes et les appâts, et quand ils arriveront, il y aura du café chaud dans les thermos.

Sur la banquette arrière, les deux hommes se sont endormis, tête brune contre tête blonde, bercés par la douceur ondoyante de la majestueuse berline. Au bout d'un moment, Louise ne prête plus attention à la musique, elle s'enfonce elle aussi dans une somnolence douillette. Son esprit vagabonde, il lui plaît de le laisser divaguer. Elle serait pleinement heureuse s'il n'y avait cette douleur sourde qui rend son ventre lourd, là tout en bas, juste au-dessus de son petit endroit secret.

Cette sensation avait commencé la veille. Quand elle s'était couchée, la douleur s'était installée. C'était comme si on lui avait posé un gros poids sur le ventre. Elle avait réussi à s'endormir, mais au milieu de la nuit, un cauchemar inhabituel l'avait réveillée. Elle était dans une barque, un souffle chaud les poussait loin des berges rougeoyantes, l'eau était écarlate. Émergeant des brumes serpentines dansant à la surface, un bras tentaculaire, pâle et ondoyant, l'avait ceinturée et entraînée dans les profondeurs. Elle avait alors senti entre ses jambes quelque chose de chaud et de poisseux s'échapper d'elle-même. La peur au ventre, elle avait repoussé la couverture, les draps étaient tachés. Bien sûr qu'elle s'y attendait et qu'elle savait comment faire, elle avait de quoi se protéger dans sa valise. Mais c'était trop tôt, elle ne voulait pas, pas encore, et surtout pas chez Parrain. Elle avait sorti une grosse serviette en coton et s'était recroquevillée sous les draps, se tenant le ventre à deux mains. Elle s'était rendormie à l'aube, épuisée.

Elle n'avait rien dit. Elle avait juste refait le lit avant de partir. Comme si de rien n'était.

« Terminus, tout le monde descend », claironne Parrain en se garant à côté des voitures.

Et tous de s'envoyer de grandes claques dans le dos en parlant fort et en tapant des pieds pour se réchauffer. Quand les hommes ouvrent la bouche, une petite buée s'en échappe, légère comme les fumerolles de cigarette. Ils sont beaux, ils sont forts, ils sont heureux, ils sirotent leur café par petites gorgées gourmandes. Louise en profite, il est bon le café de ce matin, amélioré d'une petite goutte de marc, bien sucré et bien corsé pour tenir chaud au corps, les hommes rient en la voyant faire la grimace, c'est fort.

— Tu ne diras rien à ta tante, hein ? Promis ?

— Promis juré craché, Parrain, si j'mens j'vais en enfer !

— On ne t'en demande pas tant, tu as tout le temps d'y aller, chérie, s'esclaffe tête blonde en lui resservant une petite dose du breuvage.

Ils enfilent leurs cuissardes et poussent les deux barques dans l'étang. Les lignes sont arrimées aux attaches métalliques des rames, les moulinets vérifiés, les seaux, les musettes et les épuisettes lancés sous les bancs. Une petite rasade supplémentaire afin de se donner du cœur à l'ouvrage, et tout le monde enfile son gilet multipoches après avoir vérifié que les hameçons, les pinces coupantes, les couteaux et tout le nécessaire du parfait pêcheur sont bien à leur place. On confie à Louise le plus important, la boîte en fer blanc où grouillent les appâts, des vers blancs tout frais tout juteux sortis du jardin des voisins le matin même.

« C'est bizarre, dit tête brune en clignant de l'œil, c'est la multiplication des larves de hannetons chez nous, y'a du miracle dans l'air. »

En riant de bon cœur, on charge un thermos supplémentaire dans chaque embarcation et on largue les amarres.

L'atmosphère est légère, lavée de toute l'eau du ciel par un petit vent de bon augure qui les pousse sans effort loin du bord. Les dernières brumes s'effilochent entre les branches basses des arbres qui se chevauchent au ras des berges, une odeur fraîche de végétation flotte à la surface de l'étang. Parfois, un sifflement aigu transperce l'air cristallin, répercuté par l'écho, au-dessus de leurs têtes, un oiseau file en flèche rejoindre ses congénères, épinglant au passage quelques insectes imprudents au-dessus de l'étang, la ligne des massifs étincelle dans les rais d'un soleil encore frileux. Louise s'approprie en silence ce coin de paradis, ici les montagnes sont vertes et douces à contempler, chez elle, elles sont noires et pointues à regarder.

Les deux barques à fond plat se fraient un passage dans l'eau dormante, troublant le silence du doux *ploc* de leurs rames, abandonnant dans leur sillage des myriades de minuscules morceaux de détritus végétaux que Louise s'amuse avec un petit bâton à enfoncer sous l'eau pour les regarder rejaillir comme des bouchons un peu plus loin à la surface. Elle est heureuse, la tête lui tourne un peu, mais elle se sent en sécurité confortablement calée entre les cannes et les besaces qui, tout à l'heure, à n'en pas douter, seront pleines. La grosse serviette en coton la gêne un peu entre les jambes, mais que ne supporterait-elle pas pour partager ce moment privilégié avec Parrain et ses copains pêcheurs ?

« J'en tiens un, les gars ! C'est un gros ! » Oncle Fernand se lève, appelle à la rescousse, « C'est une baleine », dit-il en clignant de l'œil en direction de sa filleule. En vrai pro du bouchon, il s'arc-boute, un pied posé sur le rebord de la barque, l'autre ancré sur le fond plat au milieu des sacs. Tête brune vient l'aider, les autres embarcations se rapprochent, les pêcheurs ont tous le regard braqué sur l'appât qui s'affole, un coup dessus, un coup dessous, la prise est énorme, c'est un brochet, un solitaire affamé qui doit bien peser dans les quinze kilos ! Les barques tanguent, les hommes rient, ravis de leur prise, une brusque embardée arrache des mains de Louise son petit bâton. Oubliant un instant la lutte acharnée qui se déroule à ses côtés, la fillette se penche au-dessus du bord de l'embarcation, scrutant la surface ondoyante à la recherche de son bout de bois.

Juste en dessous d'elle, son visage bizarrement reflété, haché par les rais conjugués du soleil et des mouvements de l'eau, tressaute en grimaçant comme s'il se moquait d'elle. Il se déforme en un masque grotesque de carnaval, riant, pleurant, riant, pleurant, au gré des ondulations des vagues. Soudain, c'est un autre visage maintenant qui la regarde, un reflet inversé du sien, déformé, tordu sur un vilain rictus, qui chuchote :

— *Tu as taché le drap, tu as taché le drap, tu as taché le drap…*

— *C'est normal, ce qui m'arrive,* se défend Louise, *si c'est normal, ça ne peut pas être grave.*

— *Si, c'est grave,* ricane le double aquatique zigzagant juste là sous son nez, *la gorgone ne va pas te rater.*

Accroupie à l'arrière de la barque ballottée par les efforts des pêcheurs, l'enfant réalise l'ampleur de la catastrophe. Une catastrophe qui a nom Tante et qui s'abattra sur elle dès son retour.

Tout à coup, d'un trou de lumière jaillissant de la brume matinale, un rayon fulgure la surface de l'étang qui devient miroir et plonge dans le reflet de la bouche édentée d'où sort un bras tentaculaire. Comme dans son rêve. Éblouie par la brutalité de la vision et l'intensité de la lumière, Louise ferme les yeux sur l'évidence, il est temps de briser l'enveloppe qui la retient prisonnière de l'enfance et qui se fissure. L'heure de la métamorphose est arrivée.

Alors, elle se penche tranquillement, pique du nez vers le reflet, y pénètre, aussi fluide qu'une anguille. Le métamorphe ainsi constitué disparaît sans un bruit. Tout simplement. Les hommes occupés à conjuguer leurs efforts autour du bouchon en folie n'ont pas vu la fillette passer par-dessus bord et disparaître dans l'étang.

En cette matinée cristalline, en ce dimanche d'été naissant, quand l'air léger tremble entre les feuilles et que le soleil tarde à pointer son nez, Louise est partie à la recherche de son double.

41

LE RÊVE DANS
LE RÊVE

Elle s'enfonce mollement, inexorablement. Un réflexe l'oblige malgré elle à ouvrir la bouche. Comme le brochet luttant pour sa vie, elle cherche l'air pour la sienne, et contre toute attente le trouve. La voilà qui valse, aérienne, dans les eaux silencieuses. Deux silhouettes ondoyantes aux contours incertains, émergeant des profondeurs, la rejoignent. Leurs visages deviennent familiers, se précisent au fur et à mesure que les fantômes approchent. Il y a là le noyé du canal et madame Yvonne, avec leurs têtes noires gonflées comme des ballons, tous deux étroitement soudés dans une étreinte obscène. Leurs bras l'enlacent, leurs mains l'accrochent, leurs voix murmurent :

— *Viens, viens, viens avec nous.*

Elle se laisse emporter, tourbillonnant avec eux en une valse lente. Sortant de nulle part, un avatar couleur pain d'épice s'interpose :

— Ne les écoute pas, viens, suis-moi, n'aie pas peur, je t'emmène au bout du monde. C'est Victor qui l'appelle ! Ce n'est pas loin le bout du monde, tu sais, et c'est rudement beau.

La voix est câline, enjôleuse, racoleuse. Louise tend la main, Victor a disparu. Le pas loin devient très loin, très loin, l'eau devient rouge, puis noire, puis rouge de nouveau.

Quand, soudain, surgissant du néant, un vieillard, la tête auréolée d'une longue chevelure blanche et flottante, lui coupe la route.

— *Bienvenue dans le royaume des morts, Petite,* dit le vieillard auréolé.

La ressemblance est troublante, mais l'apparition ne peut pas être Pépé Célestin, parce que son Pépé ne lui aurait jamais menti. Elle ne peut pas être morte, parce qu'elle ne se sent pas morte.

— *Tout le monde est mort ici, Louise,* murmure un avorton mal fini accroché aux basques de l'apparition. *Allez, viens, nous t'attendons tous.*

— Ce n'est pas vrai ! Tu mens, je suis vivante moi ! Je rêve, je suis dans mon rêve, les morts ne rêvent pas, se rebiffe Louise.

« *C'est à ça que servent les rêves,* lui avait dit Célestin, *à se réveiller, à se sentir vivant, se réveiller pour se souvenir que les cauchemars ne sont que de mauvais rêves qui disparaissent le matin venu.* »

Un jour, peu avant la mort de son grand-père, Louise lui avait confié son secret, ses cauchemars, ses luttes nocturnes épuisantes contre la Chose. Elle lui avait raconté que ses rêves étaient noirs, parfois zébrés de gris et d'éclaboussures vermeilles, qu'elle était dans un long corridor, que quelque chose la retenait, lui faisait mal et allait la tuer, qu'en arrivant au bout du tunnel, elle plongeait dans la lumière et qu'elle allait mourir.

« *Il faut que tu saches,* lui avait répondu Célestin, *que toutes les histoires ont une fin et qu'elles ne se terminent pas toujours bien.* » Elle l'avait alors interrompu, avait exigé de vraies réponses, l'avait supplié de tout lui raconter. Pressé comme un citron sur son lit de presque mort, il lui avait alors conté l'histoire de l'enfant qui se battait pour ne pas mourir, et qui ne savait pas que ça allait faire très mal :

« *C'est l'histoire d'une petite fille qui ne sait pas encore qu'elle est une petite fille. Qui n'est qu'un petit point dans une nuit organique. Rien qu'une toute petite chose dans une grosse bulle qui lui tient chaud. On y est tellement bien, dans cette bulle, avec ce boudoum-boudoudoum, boudoum-boudoudoum, boudoum-boudoudoum, tout doux, tout doux, pour toute compagnie. Et puis quelque chose a décidé de l'embêter, une larve immonde qui la pousse sans ménagement, qui escalade son dos, qui s'accroche à ses épaules, qui lui agrippe le cou, lui crochète les yeux, la griffe et la mord. Une anomalie, gluante et chuintante, qui l'écarte pour prendre sa place.* »

Elle doit lutter. Mais contre qui ? Contre quoi ? Pourquoi se battre quand on ne sait pas contre qui ni pourquoi ? Elle veut se retourner, n'y arrive pas, elle est coincée. Elle comprend que si elle ne se bat pas, il n'y aura pas d'histoire. Elle ouvre la bouche pour crier, s'étouffe, perd la conscience du temps.

Le *boudoudoum, boudoudoum, boudoudoum* la ramène doucement à la vie, mais quelle vie ? Elle est si fatiguée, elle n'en veut pas de cette vie qui fait mal. Elle supplie, qu'on la laisse retourner dans sa bulle, qu'elle retrouve le *boudoudoum, boudoudoum, boudoudoum* rassurant. Que la Chose répugnante qui la torture prenne sa place si elle veut, elle abandonne la partie.

Mais une force irrésistible contre laquelle elle ne peut rien la propulse encore une fois en avant. La voilà de nouveau toutes griffes dehors. À son tour de faire mal, à son tour de piétiner, d'écraser. Elle donne des coups de pied meurtriers, des coups de poing assassins. Surtout, ne pas se retourner, conserver l'avance, coûte que coûte.

Soudain, elle réalise qu'elle n'entend plus le *boudoum-boudoudoum*. À sa place, du plus profond d'elle-même, comme un petit papillon qui s'agiterait maladroitement pour sortir de son cocon, monte un faible *tam-tam-tam, tam-tam-tam,* un froissement de papillon qui battrait follement de l'aile dans l'entrebâillement d'une fenêtre pour s'envoler vers la vie. Le *tam-tam-tam* se fait insistant, lui envoie un message pressant, comme le lumignon d'un bateau ivre sur le point de sombrer clignotant son message de détresse : « *Tu dois vivre !* »

Elle rampe fébrilement dans un passage étroit, laissant loin derrière elle la Chose qu'elle achève à coups de pied rageurs. Tout à coup, le boyau se resserre, le *tam-tam-tam* faiblit, elle donne un dernier coup de pied, et les bras le long du corps, petit poisson dans le courant tempétueux, elle plonge dans un flux monstrueux, se retrouve la tête coincée dans un étau. L'impasse de nouveau, si elle ne réagit pas, la Chose va la tuer. Et si elle allait mourir avant d'exister ? Alors, il n'y aurait pas d'histoire à raconter ?

Maintenant, c'est une question de secondes. Déjà, elle sent la pression du temps qui comprime ses tempes, les os de son crâne craquent, il va éclater, elle se sert de sa tête comme d'un bélier pour forcer la porte qu'on ne lui ouvre pas, de toutes ses forces, elle pousse… Un grand déchirement l'expulse sans ménagement au milieu d'un flot épais de sang et de mucus, dans une agitation tumultueuse, dans un maelstrom abominable de lumières, d'éclairs, de cris qui la transpercent jusqu'au plus profond d'elle-même.

Elle bascule, une force l'entraîne loin de ce corps écartelé qui la jette dans l'inconnu. Elle ouvre grand la bouche comme le poisson hors de son élément qui cherche l'air pour sa survie, même si elle ne sait pas encore ce que c'est que crier, pour hurler sa peur, pour hurler sa douleur, pour cracher son refus de vivre dans un monde qu'elle ne connaît pas, qu'on lui impose. Elle s'étouffe, elle a froid, une sensation d'atroce sécheresse la fait se rétracter.

Des bras se tendent dans un froissement de linges souillés, des mains chaudes la saisissent, la bousculent, la tournent dans tous les sens, la tourmentent et la claquent. Elle suffoque. Elle tousse. Elle respire. Elle entend. Elle sent. Elle proteste, pousse des cris perçants, hurlant de colère loin de la porte qui, un temps ouverte, s'est définitivement refermée derrière elle.

— Ça y est, ça y est, ça y est ! Il est sorti d'affaire !

On la malmène encore, on la retourne, on la soupèse :

— Bravo, Madame, c'est une fille, et un joli morceau encore !

On s'attarde un peu plus, les mains se font caressantes, on la pose sans ménagement sur quelque chose de froid. On l'abandonne. Déjà ? Non, on l'emmaillote en hâte, et pendant qu'on l'emporte, elle devine plutôt qu'elle entend :

— Attention, en voilà un autre ! Vite ! Poussez ! Madame, poussez ! Poussez !

— C'est un garçon !

Puis, un cri :

— Oh, mondieu, mondieu, mondieu...

Suivi d'un autre :

— Il est... Il est mort !

Suivi d'une plainte déchirante :

— Où est mon garçon ? Donnez-moi mon garçon, qu'en avez-vous fait, je veux mon garçon, pleure la jeune accouchée avant de tourner le dos à ce qu'elle ne veut plus voir. Je suis fatiguée, laissez-moi dormir...

L'enfant nouvelle-née n'entend plus qu'un remue-ménage confus, qu'un froissement qui l'accompagne le long d'un couloir nu et blanc. L'infirmière novice l'emporte loin de la lumière et de la confusion. Elle chantonne quelque chose de très doux tout contre son oreille.

— Petit ange, tu t'es bien battu, petit ange, accroche-toi à la vie.

Le murmure dépose un léger baiser sur son front avant de la poser délicatement dans un berceau.

Le petit ange n'a pas encore tout compris, sauf qu'il est sorti victorieux d'une bataille qu'il n'a pas voulue. Il sent, au plus profond de lui-même, que tout ne fait que commencer, que sans avoir rien demandé à qui que ce soit, il est tombé dans la vie, et que cette vie ne repose que sur un malentendu.

42

LA BOUCLE
EST BOUCLÉE

Soudain, les deux apparitions, la chevelue et l'immonde, s'emparent d'elle, la happant au passage pour l'entraîner encore plus loin, là où le noir devient absolu.

Pas question de se laisser faire sans qu'on lui demande son avis, elle n'ira pas plus loin. Ce n'est pas parce qu'elle partage leur ballet aquatique qu'elle est morte. Ce qu'elle avait rêvé la nuit précédant la partie de pêche, ce qu'elle cauchemardait en étouffant au fond de son lit, ce qu'elle rêve maintenant, sont sans doute des visions de mort, mais ce n'est pas la sienne. Quelque chose en elle est en train de mourir pour donner naissance à une autre. Elle est tout simplement en train de prendre congé de tous ses fantômes.

Elle se défend : « C'était des accidents ! C'était tant pis pour eux ! Ils ont assassiné mon enfance ! Ils ont tué mon innocence ! »

Il n'y a plus chez elle ni peur ni colère, il n'y a plus que lucidité. Ses mots d'adulte à peine éclose vont se perdre en bulles multiformes qui montent et vont crever à la surface. Comment peut-elle leur en vouloir ? Elle le sait depuis qu'ils l'ont mise au monde, ils lui ont inventé une vie qui n'est pas pour elle. C'est à elle, et à elle seule, qu'il revient d'assassiner la Bouboule qu'elle ne veut plus être, c'est un acte nécessaire pour abandonner sa chrysalide.

Les bulles multicolores continuent à monter leur sarabande joyeuse. Elle doit les rattraper, les attraper, pour crever la surface et éclore avec elles au grand jour. Elle donne frénétiquement des grands coups de pied, agite les bras dans tous les sens, remonte à coups de talon salvateurs vers la lumière, laissant derrière elle le rouge et le noir de ses cauchemars, ouvre la bouche dans un cri libérateur, entrouvre les paupières... et voit le visage de Tante en gros plan tout près du sien. Le cauchemar serait de retour ? Elle hoquette, ferme les yeux pour repousser l'image déplaisante et retrouver la vie d'en bas, tout compte fait, elle n'en veut plus de cette vie d'en haut.

— Chut, tout va bien, je suis là, je suis là.

La voix d'Oncle Fernand ! Parrain est là. Une douce chaleur l'envahit, elle se sent bien, elle aimerait faire durer le plaisir encore un tout petit peu. Mais elle entend les lamentations de Tante, qui gémit en se tordant les mains :

— Mon Dieu, mon Dieu, mon Dieu, on ne me le pardonnera jamais. Mon Dieu, mon Dieu, mon Dieu, on m'accusera de ne pas m'en être occupée comme il fallait... Mon Dieu, mon Dieu, mon Dieu, on me le reprochera toute ma vie.

Mon Dieu, encore celui-là ? Décidément, il a la peau dure ! Mais maintenant, Louise sait qu'il n'existe pas, grâce au faux Pépé. Les lamentations de la gorgone ne peuvent plus rien y faire. Elle a laissé derrière elle ses cauchemars. Elle a éliminé tous les encombrants. Elle s'est bien battue, toute sa courte vie, elle a négocié, elle a cherché des solutions. Elle en a trouvé. D'aucuns diront, sans doute de mauvais esprits, plus de mauvaises que de bonnes. Et alors ? Que quelqu'un vienne lui dire où est le bien, où est le mal. Elle a fait ce qu'elle a pu.

— Mais qu'est-ce que j'ai fait au Bon Dieu pour mériter ça ? Et toi, imbécile ! glapit la mégère en se tournant vers son mari, évidemment, t'as rien vu venir ! Pauvre type, va ! Ah ! Elle m'aura bien fait chier jusqu'au bout la petite garce.

— Irma, tu la fermes !

— Mêêêê…

Les lamentations de la femme hystérique, avortées en plein vol, s'éteignent decrescendo. Sa bouche pincée s'entrouvre convulsivement sur des « Ooohhhhhhh » pathétiques d'outrance exagérée.

— Irma, j'ai dit : TU LA FERMES, répète le titan.

La grande gueule se referme sur l'hameçon meurtrier lancé par Parrain. Il l'a bien mouchée celle-là, il était temps. La fillette se surprend à faire une petite prière, « S'il te plaît la vie, accorde-moi encore un court instant, que je savoure ma victoire, que je porte le coup de grâce, et après tout ira bien. » Elle pousse un tout petit gémissement, pas trop fort, mais suffisamment quand même pour être entendue, accompagné d'un frémissement affecté des paupières et d'un léger tic du coin de la bouche, quel drôle de phénomène cette Bouboule qui, voulant jouer son rôle jusqu'au bout, prouve qu'elle est encore et toujours en vie !

— Ça y est, ça y est, elle revient à elle, je suis sauvée, alléluia ! Dieu soit loué ! Merci, mon Dieu, merci mon Dieu, ne peut s'empêcher de reprendre la bigote en louchant vers son mari qui la fusille du regard.

L'enfant ressuscitée en a par-dessus la tête des *mercimondieu* et des *dieusoiloué* de la Tante. Elle va lui fermer son clapet avec une demi-vérité, ou un demi-mensonge, quelle importance, qui ne fera de mal à personne ! Sauf à Tante.

— Je l'ai vu Parrain, murmure-t-elle en se tournant vers son oncle.

Celui-ci s'assied sur le lit tout contre elle, l'entoure de ses grands bras puissants, il ne dit rien, se contentant de la serrer contre lui. Il est soulagé, il a eu tellement peur. Quand ils ont remonté sa filleule dans le bateau, il avait bien cru qu'elle était morte. Abandonnés sur la rive les copains effarés, délaissée au fond des nasses la pêche miraculeuse, oublié tout le fourbi au fond des barques à la dérive, à fond la caisse la Déesse, pied au plancher direction les urgences, klaxon, klaxon, écartez-vous, écartez-vous !!!

— Qui tu as vu, Bouboule ? demande Irma.

— Tu ne m'appelles plus Bouboule, ma Tante.

— L'insolente ! Tu as vu comme elle me répond ?

Parrain ne dit mot. Il attend, confiant. Ils sont deux maintenant à faire front à celle qui depuis des années les maintient sous sa coupe.

— Qui tu as vu ? Qui tu as vu ? insiste Irma debout face au couple soudé, si tu ne me réponds pas…

— Irma…, menace Parrain entre ses dents.

— Lui, *dieusoiloué,* je l'ai vu.

— Elle délire, murmure Irma avec un léger doute dans la voix.

— Je l'ai vu, insiste tranquillement sa nièce.

— Ne me mens pas, menace la gorgone qui tente de garder le contrôle. Tu ne peux pas avoir vu Dieu, certainement pas toi, Bouboule, tu ne sais même pas de qui et de quoi tu parles !

— Si, même qu'il m'a parlé.
— Bouboule, tais-toi! Arrête de dire n'importe quoi!
Comment faut-il le lui dire pour que l'horrible femme comprenne que maintenant ce n'est plus elle la maîtresse du jeu?
— Non, je ne dis pas n'importe quoi, non je ne me tairai pas! Je l'ai vu, même que je lui ai parlé et qu'il m'a répondu, et qu'il m'a dit de te dire que tu n'étais rien qu'une grosse méduse qui n'a plus le droit de m'appeler Bouboule! Je m'appelle Louise, j'ai un prénom d'abord!
— Mais…, mais…, mais c'est qu'elle m'insulte, elle se moque de moi!? Mais dis quelque chose bon sang, s'énerve la tante tout à coup toute pâle en se tournant vers son mari. Pour voir Dieu il faudrait d'abord y croire, et encore.
— Irma, tu me fatigues, chuchote le mari dans sa patience infinie.
— Et même qu'il m'a dit que le diamant, tu le méritais pas, invente Louise sur sa lancée.
— Mais, mais…, mais enfin, elle dit n'importe quoi! Et toi tu ne dis rien comme d'habitude. Ah! Tous les mêmes, des loques, tous des loques!
— Irma, pour la dernière fois, murmure la voix de l'homme porteuse d'avis de tempête.
— Et il m'a dit aussi que tu étais une méchante femme et que tu irais brûler en enfer, poursuit la gamine, bien calée, à l'abri des grands bras protecteurs, elle ne risque plus rien.
— Ohhhh, suffoque Irma en empoignant ce qui lui sert de cœur de ses deux grandes mains réunies en coquille, espèce de…, espèce de…, de petite pute! finit-elle par cracher, à bout d'arguments

La furie se précipite vers sa nièce, amorce le geste de la gifler, monsieur Martinet se lève, lui attrape fermement le coude, lui fourre sac et étole dans les bras, la pousse jusqu'à la porte en lui disant d'un ton calme annonciateur de catastrophes :

— Irma, tu rentres à la maison, tu fais tes valises.

Puis hurlant dans le couloir aux murs aseptisés étincelants de blanc, il l'éjecte sans ménagement en se foutant éperdument du monde silencieux qui y circule à pas feutrés,

— ET TU DÉGAGES ! TU TE CASSES ! TU DISPARAIS DE MA VIE !

— *À trop loin pousser le bouchon on boit la tasse*, glousse Oncle Fernand d'un rire salvateur en fermant la porte de la chambre sur les silences outrés.

L'enfant savoure leur victoire. Ils ont cloué le bec à la marâtre.

L'homme s'assied tranquillement sur le lit, prend sa filleule dans les bras et lui chuchote au creux de l'oreille :

— Tu as vu qui, ma chérie ? À moi, tu peux le dire maintenant.

— Lui, la Chose, mon frère, murmure l'enfant, et de rajouter avant de sombrer à nouveau, Parrain, Bouboule est morte.

— Mais tu es là, ma chérie, tu es là.

Oui, Louise est là. Quelqu'un lui a donné un prénom que tous, ou presque, ont oublié, qu'elle-même a failli oublier, un prénom qu'elle n'a pas choisi, mais qu'elle a fait sien.

Elle l'avait bien dit que Bouboule ne grandirait jamais. Elle avait toujours su, sans avoir pu l'exprimer, que la courte vie de Bouboule ne serait qu'un cercle qui avancerait et ne cesserait de s'agrandir que pour, au final, rejoindre son point de départ, pour former une bulle liquide où elle avait failli se noyer, mais dont elle s'était échappée.

De la même façon qu'elle avait toujours su que ce point final serait aussi l'endroit où Bouboule trouverait sa conclusion. Et que de cette conclusion émergerait une porteuse de nom, une Angèle ou une Célestine, une Suzanne ou une Louise, qu'importe, elle a tout le temps maintenant de se couler dans sa nouvelle vie, aussi fluide que le brochet magnifique échappé de l'hameçon des pêcheurs.

Et de nager avec lui vers les eaux claires de l'étang, vers un nouveau chapitre de son histoire.

43

TROIS MILLE
SIX CENTS SECONDES

— Jean ! Jean ! Chéri ! Regarde ce que j'ai trouvé en rangeant les affaires de Bouboule dans sa chambre.

Madame Bouchon traverse l'appartement à fond de train en peignoir rose bonbon et mules roses à pompons assorties cliquetant sur le plancher du couloir, entre dans le salon en brandissant du bout de ses doigts manucurés une feuille visiblement arrachée à un cahier à spirale.

— Quand elle rentrera, elle aura affaire à moi, sa chambre est dans un état ! Elle m'avait pourtant promis de la ranger avant de partir chez Fernand.

Monsieur Bouchon prend la feuille que lui tend cette si jolie femme qui a encore le front, ou l'inconscience, d'appeler chéri un chéri qui n'est plus chéri. La force de l'habitude sans doute.

— Dans un tiroir, coincé entre ses cahiers d'école.
— Tu l'as lu ?
— Quoi ?

— Ce qu'elle a écrit, tu l'as lu?

— Ouiiii, c'est bien écrit, il n'y a pas de fautes, le choix littéraire est intéressant, la forme est jolie, la ponctuation est bonne, peut-être un rien fantaisiste, pour ne pas dire exagéré… Je dirais que c'est presque parfait, non, rien à dire.

Monsieur Bouchon, surpris de l'éloge inattendu de la part de cette mère indifférente, parcourt d'un doigt songeur la petite écriture enfantine. Appliquée, ordonnée. C'est un poème, intitulé curieusement *Trois Mille Six Cents Secondes,* un long gémissement, une complainte, qu'il serait dommage ici de transcrire, ce serait lui ôter toute sa spontanéité, et surtout inutile, puisque l'histoire de la petite fille qui avait perdu son prénom, qui rêvait qu'elle se battait, et qui ne savait pas que ça allait faire très mal, est finie. Laissons-lui son mystère.

Le père lit. Ses lèvres entrouvertes balbutient les mots rouges. Il essuie furtivement une larme, lève les yeux vers sa future ex-épouse en contemplation devant ses ongles carminés de frais, s'étonne encore de ne lire sur son visage aucun signe d'attendrissement.

Il tourne la page. Termine sa lecture :
… à vous tous j'indiffère, je ne sais plus quoi faire,
peut-être me foutre en l'air, le nez dans la poussière,
peut-être tomber de haut, papa maman bobo,
ou bien me fiche à l'eau. Allô, allô, allô?

Ce soir, il bouclera ses valises.
Mais avant, il appellera Fernand.
Il aura des nouvelles.
Il saura que tout va bien.

REMERCIEMENTS

Merci à Judy, éditrice, et Nathalie, correctrice, sans qui ma Petite Fille ne serait jamais sortie de l'ombre. Merci également à mes proches qui me soutiennent et vous, lecteurs, qui avez donné à Louise l'opportunité de raconter son histoire.

À PROPOS DE L'AUTRICE

Anne Capelle vit dans le Tarn. Elle partage son quotidien entre son jardin, sa roulotte et l'écriture. *La petite fille du deuxième étage* est son premier roman publié.

Dépôt légal : mai 2025
ISBN : 978-2-3225-5713-4